主　编：陈　恒

光启文库

光启随笔

光启文库

光启随笔 　光启讲坛
光启学术　　光启读本
光启通识　　光启译丛
光启口述　　光启青年

主　编：陈　恒
学术支持：上海师范大学光启国际学者中心

策划统筹：鲍静静
责任编辑：朱　健
装帧设计：纸想工作室

商务印书馆（上海）有限公司　出品
The Commercial Press (Shanghai) Co.Ltd

从东南到西南

人文区位学随笔

王铭铭 著

商务印书馆
The Commercial Press

图书在版编目（CIP）数据

从东南到西南：人文区位学随笔 / 王铭铭著. — 北京：商务印书馆，2021
（光启文库）
ISBN 978 - 7 - 100 - 19836 - 3

Ⅰ.①从… Ⅱ.①王… Ⅲ.①随笔—作品集—中国—当代 Ⅳ.①I267.1

中国版本图书馆 CIP 数据核字（2021）第064611号

权利保留，侵权必究。

从 东 南 到 西 南
人文区位学随笔

王铭铭 著

商 务 印 书 馆 出 版
（北京王府井大街36号 邮政编码 100710）
商 务 印 书 馆 发 行
上海中华印刷有限公司印刷
ISBN 978 - 7 - 100 - 19836 - 3

2021年9月第1版	开本 889×1194 1/32
2021年9月第1次印刷	印张 11¾

定价：65.00元

出版前言

梁启超在《清代学术概论》中认为,"自明徐光启、李之藻等广译算学、天文、水利诸书,为欧籍入中国之始,前清学术,颇蒙其影响"。梁任公把以徐光启(1562—1633)为代表追求"西学"的学术思潮,看作中国近代思想的开端。自徐光启以降数代学人,立足中华文化,承续学术传统,致力中西交流,展开文明互鉴,在江南地区开创出海纳百川的新局面,也遥遥开启了上海作为近现代东西交流、学术出版的中心地位。有鉴于此,我们秉承徐光启的精神遗产,发扬其经世致用、开放交流的学术理念,创设"光启文库"。

文库分光启随笔、光启学术、光启通识、光启讲坛、光启读本、光启译丛、光启口述、光启青年等系列。文库致力于构筑优秀学术人才集聚的高地、思想自由交流碰撞的平台,展示当代学术研究的成果,大力引介国外学术精品。如此,我们既可在自身文化中汲取养分,又能以高水准的海外成果丰富中华文化的内涵。

文库推重"经世致用",即注重文化的学术性和实用性,既促进学术价值的彰显,又推动现实关怀的呈现。文库以学术为第一要义,所选著作务求思想深刻、视角新颖、学养深厚;同时也注重实用,收录学术性与普及性皆佳、研究性与教学性兼顾、传承性与创新性俱备的优秀著作。以此,关注并回应重要时代议题与思想命题,推动中华文化的创造性转化与创新性发展,在与国外学术的交流对话中,努力打造和呈现具有中国特色的价值观念、思想文化及话语体系，为夯实文化软实力的根基贡献绵薄之力。

文库推动"东西交流"，即注重文化的引入与输出，促进双向的碰撞与沟通，既借鉴西方文化，也传播中国声音，并希冀在交流中催生更绚烂的精神成果。文库着力收录西方古今智慧经典和学术前沿成果，推动其在国内的译介与出版；同时也致力收录汉语世界优秀专著，促进其影响力的提升，发挥更大的文化效用；此外，还将整理汇编海内外学者具有学术性、思想性的随笔、讲演、访谈等，建构思想操练和精神对话的空间。

我们深知，无论是推动文化的经世致用，还是促进思想的东西交流，本文库所能贡献的仅为涓埃之力。但若能成为一脉细流，汇入中华文化发展与复兴的时代潮流，便正是秉承光启精神，不负历史使命之职。

文库创建伊始，事务千头万绪，未来也任重道远。本文库涵盖文学、历史、哲学、艺术、宗教、民俗等诸多人文学科，需要不同学科背景的学者通力合作。本文库综合著、译、编于一体，也需要多方助力协调。总之，文库的顺利推进绝非仅靠一己之力所能达成，实需相关机构、学者的鼎力襄助。谨此就教于大方之家，并致诚挚谢意。

清代学者阮元曾高度评价徐光启的贡献，"自利玛窦东来，得其天文数学之传者，光启为最深。……近今言甄明西学者，必称光启"。追慕先贤，知往鉴今，希望通过"光启文库"的工作，搭建东西文化会通的坚实平台，矗起当代中国学术高原的瞩目高峰，以学术的方式阐释中国、理解世界，让阅读与思索弥漫于我们的精神家园。

上海师范大学光启国际学者中心
2020年3月

序

　　本书所收录的，是些新旧不一的随笔类作品，是20世纪90年代中期以来陆续写的。文章有的是札记，有的是序文，有的是书评和时评，此外，也有个别摘自学术期刊论文。为了将这些作品汇集成一部集子，我采取了这样的思路：选择一些发表过的相对"非正式"的篇章和段落，以记述个人求索经历中的部分直接或间接的经验。

　　自1989年至1995年，我在东南的闽南语言文化区进行了一城（泉州）三村（晋江县塘东村、安溪县美法村、台北县石碇村）的历史和民族志考察。接着，我花了四五年时间，在南北方之间摸索（其间，我走访了北方地区的一些地方，如华北乡村和胶东沿海）。2000年起至今，在"魁阁"和"藏彝走廊"这两个学术地标的相继指引下，我频繁来往于西南与北京之间。这个阶段，我也常常返回东南，游于西北，更是多次出国访学。然而，20年多来，我的视线未曾离开西南这个文明枢纽地带。

　　我有意用这本随笔集，来整理自己在这些旅程上的所见所闻、所读所思。

　　文章大致分成三组，大部分放在前后两组，中间一组则仅有三篇。文章涉及的内容和触及的思想不少地方有交叉，但三组中，前一组大抵是关于东南区（特别是闽南语言文化区）的，中间一组主要涉及华北，而后一组则勾勒自己在西南区的穿行路线。我希望借助汇集在此的文字，记录自己在这些区域所做的研究工作及有关体会。

无论是东南，还是西南，都是成熟的学术区。就社会人类学（或称文化人类学、民族学、民族志学）而论，自19世纪末以来，这两个区域均已积累了丰厚的成就。这些成就，在东南区，包括了大量的经典——民间传统关系、宗族组织研究作品，及许多有助于我们重新思考交流与封闭辩证法的历史叙述；在西南区，则包括了缤纷多彩的民族学与民族史学作品，及高水平的社会学区位研究之作。它们给了我激情，也给了我负担。在这些成就的思想启迪下，我行走于这些区域内外。旅途中，遇见了对应于书本记录的现象，我既倍感兴奋，又时不时因对自己所能做出的知识增添产生疑惑，而产生沉重的心理压力。在激情与压力的同时作用下，我写下了不少文章。这些文章在求证和诠释上颇不完善，但如我所猜想的，它们也许能在"继承地反思"中起到传播东南与西南两个学术区既有成就的作用，也能在"反思地继承"中导入某些我们的先辈错过的意象。

至于这些随笔的具体内容，我必须说，它们大多数是对地方性现象的记录。我用"人文区位学"来形容这种对地方性现象的记录。

"人文区位学"这个词，本是20世纪30年代以吴文藻先生为首的燕京大学社会学系师生们（今之北京大学社会学"祖先"）为了翻译社会学芝加哥学派"human ecology"一词而创制的。作为描述性概念，它大抵是指身在地方的个人与群体密切关联，共同置身于更大范围的"社会环境"的过程与事实。作为学理性概念，它则通常是指用以研究这些过程和事实的办法。

一旦用了"ecology",便有"适应"的含义(对芝加哥学派和燕京学派而言,它主要指个体对共同体的"适应",及共同体对更大区域或"社会"的适应)。对我而言,这个词汇之所以精彩,并不是因为它有这一含义,而是因为,由这几个字母构成的词汇,显示着某种应变潜力,这一潜力若得以"开发",将特别有益于我们理解作为生活世界的"地方"里里外外"关系千万重"的逻辑。在我看来,这一逻辑便是"广义人文关系",其"体系"兼及人及其"他者"(物化的人,物自身,及神性"异类"及其"在场表现")。

信守某种"关系主义教条",我不强求自己给作为关系体的区位以不现实的清晰界定,更不相信地方性现象与"大体系"无关。于是,本书所收录的文章表现出我的矛盾:我摇摆于大小不一的区位"交流与封闭的辩证法"(内外关系)与"社会秩序生成原理"(上下、左右、前后关系)之间。这就使本书的前后几篇文章,与前一组文章的后几篇、中间一组的三篇及后一组的前几篇构成的更集中于"乡土"的叙述,形成某种不协调的关系。我保留了这一不协调的关系,我相信,这并不与自己对"人文区位学"的看法相左。毕竟,我理解的"人文区位学"不是别的,而是某种凝视地方和区域,但因不满足于此而环顾四周并将"在地的"上下、左右、前后关系向广阔的内外关系开放的民族志学(ethnography,通常指对特定区位或社会共同体的长时期研究及"有意味的描述"),而这种民族志学在不同情景中的不同取舍不过是其总体取向的个别表现。

本书内容芜杂,但我希望这些篇章都是在言说和诠释上述意义上的"人文区位学"的。

最后,有三点需要说明。其一,在所收各篇文章的结尾,我均注明了初次发表的刊物名或书名(有一处,因找不到发表细节,仅注明了写作时间)。文章有不少已散见于过去出版过的个人文集里。不过,为了简明起见,我便不一一重复注明其出版细节了。其二,在编辑整理所收文章的过程中,我做了两方面必要的修改。一方面,我将原文不同的注释方式统一为脚注。另一方面,我对若干地方的行文做了调整。其三,我认为那篇关于东南与西南学术区的论文有益于廓清本书的思想框架,于是将其收为附录。

王铭铭

2020年9月8日

于五道口寓所

致　谢

　　我的东南研究，受惠于我称之为"汉学人类学家"的前辈和同人，其著述所给予的启迪，我至今仍不能忘怀。在穿行于西南的过程中，我结识了大量"土著人类学家"，寻得许多故去的前辈所留下的著述。这些人物和书本对我的影响很深。我必须感谢这些曾经给过我启迪的前辈和同人（其姓名与著述在书中均有涉及，此处不再罗列）。

　　感谢那些曾经随我进入不同地区从事研究的学生们（这些学生们的名字，会在若干文章中出现），他们的陪伴（无论是亲身的还是意念上的），对我而言都是弥足珍贵的。

　　也感谢那些曾经发表过本书所收文章的杂志，如《读书》（记得是在1996年的某段时间，我为其组了首期"田野札记"稿件）、《书城》《经济观察报》，以及《西北民族研究》（几年前，该刊特地为我开了一个学术随笔专栏）。

　　最后，我应感谢丛书主编陈恒教授，他给了我一个机会，来给自己的那些线条不清的旅程一个阶段性的回望。

目录

序   3
致 谢   7

从东南出发

古船的招魂   3
刺桐城：治乱与史   11
船帮·天后·跨世纪   27
中国马达   34
空间阐释的人文精神   39
说香史   54
塘东：沿海村社的居与游   65
形象、仪式与"法"   74

华北作为过渡

象征的秩序   105
"水利社会"的类型   118
关中：山不高皇帝不远   127

游走在西南

魁阁的过客	139
经魁阁返回人文区位学	154
滇行六题	169
一　"蛮界"迷思	169
二　大理的悍妇与乡约	172
三　"传统"的发明	175
四　如此"修旧如旧"等于破坏	180
五　动物园的公共性	182
六　保住我们的"处女江"	186
鸡足山与凉山	190
初入"藏彝走廊"记	200
土司与边政	245
《心与物游》自序	255
川行三题	273
一　"远山的呼唤"	273
二　在那遥远的地方，有个使教授尴尬的村子	277
三　华西协和大学的植物学与人类学	280
复合的仪式、人物与交换	286
从古代巴人到土家族	295
《跨越界限的实践——藏学人类学的追寻》序	311
附录：东南与西南	325

从东南出发

古船的招魂

1973年，后来成为我的大学老师的庄为玑先生散步于东南沿海的一段海滩之上。他偶然发现了宋船"残骸"。次年，掩埋在海港泥沙之下的宋代海船被考古学家发掘出来。当年，"千万不要忘记阶级斗争"还是考古学杂志的"前言"，11岁的我是小学高年级的学生，刚经历过的许多热闹时刻，多是那些与毛主席最新指示发表相关的锣鼓喧天的庆典。可是，我还是注意到，这条浮现在泉州湾内泥滩之上的古船，还是经过认真发掘，最后被运送进城，规整后被放置在一座专门为它建设的博物馆里展示。这些事件的意义难以捉摸。而在故乡泉州内外，它所引起的轰动却是巨大的，当时甚至连《人民日报》对此也做了长篇报道。

古船代表的历史已过去，而它象征的往昔却悄然重现于它的停靠点上。在泉州过去数十年的历程中，古船端坐在开元寺内泉州海外交通史博物馆的古船馆里，凝视着来往于城市间的过客，在我开始研究泉州时之初，它已迎接了众多的考古学家、海外交通史学家、船舶技术史学家。

从地理和政治空间来衡量，泉州按说仍然可以算是"荒服"，而在这个"荒服"的"荒服"边缘发现的古船，比起现在的万吨巨轮，实在也只能算是"小木船"。然而，这个对于当今的"生产力"来说是"边缘之物"的东西，似乎却预示着整个中国直面海洋的时代的来临。

也就是在过去的这几十年，我们重新从封闭走向开放，从农业走向商业，从政治走向经济，从"土地"走向"海洋"。

这些转变似乎是"生产力"意义上的。然而，它们其实有浓厚的"非生产力"色彩。这毫不奇怪：我们所亲身经历的中国历史，表面上是以"生产力决定生产关系，生产关系决定意识形态"的方式演绎自己的，但观念形态的转变对于生产方式的决定作用，却从来没有休止……"经济工作"决定经济，经济人的偶像"超越"社会人的实践，这一直是我们的现实。

在这样的历史情景中撰写历史，自然是要强调"指示"这个概念意味的一切对于社会变迁的导向作用。而那艘今天看起来仍是那么巨大的古船，似乎也是作为一种"生产力的指示"而非事实存在着。并且，它对于历史叙事暗中起着某种隐晦的作用。

关注历史的人类学者总是希冀在历史的时间进程中透视历史的结构，然而，他们需要进一步认识到，把握了历史的时间进程的脉络，不等于把握了历史的结构。

我曾从自己的角度，勾勒出故乡的丘陵与港口之间"对话"

的历史。这部历史，似乎足以使人暂时地脱离日常生活，进入陌生的历史时间，进入"作为异邦的过去"。而我深知，仅是如此"解读"文本里的表述，我们难以完成自担的认识使命——我们还面对着自相矛盾的历史观念构成的"主观历史"。

在过去的数十年里，古船代表的历史观念纷纷浮出水面。其中，一种观念逐渐在泉州成为主流。这种观念中暗含一个看法：泉州的古代史，乃是当今这座城市以至整个中国"改革开放"的本土文化资源。为了证实这个看法，一些年前，文史界的老一辈学者培育出了一门叫作"泉州学"的学科。"泉州学"直白地"以古鉴今"，在宋元港市的废墟上重建旧日的辉煌。在这门学科中，关键概念正是"海上丝绸之路"，这个概念将"东端"的故乡与"西端"的异国他乡连接起来，以"东端"的古老海上交通与贸易来表明，在支配世界的"西方"存在之前，就已存在着"比西方还西方的东方"。在这门学科里，地理学意义上的西方与代表近代"思想解放史"的文化意义上的"西方"，被学者们用来照应华夏的历史时间感、地理方位感和文化认同。

在政府机构成为适合"经济工作"的机器之后，泉州的文化工作也围绕着这项工作展开。与海洋联系的名胜古迹和历史文物，在传统保护计划中名列前茅。即使是那些本来只与"乡土"或"地方"（抑或，历史学家傅衣凌先生曾称之为"乡族"）概念有关的东西，为了标出自己的价值，也纷纷与海港或从海港出外谋生的华侨联系起来。文化部门组织了各种演出和仪式表演，在旧历的各个重要的时间点上，在一年周期中的关键点上（如正月

十五、七月十五、八月十五），安排跨地区、跨国界的"文化展演"。直到17世纪之前依然被政府当成"游惰"的海外移民，被这些展演感召着，从异乡回归故乡。那些历史上与泉州有过密切交往的国度，如阿拉伯世界、意大利、西班牙、葡萄牙、荷兰、菲律宾、新加坡等等，惦记着泉州港旧日的辉煌，在地方政府的邀请下，略带"朝贡"意味地来到我的故乡。

"逝去的繁荣"，是本地居民与追逐利益的商人和探索世界的游人一道创造出来的。当下泉州多元文化的拟古景观，则是在一种历史观念的有意识引领下得以形塑的。

不应忘记，"泉州学"成为"泉州学"之前，华夏的政治文化是围绕着"消灭历史以便拯救国家"的使命建构起来的。在19世纪末，政治文化中一度短暂地出现某种复古的潮流。1895年，世界性鼠疫从香港传入，当年染病985人，死亡847人。同年，清朝在"甲午战争"中告败，泉州将士很多战死海上。在国难深重之时，传统的仪式典礼在一个曾经辉煌的城市被重新召唤着成为人们的期待。1896年，承天寺举行49天的大型超度仪式，[1]意在通过仪式来团结泉州人一致对外，在神灵的保佑下，重新赢得文化的自信。不久，对传统的信任骤然下降，各种各样的带着"新"字的空间，将人们想象中的"西方文化"引进城来。1902年，官府设立官立中学堂和小学堂；1903年，泉州开设邮局，促成轮船

---

[1] 王铭铭：《危亡与超生：1896年中国东南沿海的超度仪式》，载《中央研究院民族学研究所集刊》2000年第1期（总第83期）。

首航于厦门港与泉州港之间；1908年，现代式的"农务会"组成；1909年，教育会成立；1910年，电影被引进；1915年，现代报纸《新民周报》出现于街市……所有这些被现代社会理论家当成是一个社会的"现代性"之文化构成因素的空间和组织，像被崇拜的偶像那样，在一座古老的城市里树立了自己的丰碑。它们与那些老式的空间和组织形成了反差，让古代庙宇、府衙、石塔、桥梁、城墙、街市、书籍、祠堂等等，成为"劣势文化"的表征。

在故乡泉州的古代历史上，先人们并不是没有见过"西方"来的东西；甚至连所谓"西方文化"最核心的特征——"宗教"，对他们来说也都不陌生。很久以前，基督教的前身景教已传入泉州，后来，也里可温教派更在泉州相当广泛地传播过。到了元代，天主教在泉州为更多人所知。1313年，意大利方济各会甚至选择在泉州建立主教区。到1346年，此教派在泉州已有教堂三所。在政治文化相对内敛的明朝，天主教在泉州的影响竟也不小。1625年，曾向中国人介绍欧洲人文地理的著名传教士艾儒略应邀来泉州传教，吸收教徒数百人。直到清朝雍正皇帝下谕严禁传习天主教之前，来自西方的宗教文化，在泉州一直是与当地其他宗教共处一城的。

然而，20世纪初期，由新兴的文化精英引进的"西方文化"，却已带着不同的面孔出现在故乡的面前。这时的所谓"西方宗教"，已完全以"现代文化"的面目出现，并且，完全以一种历史的目的论叙说，来逼迫或引诱世界其他地区的民族"感到"自己的文化属于"过去"。用"现代文化"来消灭自己的"过去"，以便将自己从不利的地位中解救出来，成为20世纪的主流。在现代"救世主"话语的笼罩下，形形色色的"民族复兴"运动涌现之日，也就是"现代文化"建设、"传统文化"破坏之时。其在泉州造成的首要后果，便是古城的摧毁。为了将泉州建设成为一个比得上诸如厦门这样的现代城市的城市，在一位地方官员的主导下，几年前政府拆除了城里大量的老房子。人们讽刺这个官员，说他是"拆房博士"。事实上，这个"拆房博士"并非是一个孤立的个案。在整个20世纪，拆毁旧式的建筑，成为标新立异的前提。自从1922年泉城工务局（即后来的市政局）成立，拆城辟路便成为政府的"工作重点"。屹立于中国东南沿海的最古老城墙，没有毁于明朝的"倭寇"之手，也没有毁于清初和晚清的战火之中，而终于在20世纪上半叶彻底毁于"现代文化"建设者之手。新的市政建设者给自己的使命，是拓宽道路、拆除城门和城墙，将城市改造成完全失去古代防御和文化功能的空间。这片空间的特征，正是城市向外滋长的趋势，它的最终目的是消除传统社会"五服"之类的等级区分，是一个完全一体化的"大众"与一个完全一体化的"国家"的完美对应。因而，在道路拓宽、古城拆除的进程中，接受"新文化运动"启蒙的一代，也于1923年开始，去捣毁民间宗教的神像和庙宇。在以毁庙为象征举动的"破除迷信"运动中，新文化的建设者期待看到的，乃是一个没有历史负担的民族的兴起。

我曾散步在众多欧洲古城外，目睹西方现代化与城墙的和平共处。而在我的故乡，"没有破坏，哪有建设？"这个反问句经常被"现代文化"的建设者用来抵御批评者的质疑。的确,在毁坏了古城之后,建设还是有的。比如,从20世纪20年代开始建设的南北大街,全长2 400米,宽12米,中段两侧骑楼式建筑,现在称为"中山路",便是建设的主要成果之一。然而,"现代文化"的建设者似乎过于喜新厌旧,即使是刚刚建好的房屋、刚刚修好的道路,也可能被他们嗤之以鼻,不久即加拆毁和重修。20世纪,"拆房博士们"似乎已形成一个成熟的利益集团,这种利益集团的生命源泉,恰恰在于不断的拆毁和建设。

古船是在古城毁坏之后发现的。古船是幸运的:若不是宋末元初的某场灾变将它淹没在人的视野之下,那今日恐怕就连它的底部都已被当成"现代文化"的"燃料"完全烧尽了;若不是有考古学家还理解它的存在价值,那就连它本来珍贵的木料,恐怕也都已被当成"朽木"来处理。

古船的幸运,不出于偶然。当故乡的历史还被故乡的人当成自己的"敌人"之时,"敌人"就告诉了我们不少道理,我们与"敌人"在战火中形成了某种交换关系——我们在破坏历史中突然省悟到历史的价值。

于是,如今你若是驱车从城市南边跨越桥梁驶向泉州,在桥上你便会看见一条蜿蜒的城墙有些突兀地在眼前伸展开去,你便会以为这就是古老的泉州给世人留下的古老遗存。然而,这不是古城的城墙,城墙早已完全消失在短暂的20世纪之中。这条拟古的"城墙",其实是近年才修建的防洪堤。它的建筑材料不再是坚固的石块,而是水泥,它的顶部装饰的瓦片,不再有威镇远方的气派，而略显阴柔地属于民居的建筑风格。为什么要将防洪堤建设成古老城墙的样子？答案不难得到：我们在毁坏城墙后还是需要一条像城墙那样的界线，以便区分"我们与他们"，声明"我们拥有过文化"。难以算清的是，呼唤文化的潮流，具体是哪一年涌现于故乡的；易于想见的是，这一新近涌现的潮流，是在生活与传统之间裂缝越来越大的状态下出现的。另外，"泉州学"是一门历史的学问，这一说法出现于上世纪80年代。这门学问以弥补生活与传统的裂缝为己任，试图在我们的过去中找到我们的现在，在我们的历史中找到我们的未来。这种通过知识的探求来人为造就的时间绵延之感，与既已发生的"割断历史"的众多事件相背反：它不反映历史的现实，它反映的是历史的神话。然而，正是这种有些"不切实际"的历史神话，让故乡古代的繁华，成为一座未能保持它的古老风貌的城市的未来预期。

（摘自《由彼及此，由此及彼——家乡人类学自白》，原分三部分，载《西北民族研究》2008年第1—3期）

刺桐城：治乱与史

在欧洲，分立的绝对主义王权国家，是近代民族国家的基石；在中国，堪与此类国家相比的，似乎仅仅是那些出现在"分裂时期"的王国。作为一座城市，泉州兴起、扩张、式微的时期，是国内史学定义的从统一到分裂再到统一的第二个历史大循环时期。[1]在这个时期，隋、唐获得统一，五代、宋、辽、金、西夏出现分裂，元、明、清又回到统一。若生搬硬套欧洲经验，则会认为，五代、宋、辽、金、西夏这个阶段以区域和民族为基础建立的政权，比之前和之后的统一王朝，都更接近于17世纪之后的欧洲王权国家。这些政权的内里整合得更严密，"民族文化认同"更单一，对外战争频发。就"中夏主干"而言，其中的五代

---

[1] 冀朝鼎：《中国历史上的基本经济区与水利事业的发展》，朱诗鳌译，北京：中国社会科学出版社，1981年；葛剑雄：《统一与分裂》，北京：生活·读书·新知三联书店，1994年。

中的汉人政权和宋朝，无论是在官僚（科层）主义，还是在对文化完整性的追求和对疆域的意识诸方面，似乎都更接近于近代以来人们追求的"民族国家"。在这个阶段，泉州达至繁荣，有其政治文化上的原因。五代至宋接近于民族国家的"中夏主干"，与其他政治实体激烈"竞赛"，因而，在内政上采取政治经济上更为理性的政策（如赋税和市舶司制度）。也正是在这个阶段，"内圣之学"渐渐在以士人为中心的社会中间层得到重视，成为某种超越地方共同体而涵盖"国"之范围的"普遍性知识"。[1] 然而此时，世俗化政治经济学理论和外交体系尚未出现，泉州的繁荣既没有在国家观念形态体系中赢得足够重要的地位，又没有稳定的国际政治体系的保障。到了大一统恢复的元、明、清，摇摆于夷夏之间的泉州，时而得到进一步繁荣的机会，时而沦为高度军事化的边疆。蒙元帝国横跨欧亚，且向海洋扩张，其规模接近于近代世界体系。站在泉州繁荣的角度看，此时朝廷之政治经济政策更接近于理性。然而，这个帝国在疆域内实施的"阶级区隔"、种族—文化"分而治之"的方略，却有将中国拉回传统国家时代的倾向。为了对这一"矫枉过正"的做法加以"纠偏"，明朝回归宋朝，在那个境界里寻找破除"天下"内部文化"阶级区隔"的方法，对理学进行官方化的重新解释，使之适应于营造本土主义和绝对主义的统治。而在蒙元帝国奠定的"世界体系"之下得以建立的疆域，已重新接近于"天下"的规模，而不再为

---

[1] Ernest Gellner, *Nations and Nationalism*, Ithaca: Cornell University Press, 1983.

本土主义和绝对主义提供基础，这就使明之观念和政治形态存在着空前严重的内在矛盾。

有关统一与分裂的轮替，并不只是史学家从对史实的归纳中得出的，更是他们对既已存在于思想体系中的历史观念进行的再解释。当下的我们，可以用这些再解释来言说我们试图理解的民族国家观念之局限，而过往那些在历史中行动和思考的人物，则以他们的概念解释着他们时代的"古今之变"，并带着解释参与到历史中。

"治乱"，就是这样的概念。

* * *

据梁启超[1]，治乱，最早以"天下之生久矣，一治一乱"之句出现在《孟子·滕文公下》，原指"禹抑洪水，而天下平；周公兼夷狄，驱猛兽，而百姓宁；孔子成《春秋》，而乱臣贼子惧"三大历史事件。对于孟子来说，大禹、周公、孔子都是圣人，他们之所以是圣人，是因为他们克服乱而导致治。

孟子说，古时待治之乱具体有以下三类：

（1）当尧之时，水逆行泛滥于中国，蛇龙居之，民无所定，下者为巢，上者为营窟。书曰："洚水警余。"洚水者，洪水也。

（2）尧舜既没，圣人之道衰，暴君代作，坏宫室以为污池，

---

[1] 梁启超：《中国历史研究法》，上海：上海古籍出版社，1998年，第141—143页。

民无所安息，弃田以为园囿，使民不得衣食，邪说暴行又作，园囿、污池、沛泽多而禽兽至，及纣之身，天下又大乱。

（3）世衰道微，邪说暴行有作，臣弑其君者有之，子弑其父者有之。

也就是说，乱，有的是天灾，如洪水，有的是人祸，如暴君出现及"邪说暴行"盛行；乱的后果，可包括"蛇龙禽兽"抢占人类居所、民不聊生、暴力横行，及社会秩序（君臣、父子关系秩序）崩溃。

对应于乱，治也有如下三类：

（1）禹掘地而注之海，驱蛇龙而放之菹，水由地中行，江、淮、河、汉是也。险阻既远，鸟兽之害人者消，然后人得平土而居之。

（2）周公相武王，诛纣伐奄，三年讨其君，驱飞廉于海隅而戮之，灭国者五十，驱虎豹犀象而远之，天下大悦。

（3）孔子成《春秋》，而乱臣贼子惧。

大禹之治，有两方面内容，即，"掘地而注之海，驱蛇龙而放之菹"，一方面针对洪水泛滥，另一方面针对"蛇龙"入侵人类居所；周公之治，是通过协助武王，消灭暴君及其同伙，但也涉及"驱虎豹犀象而远之"；在"圣王不作，诸侯放恣，处士横议"的情境中，孔子之治，是通过书写，重新确立伦理的核心政治地位。在孟子的眼里，天下丧失秩序，淫辞邪说盛行，与洪水、禽兽横行是一样的，对于民生害处极大。因此，孔子作《春秋》，与大禹治水、周公相武王伐纣，起到的都是"治"的作用。

作为一种融历史描述、解释、价值判断为一体的史观，治乱之说，既涉及秩序的丧失与重建，又涉及民生，秩序与民生不可偏废。如后人总结的，唯有"生生而具有条理"者，才可以叫作"治"，而造成民生凋敝，或是"生生而失其条理"者，都可以叫作"乱"。[1] 在古人那里，实现"治"，就是造就"生生而具有条理"的状态，而为了促成这一状态，执政者被要求以"执中"方式来处理人与物、人与人之间的关系。"执中"的方式不同于近代的"权力支配"，它是指均衡势力，形成顺应"生生"的历史条件（"时中"）。与"执中"相反，有"执迷"，即掌控历史条件者用力不均衡，出于忽略或误解，不能用好权力的分寸，从而使自身的历史行动违背"生生"与秩序相适应的要求，导致"乱"。

* * *

在考察泉州历史时，借鉴人类学的学术伦理，我以其地方性的"生生而具有条理"为价值，对流逝的过去做基本判断；据此，我区分出明以前、元以后两大阶段，认为，明以前，这座都市"生生"这一面突显，元以后，"具有条理"这一面成为官府诉求。可以想见，带着传统治乱观念参与到历史中的古人，在明以前体会到了"生生而失其条理"所带来的"乱"。因之，他们中有神异性权威者，才在"乱"达到不可收拾的地步（如元末泉

---

[1] 罗香林：《历代治乱的因果》，载《中国民族史》，香港：中华书局，2010年，第48—49页。

州十年内乱)之时,选择以彻底的"治"来改变现状。这种彻底的"治"(也便是我在书中讨论的本土主义、绝对主义统治之类"文明政治")给"生生"留的余地过小,因之,并没有真的如愿景中那样,营造出一个"和谐社会";相反,在这个官僚和教化体制高度发达的阶段,"商盗"泛滥,地方"淫祠""淫祀"勃发,逃避帝国控制的海外移民猛增,在明嘉靖年间,不少甚至加入"倭寇",挑战着沿海卫所象征的权威。伴随着区域性大都会的"条理状"(城)的势力扩张,在山海大腹地,"生生状"(市)的势力也同时攀升,这就使本来用以捍卫"边疆"的卫所和县衙,衍化为地方性的贸易中心。饶有兴味的是,在这个过程中,朝廷用以宣明"德治"的城隍、关帝,在不少卫所之城转变为公正贸易和财运的维护者。

可以对历代治乱的时势转变做总体分析,将整个"国家周期"的历史划分为周秦之间由封建到郡县的治乱、由"中夏主干"经边民割据时代的治乱(自两汉至南北朝及隋代)、由军权统一到军阀割据时代的治乱(自唐至五代十国)、由"中夏主干"经边民入主时代的治乱(由宋至清)、由国民革命到抗战胜利(民国)的治乱,等等。[1]然而,判断治乱的立场各异,即使是有"生生而具条理"的共识,在衡量历史时势时,到底是应从区域、国家,还是从"天下"出发,学者们往往有观点分歧。

身处古今泉州的各社会阶层,受观念形态的潜移默化影响,

---

[1] 罗香林:《历代治乱的因果》。

采用"国家周期"来判断治乱者不在少数。然而，那里的人们有特殊的区域性历史经验，这种历史经验给人的感受，与"国家周期"意义上的治乱还是有重要差异的。

泉州的人文世界是由躲避北方"永嘉之乱""安史之乱"等动乱而来到此地的家族创造的。如果说这个人文世界含有什么特殊的繁荣基因，那么，这种基因必定与孕育区域体系的人们的避乱心境有关。作为"避乱"移民，在多数情境下，人们倾向于在"生生状"与"条理状"之间选择前者。这一选择，与纯然依据"国家周期"而进行的历史方向选择不同，它侧重于"生生状"。也因此，从"国家周期"的角度看，此地官民的历史行动具有缺乏文明秩序关切的特征。如傅宗文先生在近作《沧桑刺桐》[1]中指出的，泉州港市的形成与繁荣，与闽南移民社会有直接关系，这种社会居于闽南的广大腹地，有与迁徙相关的开放特质。在其基础上，地方人群得以与驻华海外番商人口紧密接触、融合，形成我宁愿称之为"夷夏杂糅"的复合人口结构和文化特性。在正统治乱史观的捍卫者看来，这种"杂糅"等同于"条理状"的缺失，可定义为"乱"。但对"区域周期"而言，它却是不乏条理的"生生状"。可以认为，明以前泉州的持续繁荣，可被视为在对"条理状"漠不关心的情境中发挥"人欲"而取得的成就。

对"条理状"的淡漠态度，必然也有其灰暗的一面。在朝代交替的过程中，出自泉州的杰出人物，似乎比那些受正史讴

---

[1] 傅宗文:《沧桑刺桐》，厦门：厦门大学出版社，2011年。

歌的"英雄"稍逊一筹。得到泉州人赞美的五代"晋江王"留从效，舍弃闽国，投靠南唐；宋元之交，权贵蒲寿庚，不惜背历史骂名，闭门不纳宋幼主，屠杀南外宗正司赵宋宗亲，不战而降；明清之交，几位大名鼎鼎的"贰臣"，如洪承畴、施琅、李光地，也都出自泉州。顺应"区域周期"的"生生状"形成的需要，不惜背离"条理状"的道德，务实地进行政治选择，似乎是这一系列人物的主要作为。

然而，复杂之处在于，无论是在元明之交，还是在明清之交和清末民国之交，泉州也涌现出不少史诗式的传奇。元明之交宋幼主和文天祥之类人物融合于"民间信仰"之中，明清之交"愚忠"的郑氏集团，清末民初活跃于地方革命运动的华侨，是这些传奇的实例。

另外，必须指出，"内圣之学"似乎如此深植于泉州官民的内心，以至于那些在正史"贰臣传"中出现的人物，也在这方面涵养深厚，即使如备受争议的色目人蒲氏家族，亦是如此。

由于达至"治"所需要的"执中"在实际的政治实践中最难把握，在经学理想秩序之外的生活世界，"执迷"最易于成为"流行文化"，"生生"与"具有条理"的融合实难实现。因此，进入所罗列的治乱时代中的任何一个，我们都会发现，合格者极少，天下大治的时代都潜藏着乱的根由；天下大乱时代似乎也都暗含着天下大治的未来。历史如此，故孟子感言，"天下之生久矣，一治一乱"。

＊　　＊　　＊

在从区域出发理解天下的过程中,我个人可能因自身知识的缺憾和未能"执中",而犯下了未能足够辩证地看待治乱的错误。比如,在强调明以前的"生生状"时,我未能充分表明,正是这"生生状"所含有的"无条理状"的潜在矛盾,导致自身的失落。

与此相关,在一篇题为"'泉州学'与泉州海交史研究刍议"的文章[1]中,历史学家王连茂先生对我描写泉州宋元繁荣时代时重"文明对话"、轻"文明冲突"的做法提出了批评,认为在泉州繁荣时期,不同外来宗教之间存在着矛盾冲突,"泉州伊斯兰教文化的发展,也一度引起本地士大夫阶层的紧张"。他说:

> 12世纪中期,一场文化冲突在儒教文化和伊斯兰文化之间发生了。起因是"贾胡"(阿拉伯穆斯林商人)在通淮街清真寺(艾苏哈卜寺)建了塔楼。因位于泉州府文庙之前,"士子以为病",便向州府告状,坚决要求拆除。据说"贾赀钜万",并上下贿赂,故士子们的告状不被理睬。但是,事情并没有结束,它引发了另一场有关法律方面的争论,争论的焦点是外国人在泉州城的居住权益问题。时任泉州府通判的傅自得极力主张:"是化外人,法不当城居。"也就是

---

[1] 王连茂:《"泉州学"与泉州海交史研究刍议》,载中国航海学会、泉州市人民政府编:《泉州港与海上丝绸之路》,北京:中国社会科学出版社,2003年,第575—593页。

说，这些外商来自政令教化所达不到的地方，他们不能住在城里，颇有点"文化霸权"的味道。但争论照样没有结果，塔楼还是没有被拆掉，这场文化冲突也以士大夫的失败而告终。此事被记载于《朱文公集》卷九十八颂扬傅自得的文章里。这位大理学家的态度当然是支持傅自得的。

如王先生指出的，早在12世纪，"士子"已难以接受"贾胡"在城内建立清真寺塔楼的事实，他们坚持正统，认为"化外人"不能在城里聚居，更不能在城里营造自己的宗教建筑。

以上实例虽是针对我淡化"文明冲突"的做法提出的，却似乎支持我的"内圣之学转变论"。如我认为的，明初得以官方化的"内圣之学"，思想体系早在明以前就形成了，必然存在于宋元时期的泉州。为了解释宋元泉州繁荣的可能，在述及当时的儒家时，我确实因过分强调其兼容并蓄的"杂糅心性"而忽略这种心性所掩盖的儒士对"夷狄"的排斥心理。然而，必须澄清的是，我的主张其实是，在不同的时代，儒学体系总是兼有开放与封闭两种取向的。也即说，我们不能说这个时代的儒学体系完全开放，那个时代的儒学体系则完全封闭，而只能说，儒学思想性格的这两面，如同城与市一样，在不同时代势力此消彼长。在泉州，儒学本土主义一面的势力直到元末明初才骤然上升；在此之前，这一面虽然存在，却客观地处于次要地位。也因此，12世纪的那些泉州"士子"，其内心虽反对伊斯兰文化，客观上却不可能将其排除在"围城"之外。

如我的理解无误，那么，从这一质疑出发，我们似乎还可以引申出对"繁荣泉州"的重新思考。说繁荣时期文化多元的泉州和合一片，等于否认了多元必然含有的内在问题。"士子"与伊斯兰文化之间矛盾的存在表明，贸易的繁盛会带来文化多元（甚至可以说，文化多元是贸易繁盛的条件），但"和而不同"并不是文化多元的自然产物。

* * *

至于历史与结构之间的关系，我也需要指出，作为学术问题意识，它确实是在西学中得以界定的，[1]但在我们所研究的地方，对这一关系却早已存在生动的刻画。

唐人包何《送李使君赴泉州》一诗的短短几句，意味深长：

> 傍海皆荒服，分符重汉臣。
> 云山百越路，市井十洲人。
> 执玉来朝远，还珠入贡频。
> 连年不见雪，至处即行春。

如果说历史有其结构形态，那么，包何诗中说的，正是这一

---

1 Marshall Sahlins, *Historical Metaphors and Mythical Realities: Structure in the Early History of the Sandwich Islands Kingdom,* Ann Arbor: University of Michigan Press, 1981.

结构形态。包何将山海与夷夏、季节与交通编织为诗歌，替我们指出，泉州地属"荒服"，自唐以后，建置多为汉式，但山地与市井、古越人的遗迹和从海上来的不同人群遥相呼应，界定着这座城市的"史前"与"史后"的界限。

文化关系的结构，除了在客观的历史过程中得到表达之外，还在主观的历史理解中得到抒发。历史抒发必然是以不同族群的不同文化和不同文化的利益为基础而得以表达的。遗憾的是，关于城市之"史前"，因文献欠缺，我们无以得知越人对于南移的"中夏"及相互之间关系的态度，而只能从文献记载中得知，"中夏"与越人之间的关系，曾经在诸如章回小说《平闽十八洞》等文本里得到"中夏"角度的表达。[1] 至于城市之"史后"，形形色色的不同历史抒发则极其丰富。

泉州色目人后裔家族谱牒，多书写于"夷"败退之后，悄然出现于一个华夏本土主义年代里。这些谱牒夹杂着"夷人"对于夷夏和治乱结构的情绪，而这些情绪往往是被掩盖和压抑着的。

夷夏治乱的"心史"，则在"夏人"精英和民众持有的不同文化形式中得到抒写。比如，李贽家族的族谱《学前李氏分支家谱》收录的《垂戒论》（写于明宣德年间[1426—1435年]），对蒙元的"以夷乱夏"加以鞭笞："元代失驭，而色目人据闽者，惟我泉为最炽。部落蔓延，大肆凌暴，以涂炭我生灵。迄今虽入编户，然其间有真色目人者，有伪色目人者，有从妻为色目人者，

---

[1] 泉州学研究所编：《〈平闽十八洞〉及其研究》，北京：九州出版社，2011年。

有从母为色目人者。习其异俗,以梦乱我族类,蔑视我常宪。"[1]

另外,如我在书中提到的,圣人和帝王将相崇拜,是汉人民间信仰的核心内容之一。这些崇拜,也可谓是有同等价值的"心史"。在泉州城乡,对于通过生命的献祭在"乱世"中实现"忠"的"内圣"之历史人物,尤其易于成为人们敬奉的神明。除了奉祀唐代"安史之乱"时期的忠臣张巡、许远(文武尊王)的双忠庙,奉祀抗元的文天祥、陆秀夫、张世杰的三忠宫之外,还有不少宫庙奉祀宋元之交的乱世英烈"正顺王"。"正顺王"指一位南宋正直士人谢枋得(字君直,号叠山,《宋史》有传)。谢枋得有深厚程朱理学和道教的修养,也是著名诗人,为人刚正不阿,对南宋朝廷的腐败有严厉批判,屡受奸臣迫害。其在政治上的遭际并没有改变他对"中夏"的忠诚。在元兵沿长江东下攻占江东时,谢枋得率兵抗击,战败后逃入安仁、信州。再度战败后,改名易姓,进入建宁,靠为人占卜、讲学为生。作为南宋著名旧臣,他元初被推举入朝,但拒不赴任,后被福建行省参政强迫进京,不久得病,迁居悯忠寺。在该寺,他看见墙上的《曹娥碑》文,如《宋史·谢枋得传》所载:"泣曰:小女子犹尔,吾岂不汝若哉!留梦炎使医持药杂米饮进之,枋得怒曰:吾欲死,汝乃欲生我邪?弃之于地,终不食而死。"虽是弱小文人,但无论是对"中夏"朝廷的政治腐败还是对"夷狄"的武力威胁,谢枋得都未曾屈服。这一具有"内圣"品质的士人,是对反于"乱"

---

[1] 转引自王连茂:《元代泉州社会资料辑录》,载《海交史研究》1993年第1期。

和"夷"的一把"双刃剑",其"利他主义的自杀",不仅被广为讴歌,而且使他"不朽"。谢枋得的德性化为灵力,成为"正顺王"。化身为神的谢枋得,被相信能保佑世间之人的生命传续和安宁,他平日接受着百姓相关于生活与命运的卜问,他的诞辰日规定着一些地方公共节庆的时间节奏,他的神像每年都被人们迎出宫门,巡行于地方的边界之上,年复一年地为地方百姓驱邪除病。

通过对诸如"正顺王"之类神明的祭祀画出的内与外、平安与邪病之间的界线,是夷夏之辨、治乱之分的民间表达。这种表达镌刻的历史,与我们这里显现出来的"说明旨趣"有别,但却一样来自我在这里借"人文科学"去"重新发现"的"过去",一样是对历史的记忆和解释。民间文化中的仪式,之所以说也表达着夷夏之辨、治乱之分,是因为这类仪式旨在通过神明祭祀,如大禹那样赋予宇宙一地理秩序;如周公那样,"驱飞廉于海隅而戮之","驱虎豹犀象而远之";如孔子那样,宣扬圣王的德行,使"乱臣贼子惧",创造和再创造人们愿景中"生生而具有条理"的社会。

在未来的一段时间里,如果条件允许,我将对历史中文化关系结构的不同抒发进行补充研究。

* * *

关于近代治乱史,我的关注点主要放在文化极端主义的兴起上，我将"本土化的殖民现代性"解释为通商口岸导致的区位体系转变背景下，由传教团体、华侨、地方精英在这个阶段从不同路径共同推进的"事业"。在我看来，19世纪中叶至20世纪中叶，是"生生状"与"条理状"找不到平衡的阶段，"乱"是其主要属性。在这个阶段，明末已出现的文化自我否弃，在外来观念和内外结合的新本土主义（国族主义）思想的共同冲击下变本加厉，在实际权力（政治—军事—经济）纷争的情势下，悄然成为"文化霸权"。近代史是一门发达而论争激烈的学科，对具体人物、事件、文化因素，学者们提出了不同的看法。我的旨趣偏向文化史，试图通过结合人类学对等级型和平权型民族主义的比较、汉学对于20世纪传统的自我否弃的内外因素的考证，理解东南沿海地区"乱世"中的"新夷夏之辨"。为了这一目的，我过于强调了传教团体、华侨、地方精英的极端主义，在对这些群体的历史行动做解释时，我未能充分尊重这些不同类型的群体的内部复杂性及在这种内部复杂性中生发出来的另一类可能（如文化守成主义）。我几乎将文化守成主义的所有"功德"归功于包括1896年承天寺超度仪式在内的"民间文化"，将文化极端主义的所有破坏作用归因于被民间抵抗的新主流势力。历史无疑远比这里所解释的复杂得多；而我在坚持平权型民族主义是19世纪末之后的主要"声调"的同时，甚至用精英—民间的二元对立格局考察历史，这使我失去很多。

在自知有限的同时，我相信，通过集中考察14世纪至20世纪上半叶的一系列地方历史遭际，我还是完成了一项对绝对主义

"条理状"的批判性研究。这项研究是在对"条理状"再度给予过度强调的时代完成的,它旨在表明,先前已夹杂在"生生状"中的"条理状"一旦被极端化,便既会含有违背"生生状"利益的问题,又难以实现自身。我也完成了一项对民间文化的历史感的研究。这项研究旨在表明,在民间文化这座历史富矿中,存在着比主流政治文化更为生动的"古今之变"的话语。

(摘自《刺桐城:滨海中国的地方与世界》[《逝去的繁荣》修订版]之《再版自序》,北京:生活·读书·新知三联书店,2018年)

船帮·天后·跨世纪

（1998年）年前，我去胶东地区从事人类学田野工作，途中顺访烟台。一位当地友人介绍说，烟台这个城市虽不算古老，却也有一些古迹。例如，清末始建的天后行宫，就因其历史的特殊性而招引来许多海内外游客。这位友人还说，天后行宫奉祀的是来自我的家乡闽南的妈祖娘娘，它的兴建与福建海商的活动有着十分密切的关系。这引起了我的极大兴趣，因而就随这位友人前往这个名胜之地游览。

烟台的天后行宫1958年后改为烟台市博物馆，可见它在这座城市的历史中占据着相当突出的位置。据传，胶东一带的城镇都有天后（妈祖）的宫庙，这是因为这一区域的城市化极大地受益于近代山东与福建沿海的海上交通。也可能正是因此，天后（妈祖）宫庙的空间位置往往被设定在城市的中心地带。至少，烟台的天后行宫便是如此。从建筑的风格来看，这座所谓"行宫"符合庙宇的建设规制,而几乎与现代式的博物馆建筑毫无相似之处。它的占地面积约500平方米,其大门、戏楼、大殿及东西廊庑沿南北中轴线对称排列,布局严谨且隐喻式地展示着"帝国"空间格局的基本特征。大殿内奉祀从福建南部传来的天后(或称"妈祖"或"天妃"),庙宇各处的雕镂模式,综合了我的家乡泉州的天后宫和开元寺的风格,就连山门上雕刻的"三国演义""封神演义""文武访贤""苏武牧羊"等戏剧化的故事,也都与我在闽南所听闻的完全一致。

在烟台这个北方沿海城市看到来自家乡的文化形式,我一下子对胶东人发生了一种特殊的亲切感。不过,我应当承认,在这里见到天后信仰,我并没有感到十分惊讶。因为,近年我读到不少考古学和宗教人类学研究文本,从中了解到,天后信仰在中国东部沿海(包括中国台湾)乃至日本、韩国、东南亚等地广泛存在,而胶东的天后信仰也正是这个被某些学者称为"妈祖信仰文化圈"的组成部分。如美国人类学家华琛(James Watson)在一项著名研究中表明的,天后原为民间的"妈祖娘娘",这是一位姓林名默娘的姑娘,幼年时在闽南地区的湄州岛成神,经常在海上保佑华人船民的安全,并因为其在元、明、清诸帝国保护海疆中表现出"水德配天"的灵性,故而被朝廷封为"天后""天妃""天后圣母"云云。[1] 由于民间与官方对于天后共同推崇,天

---

[1] James Watson, "Standardizing the Gods", in *Popular Culture in Late Imperial China*, David Johnson et al. eds., Berkeley: University of California Press, 1985, pp. 292-324.

后成为亚洲环太平洋区域海洋文化的核心信仰。胶东地区之所以流传这个信仰,恐怕正是因为它也是这个区域的组成部分。

烟台天后行宫最令我惊讶的,并非是上面这些广为人知的故事,而是几幅很少人加以重视的石刻楹联。它们分别雕刻在戏楼、山门及大殿之左右,内容具体如下:

戏　楼:
从八百英里航路通来揭耳鼓闻韶是真邹鲁海滨何分乐界
把二十世纪国魂唤起放眼帘阅史直等衣冠优孟同上舞台

山　门:
熙朝崇祀典鲁晋闽并分一席
湄岛现慈航江河海普护千艘
俎豆荐他乡何异明禋修故里
灵神周寰海依然宝炬济同人
仙霞缥缈
境似大罗

大　殿:
地近蓬莱海市仙山瀛客话
神来湄渚绿榕丹荔故乡心
榕嵩荷神庥喜海不扬波奠兹远贾
芝罘崇庙祀愿慈云永驻济我同舟

从格式来看，烟台天后行宫的楹联与同类宫庙大致相同。不过，它们的内容却有着浓厚的时代特征，并因此而与其他宫庙楹联形成很大差异。它们的独特之处有三：其一，在时间和空间距离的用法上采用了西历的"世纪"与"英里"之说；其二，它们在内容上强调不同华人商贾（如"熙朝崇祀典鲁晋闽并分一席"一语便为典范）共同受朝廷敕封的天后神灵之佑护；其三，它们突出了华人商人圈共同在跨世纪的国际商业舞台上竞争的角色。假使这些楹联出现在当今，那么我们便不应对之加以渲染了，因为在我们这个时代，对于跨世纪的期待与紧张已经成为人们司空见惯的日常习俗了。但是，这座天后行宫的建筑年代和它的楹联的写作，却并非发生在当今这个强调跨世纪时间断裂的时代。所以，我们似乎不能不对它们给予一定的关注。

烟台天后行宫始建于清光绪十年（1884年），前后历经22年才于1906年得以竣工，其竣工时间早于孙中山先生领导的辛亥革命（1911年）五年。那时，西历的"世纪"之说尚未成为官定的时间推定方法，民间的大多数民众也依然生活在中华帝国老黄历的时间流程中。对于一个已经难以维系其天下秩序的朝代，"世纪的跨越"这个概念隐含着许多危险的因素。因为这个时间界线是那些给这个帝国带来莫大冲击和挑战的外来"红毛鬼"（洋人）的发明，而它所标注的时间转折，也可能潜在地威胁着这个传统帝国的延续。对于那些生存在死亡边缘的一般民众，世纪跨越所可能引起的社会动荡，恐怕也并不比历史上的朝代更迭来得顺当。因此，从许多角度来看，处于19世纪向20世纪时间转折过程中的中国人，最好是忘却"世纪"这个词，忘却这个可以被称为"象征型暴力"（symbolic violence）的断代方法。然而，烟台天后行宫的建设者敢于直面中华帝国的时间命运，他们的代笔者在楹联中为这些勇敢的先锋表达了一个冒险的意愿："把二十世纪国魂唤起放眼帝阅史直等衣冠优孟同上舞台。"

天后行宫的主人是福建船帮，所以这个行宫后来也被称为"福建会馆"。他们的祖先曾经在宋元时期航行在世界的大洋之中，也曾经因其在"怀柔远人"中的贡献而受朝廷的褒奖。不幸的是，随着元帝国的消亡，也正当欧洲的西班牙、葡萄牙、英国皇家逐步承认海盗在其帝国扩张中的积极作用时，保守主义的明朝统治者实行了一项"海禁"政策，这使宋元时代的远航华人商贾的地位逐步降低为"走私的海盗"，而不能像欧洲的"官方化海盗"那样横行于大洋之上。到了19世纪，他们从外国帝国主义对中国的商战中找到了自己生存的夹缝。"不择手段"的非法走私和强盗活动自然是这个夹缝的空间拓展手段。而随着残酷海上商战的部分成功，这些古代官商的后代、清末的船上黑帮，已经逐步建立了自己在中国东部沿海的势力。能够在殖民主义占支配地位的烟台的城市中心建立一座属于他们自己的天后行宫，可以说正是他们的部分成功的一种象征。

当天后行宫在一座富有外来殖民主义色彩的城市中建立起来之后，福建船帮的成员们每年于旧历三月二十三日及九月九日天后得道升天纪念日举办两度宏大的祭祀活动。他们不仅聘请技艺高超的艺人到戏楼表演古装历史剧目，而且还成群结队地用一座豪华的鸾驾把天后迎到烟台的大街上招摇过市,张扬船帮的群体凝聚力与霍霍威风。"从八百英里航路通来揭耳鼓闻韶是真邹鲁海滨何分乐界,把二十世纪国魂唤起放眼帘阅史直等衣冠优孟同上舞台"这两句,不仅显示了天后行宫戏楼表演的历史剧的风度,也表达了船帮在世纪转折的关键时间点上于中华帝国的"边陲地带"与欧洲殖民主义者竞争立足之地以"唤起国魂"的雄心。

我没有把握足够史料,难以在此复原福建船帮海上商战的具体历程。不过,从烟台天后行宫的观光考察中,我应该说已经获得颇多感悟。在今天这个"后殖民主义""后帝国主义"的时代来反思世界经济的文化格局,许多人类学者意识到,哥伦布发现新大陆以后的500多年的历史,就是西方支配权逐步扩张的历史。由此,一些人类学者把这个历史发展的后果形容为权力交织过程中产生的欧洲历史普世化,与这个特别的普世化联结在一起的,被认为是非西方世界的历史的终结。也正因此,著名人类学家沃尔夫(Eric Wolf)认为,欧洲的世界史,就是非欧洲民族历史被忘却的历史。[1]天后行宫所铭刻的历史表明,上述这种主流的历史叙述虽代表了近代史的基本事实,但却忽略了历史流动的深处潜隐的另一股活跃的力量。现在已经几乎被忘却的中国东部沿海船帮的故事,在天后行宫的生动展示中,证实了这个潜隐的历史动力的存在与力量。从对这个故事的重构中我们看到的是,那些被

---

1 Eric Wolf, *Europe and the People without History*, Berkeley: University of California Press, 1982.

压抑的"灰色势力"(船帮)如何在帝国权力的格局中寻找一种对主流历史的颠覆。

对于一个从事文化研究的学者而言,船帮提倡的跨世纪与我们今天看到的形形色色的世纪转折的象征表述有许多差异,也因这些差异的存在而显示出它的独特魅力。船帮从天后行宫的兴建而创造出来的对主流历史的颠覆,与南太平洋土著岛民的"船货崇拜"(the Cargo Cult)构成了鲜明对照,因为它不把舶来品当成神的自然赐予和从天而降的礼品,反而对获得这种物品的手段进行了现实主义的定义。这种对历史的颠覆,与盛行于许多非西方社会的"文化复振运动"(revitalization movements)也构成了鲜明对照,因为它不像那些本土文化的幻想式重构将过去当成未来发展的唯一途径,反而在近乎冷酷的现实意义上以一种近乎"非法"的方式来展示历史对未来的启示。对我来说,正是在这双重的差异中,船帮通过天后信仰的传播而展开的跨世纪文明斗争,达到了对殖民主义和民族主义这两种极端的话语的深刻警示。

(原载《读书》1998年第7期)

中国马达

20多年来,中国的经济成就举世瞩目。评论这一成就的海外作品,多将之形容为"巨龙的崛起"。这里用"巨龙",明显是为了与此前的"小龙"区分开来。

对于"巨龙的崛起"的因由,学者见仁见智,提出各种说法。行世于西方的著述,有些隐约含着"中国威胁论"的观点。实证主义者则设计出某一假设、某一模型,用大量的数据来求证,到文章的最后,稍做"证实"或"否证"便已知足。其假设和模型大抵是现成的,要么是从西方某国的发达史中提炼出来的,要么是学者依据逻辑方法"演绎"而来的。"巨龙的崛起"也已引起了向来不满足于以经济因素解释经济因素的历史解释学派的浓厚兴趣。一派学者曾认定,在"亚细亚生产方式"的土壤中长不出什么真正的资本主义——即使算是真的曾长出点幼苗,也已立刻被"东方暴君主义"所摧残。"亚洲四小龙"崛起以后,历史解释学派沉默了许久，终于忍不住了，他们中有些想到了华人和儒家，个别竟写出关于赌博文化的书。作者关注到一个事实，即，"亚洲四小龙"都有"华人血统"，也继承了儒家的因素，而更重要的是，这些国度里的华人都好赌成性。对主张法制化的人来说，"赌博"恐怕只能被归入"陋习"之列。可是，这位从事资本主义的历史解释的学者，却引用了大量论据，想从华人赌博的文化模式里提炼出"亚洲资本主义"的"本土社会理论"。

我不认为将华人的赌博习俗视作"巨龙的崛起"的原因有什么大的不妥。我相信，在我们这个时代，对于各种解释都应当保持开放的心态。可是，有个问题还是一直引起我的疑惑：就"中国文化"的"资本主义潜力"所做的种种猜想，到底能为我们的历史解释诉求提供点什么？为了说明问题，这里应提到斯坦福大学人类学家葛希芝（Hill Gates）几年前出版的一本叫作《中国之马达》的论著。[1]

《中国之马达》有一个副题——"小资本主义的一千年"。作者葛希芝是我的同行，曾在台湾、福建和四川从事过相当长期的人类学田野工作。据我所知，她还是一位认真的西方马克思主义者，向来坚持马克思主义政治经济学原则，其以往发表的论著，多集中探索"民间意识形态"（民间文化背后的观念形态）。葛希芝比几十年前中国史学界那些主张"明清资本主义萌芽"的论者

---

[1] Hill Gates, *China's Motor: A Thousand Years of Petty Capitalism*, Ithaca: Cornell University Press, 1996.

更激进。她在书中坚持说，最晚从宋代开始，中国人已生活在资本主义的可能性中了。在被她称为"晚期中华帝国"的宋、元、明、清时期，中国存在着两种不同的政治经济模式，各自为人提供着不同的、有时相互矛盾的可能性，各自也包含不同的局限性。其中，一种是国家管理下、为国家所用的"朝贡生产方式"，另一种是由亲属联合体管理的商品生产方式，即"小资本主义生产方式"。所谓"生产方式"，指的是服务于从无权阶级向有权阶级转移剩余价值的行为—观念体系。一方面，在一千来年的历史中，中国人生活在中国式的"朝贡生产方式"中。中国的士大夫阶级利用直接的朝贡、赋税、徭役等，从包括农民、小资本家和劳动者在内的"生产者阶级"那里剥削剩余价值。另一方面，最晚从宋代开始，中国的"私人市场"繁盛起来。其间，它通过劳动工资和等级性的亲属—性别制度，从低层阶级转移劳动力、提取剩余价值。在中国，国家控制与亲属—性别制度相结合，为小资本主义提供了一个典范事例。

什么是"小资本主义"？葛希芝认为，回答了什么是"小资本家"就能回答这个问题。她说：

> 小资本家是商品生产者，他们为了市场而非仅仅为了使用价值而生产，其企业是通过亲属制度的习惯来组织的。家庭生产者依赖细致分级的血亲、姻亲、收养或收买的成员，通过师徒关系和薪资劳动力来提供劳动力。他们依赖一种阶级文化来保障可靠劳动力、物资、信用和资本的供给。小资

本主义在平民阶级中创造各种关系，使自身的生存有可能超越"自然经济"的水平。这些关系使家庭免受官僚与（相对晚近的）资本家的贪婪的剥削。与商品一道，小资本家通过言辞与行为，制造了一种根深蒂固而微妙地有效的抵抗机制，而他们又为这种抵抗机制再创造。其抵抗的对象，乃是统治阶级的朝贡制度。[1]

葛希芝专注于从宋到清之间历史的政治经济学解释。在叙述中，她对中国朝贡生产方式与小资本主义的特征、表现与持续影响做了独到的分析，也耗费了大量笔墨来阐述作者对于连接两种生产方式的机制的看法。

《中国之马达》没有提到"巨龙的崛起"这个概念，但字里行间灌输着某种类似的意象。对作者的分析框架有深刻影响的人类学家沃尔夫于1982年出版的《欧洲与没有历史的人们》一书中认为，1400年以后的世界，乃是在起源于西欧的资本主义赋予的重压之下重新形塑的。对葛希芝而言，沃尔夫针对此前非西方地区的各种生产方式和交易形态的概述，诚然值得延伸，然而，沃尔夫与别的经典的社会理论家一样，没有看到历史的另一种可能。依葛希芝之见，中国构成了沃尔夫认定的那个世界史过程的一个"重要例外"。在中国不同的地区，两种生产方式所占比重强弱不等。华南（包括中国台湾）离权力中心较远，"小资本主

---

[1] Hill Gates, *China's Motor: A Thousand Years of Petty Capitalism*, p. 7.

义"较早地成熟起来,至今仍然保持着它的旺盛生命力。别的地区因离权力中心较近或地处偏远山区,朝贡生产方式具有较高程度的支配性。然而,在中国历史上,"小资本主义"长期延续,并学会了与以权力为中心的朝贡生产方式打交道的各种办法。以国家为形式的朝贡生产方式,在面对生机勃发的"小资本主义"时,也早已看出它所能带来的利益。这是中国潜在的一种巨大的经济增长的能力,使"资本主义,至少是为欧美支配所引导的资本主义……有了一个竞争者"[1]。

千年来的"小资本主义史",造就了一个具有深厚"现代性潜力"的中国,这个中国被认为对于世界的未来即将"产生最大的影响"。可是,正在蔓延于中国大地的"现代性",是否能用欧美经验来表达?我们从《中国之马达》一书中看到一个被隐含着的答案:中国的"现代性",依然可能是中国文化的延伸形态,而不可能是别的。于是,"巨龙的崛起"再次成为一种"本土现代性"的表述。

(原载《经济观察报》专栏版,2004年1月19日)

---

[1] Hill Gates, *China's Motor: A Thousand Years of Petty Capitalism*, p. 6.

空间阐释的人文精神

初次到溪村（安溪县美法村）从事社会人类学田野考察时（1991年），村民们问起我"下乡"的目的，我回答说为的是了解当地的"旧事物"。出于好客的心态，几位善良的村民带我去参观他们视为最代表村里的"旧事物"的"名胜"。第一个去处是蓝溪边上的大榕树。他们说，这是祖先留下来的"风水树"。几百年来，它给了当地人不可多得的庇荫，在三次大洪灾中显示了灵验，把洪水抵挡在村外，使村民的财产免遭自然灾害的洗劫。第二个去处是一泓不到50平方米的池塘。虽然池塘不大，但是村民们却尊之为"龟眼"。一位老人指着离池塘不远的一座小丘陵说那是"龟山"。我对四周观察许久，没有发现此地与乌龟的形状有任何相似之处，而我们的村民却对"龟形"的存在深信不疑。他们还说：明初，县衙准备在村中设立一个军队的教练场，那些被派来考察的官员一接近龟眼便肚痛如刀割，就只好把教练场移到别的地方去了。

溪村人不仅赋予他们所处的地理方位以神圣解释，而且通过保护自古留下来的村落公共建筑来表现区位的灵性。村中有祠堂和神庙各一座，据说是几百年前经祖先请风水先生精心选址、设计才建起来的。令我好奇的是，祠堂里的祖先牌位和村庙里的地方神的空间定位竟模仿了"坐北朝南"的"帝制权势"格局。祠堂的"正名"是"宗祠"，它的内部空间安排仿照上古的"左昭右穆"的宗法图像，建筑的外部设计刻意体现了"龙虎之穴"的气派。而不到20平方米大的村庙却有一个威名叫"龙镇宫"，就连私家的"公厅"的空间布置也富有一定的神圣性。村民家中均供奉着"土地公"（即"土地爷"）和慈悲女神"观音菩萨"，一左一右照应着位居于中的"南向而坐"的祖先灵位。没有重大的事由，这些神灵的位置不随便更动。

在我们这些"现代人"看来，溪村人的地理空间观念是奇怪的。但是，对于我们的老祖宗来说，这种观念不但不怪，而且十分正常。

古时候，像溪村人这样的"乡巴佬"对地理空间自然持有"迷信"的看法，而许多帝王将相也都用"迷信"的态度对待他们的空间环境。帝都和贵族豪宅的风水设定便是迷信的例证。我们之所以说溪村人的地理空间观念十分奇怪，是因为自从"科学"一词出现以来，知识界的"精英"便使用理性的模式来理解我们所处的空间区位，而司空见惯地把"迷信"的空间理解与"理性"的空间理解对立起来。西方地理学是现代理性论的重要组成部分，自20世纪初传入中国以来，它便已致使我们远离我们的乡土传统，形成一种与我们自己的历史产生断裂的思维和言语"惯习"。直到"后现代思潮"出现，我们才有机会来反思"理性/非理性"二分法的局限，把"乡下人"的观念与"摩登时代"的文化并置起来思考我们的问题。

人文地理学这个学科之所以有它的独特地位，是因为从事此一学科研究的学者宣称他们与一般的地理学家不同，能够对人及其文化精神加以关注。然而，在一个世纪的实践中，人文地理学者不但没能真正兑现他们原本许诺的人文关切，而且不断复制着欧洲中心主义的理性论。理性论主要体现在两种思考方式上：第一种认为受科学训练的"知识者"可以站在"充分客观"的角度理性地认识研究对象的本质；第二种认为"知识者"和被研究者均是"理性人"，他们的认识和实践均由一种所谓的"实际理念"（practical reason）促成。[1]

在不同的学科中，这两种思考方式造成了不同的流派。就人文地理学界而论，它们业已造成的认识论形态包括了广为学者遵从的"物质文化论"和"经济空间秩序论"。前一种思考方式以文化地理学的开创者索尔（Carl Sauer）为代表，它一方面强调文化地理学可以促使地理学者把关注点从物质世界转向人文世界，另一方面强调把人文世界当成可以用分析物质世界的方法来理解的实证世界，从而使此一学派的学者们把文化视为完全脱离于人

1　Marshall Sahlins, *Culture and Practical Reason*, Chicago: University of Chicago Press, 1972.

的社会生活和观念形态的"物化世界"。在很大的程度上，索尔的文化地理学来自早期德国传播论和美国历史学派的文化人类学思想。尽管这两个学派在立论上有差异，它们均把文化界定为有一定地理分布和传播规律的人工造物。受其影响，文化地理学者把文化当成超离于社会和人的客观世界加以研究，他们还主张能够真正认识文化空间逻辑的人是理性的实证地理学者。后一种思考方式以十分注重文化的"经济基础"的"经济空间秩序论"为表现形式，其主要代表人物是勒施（August Lösch）。它的立论基础是，人文世界的地理空间起源于经济上富有理性的人对于自身的生产和消费地点的选择。换言之，人文世界的空间秩序等于人的经济活动的空间秩序，社会、政治和观念的空间表述均由经济的空间秩序决定。

无论持"物质文化论"还是"经济空间秩序论"的看法，地理学者都犯了一个把地理空间和人对立化的错误。虽然文化地理学者注意到人工的造物构成地理景观的重要组成部分，但是他们却没有认识到，作为文化产物的景观离不开人的创造力和想象。他们把景观与主体的生活世界分割开来，使之成为完全被客体化了（objectified）的对象。相比之下，经济地理学者在处理人和地理景观相互关系的过程中较尊重人的能动性。不过，他们在主体和资源之间画出一条过于绝对的界线，把主体完全当成利用自然地理资源获取自身福利的理性动物。文化地理学者把被研究的文化空间及其背后的主体和观念形态均加以对象化，而经济地理学者则把地理空间对象化为被研究主体的资源，二者均把主体

(包括认识论主体和文化创造主体)排除在空间秩序的构筑过程之外。

近年对西方现代地理学的反思指出,与源于启蒙时代的多数西方学科一样,形形色色的"科学"地理观表述的是一种文化和认识论的霸权。文化地理学包含一种西方"科学知识者"对被研究者和研究对象的认识论支配,其所创造的文化空间格局实为西方文化权威对世界秩序的"官方解释",因而其所服务的对象是伴随殖民化的"地理学探险"。经济地理学把人类描述为充满利用自然资源欲望的动物,它的解释体系实为资本主义的实用哲学的一个部分,是以西方为中心的世界市场的合法论的重要组成部分。对现代实证地理学的"后现代"反思充分证明,实证地理学对空间的想象是权力的格局和话语的权力的要素,它貌似"客观"而事实上却隐含了知识主体的意识形态。[1]

对地理学中理性认识论和理性空间解释的反思包含了"非正统"地理学的因素,而形形色色的"非正统"地理学也就是试图在地理学者和特定区位空间中的被研究者之间寻求沟通的桥梁。人类学家格尔茨(Clifford Geertz)的"本土观念"理论和哲学家福柯(Michel Foucault)的权力理论被视为新人文地理学的主要思想源泉,前者论证了研究对象本身存在自主的解释体系,后者论证了作为人的研究者和被研究者均无法避免社会格局的制约。对于不同解释体系的尊重及对空间的社会—权力层面的强调,为我

---

[1] Edward Soja, *Postmodern Geographies*, London: Verso, 1990.

们进一步反思理性和实证地理学提供了重要的依据。如果这样说还过于抽象的话，那么我们不妨通过重新评估广为国内学者所知的汉学家施坚雅（G. William Skinner）的区位体系论，来说明地理学反思及其对人文地理学发展的启示。

施坚雅的研究对象虽是中国人，但绝非是在日常生活实践中观察周边事象的人。他的研究旨趣主要包括中国村落、集镇、城市与集市日期程序的等级关系，传统中国的地貌区系，晚期中华帝国的行政区域逻辑，19世纪中国的都市化动因与差异性，区域中心与边际区位互动关系的生命周期等。在施坚雅看来，区系空间的制度同时是国家与社会关系的透视点和相遇点，通过区系空间的组织，不仅可以观察非正式的制度，还可以观察行政体系。同时，非正式的市场区系与正式的行政区系建立在同一个基础之上，这个基础就是地理形貌的空间格局。换言之，"官方区域行政结构与非官方社会组织结构之间是相互粘结的"，而它们之间的"粘结点"则由经济因素决定。他说：

> 从三种意义上讲，经济中心的功能可以说是基本的要素。第一，集镇和商城是物资、服务、金钱、信贷以及追求生计和利益的个人的流通渠道之关键枢纽。这意味着，不同层次的贸易中心是社区、庙宇、学校、慈善机构以及施行政治、行政甚至军事控制的非官方组织等公共机构的大本营。从这个意义上讲，正是商业中心吸引了其他类型的功能，因而，地方的宗教区域、学校的生源分布区、司法辖区都显著

地与贸易中心的腹地相对应并反映贸易中心的枢纽地位。第二，中心区位有利于经济剩余价值的抽取，也有利于政治体制的运作。因此，政府往往把力量集中在商业中心，以图调控生产和经济交换方式并抽取地方的财富。秘密社团和其他政治机构的大本营通常设置在集镇与城市之内，部分原因在于政治竞争大多是为了控制市场和其他经济机构。同样地，帝国的区域行政通常围绕着新成长起来的贸易中心而调整、重组它的首府。第三，比起行政流动和其他都市间联系的机制来说，贸易显然是塑造中国城市体系的更为有效的途径。贸易可能因为区域行政体系的薄弱而显出其重要性；但更重要的是，贸易相比行政来说更加显著地受地貌的制约，因为它对代价距离（cost distance）很敏感。因此，在塑造都市体系的过程中，地貌制约与贸易模式倾向于互相强化。[1]

他又说：

……（在中华帝国的空间结构中，）我们可以区分两种等级体系，一种是帝国官僚为了区域行政而设置并调整的区系，另一种是首先经由经济交换而成长起来的区系，二者均属于核心地点（central places）的系统，并与地域制度密不

---

[1] G. William Skinner, "Cities and the Hierarchy of Local Systems", in *Studies of Chinese Society*, Arthur Wolf ed., Stanford: Stanford University Press, 1978, p. 2.

可分。前一种区系反映的是"官方中国"的官僚结构，是处于行政地位格局中的衙门和品官的世界。后一种反映的是中国社会的"自然"结构，是退职官员、非官方的士绅以及名商支配的市场贸易体系、非正式政治以及隐蔽的亚文化的世界……一开始，我们就应该注意到，行政首府仅仅是经济核心地点的副产品……[1]

支持施坚雅理论的具体资料是相当晚近的"中华晚期帝国"（明清时期）的历史与地理文献。可是，如果施坚雅试图证明空间结构的生成规律，那么就需要回溯到中国历史的早期去考察社会经济区域形成的根源。那么，远古的资料是否支持施坚雅的经济区系论和经济空间决定论？就现存的研究成果而言，我们已经可以得到一些可供思考的线索。

第一条线索是：施坚雅所界说的宏观区域并不是明清的产物，而是具有长远历史的区系格局。早在中国古史的传说时代，就有华夏、东夷、南蛮三大区域文化集团之说。这种区域划分本来是属于神统传说的，但是后来越来越为考古证据所证实。华夏文化在考古学文化上为仰韶文化和河南龙山文化所代表；东夷文化的活动区，大致与今山东、豫东南和皖中的大汶口文化、山东龙山文化及青莲岗文化江北类型一致，南蛮文化以分布在今华

---

[1] G. William Skinner, "Cities and the Hierarchy of Local Systems", in *Studies of Chinese Society*, pp. 3–4.

中、江西的屈家岭文化为中心并向东延伸至河姆渡文化、良渚文化。这些族群文化的对应性早已使中国考古学家对中国文明的单元论提出质疑，夏鼐早在20世纪70年代就把中国古代文明划分为七大区域，不少考古学家循此思路对中国新石器时代文化进行区域分析。[1] 苏秉琦把中国文化起源地划分为六大区系，包括：（1）陕、豫、晋邻境；（2）山东及邻省一部分地区；（3）湖北及其邻近地区；（4）长江下游地区；（5）珠江三角洲为中轴的南方地区；（6）长城为重心的北方地区。[2]

有充分的史料证明，先秦时期，《尚书·禹贡》中的"九州"虽然局限于上古"华夏"文化圈，但是与文明发轫期的区域文化格局是相互映照的。值得引起我们注意的是，"春秋五霸"和"战国七雄"在周室衰微之后的勃兴，是有充分的区域结构根据的。当时的齐鲁文化、楚文化、吴越文化、巴蜀文化、秦文化、三晋文化，不仅基本上与中国文化起源期的六大区系形成对应，而且与施坚雅所划分的清代宏观经济区域相对应。具体地说，它们与华北区（一部分）、长江中游区、东南区、长江上游区、华西北区、华北区（另一部分）是对应的。

本土区系格局的图景，一方面成为汉以后封侯与行政区划的基础，另一方面在本土地理观念中扮演了重要角色。例如，中国传统的"分野"观念糅合了古代星象学与地理学的概念，它

---

1 夏鼐：《碳-14测定年代和中国史前考古学》，载《考古》1977年第4期。
2 苏秉琦：《关于考古学文化的区系类型问题》，载《文物》1981年第5期。

展示了星位与区位的相互映照状况。而"分野"的宇宙-地理观（cosmic geography）所划分的"天地定位"（实为中国的版图）与上古的文化区域和清代的宏观经济区域惊人地相似。"天地定位"不仅在官方行政地理学中占有重要地位，在民间堪舆实践中亦被广为征引。[1]

现存考古学发现足以证明，中国文化区系类型的形成过程不等于市场核心区位的形成过程，而是复杂的农业与手工业生产、交易圈、聚落社会关系以及潜藏于物质文化中的符号与区域认同的互动过程。更值得注意的是，中国文明产生之后，国家力量、区域性的哲学—宗教体系和族群认同对于文化区系的形式起着越来越重要的作用。从广泛的历史视野看，中国上古、中古、晚古的区系类型有可能是经由非经济的路径产生的。例如，区域首府的建设可以导致人口聚居与市场勃兴；国家的人口迁移政策以及战争引起的人口流动可能导致区域类型及其核心—边际结构的重新组合；族群与家族关系的发展变化也可能影响区系的形成与变化。

本土区系观念（如"九州""五服"等）到底是区系现实的文化印证，还是纯属中国人解释"天下"构造的象征体系？对这一问题，施坚雅丝毫不加考虑，更不知道他的理论在中国的古典传统和民间传统中均早已有论述。本土文化解释体系中的观念，

---

[1] Golin Ronan, *The Shorter Science and Civilisation in China: 2*, Cambridge: Cambridge University Press, 1981, pp. 237-286; Richard Smith, *Fortune-tellers and Philosophers*, New York: Westview Press, 1991, pp. 66-70.

很可能反映了长期存在的区系类型的现实状况,同时代表了中国人的社会观与族群分类观。从这一角度看,我们更有充分的理由认为:区系类型与观念形态中的空间格局有密切的关系。也就是说,本土空间格局的观念可能影响居住地、市场和政治中心的选择。

从这一理解出发,我们进而对施坚雅的"经济空间决定论"提出一个重要的质疑:在西方发展起来的经济学原理,是否可以挪用到中国这样一个具有历史发展独特性的非西方社会中?作为一位汉学家,施坚雅绝对不是一个生搬硬套西方经济理论的人。但是,从他的理论立足点来看,我们不难发现,他主张西方规范经济学概念以及"经济人"的哲学人类学观念可以被运用到中国研究中。毫无疑问,作为一位研究中国的经济人类学家,施坚雅对这门人类学分科的主要论点与争议是十分熟悉的。经济人类学产生于对简单的原始社会的生产技术与工艺文化的描述性研究;它的发展与人类学者对原始(非西方)社会的生产、消费与交换的兴趣有关;而经济人类学真正引起一般经济学界重视的,是它对西方经济观是否可以引进到非西方社会的争论。施坚雅对传统经济人类学研究没有深加探讨,但他却在这门分科的后期争论(即关于经济学理论是否可以用来分析人类学研究对象的争论)中有意或无意地选用了其中一派的看法。通过对中国宏观经济区域的分析,他论证了德国经济学家克里斯塔勒和勒施的经济空间秩序理论,从而支持了那种主张西方经济学概念可以解释非西方经济过程的观点。

在中国社会中，如同在其他任何社会中一样，交换行为与交换制度是普遍存在的。但是，传统中国的交换行为与制度与西方式的"超社会"市场机制有鲜明的差异。就施坚雅所探讨的时代而论，当时的交换体制、货物的意义就不是单纯的经济现象。在广大的中国农村，原始的互惠交换、物物交换广泛地存在；民间"人情"观念的重要性体现了中国交换形态的社会性与情感-道德意义，也体现了中国人赋予货物一定的社会与文化含义。此外，中华帝国（与分裂状态中的区域性国家）不仅通过行政与意识形态控制社会相当大的一部分，而且掌握着再分配的主动权，从而使再分配交换成为中国经济的一个重要组成部分。作为社会漂浮力量的地方精英，一方面受制于帝国的象征—意识形态，另一方面动员了大量的民间资源，使自身的社会地位成为一种中介和可供交换的物品（或投资的资本）。他们的交换行为，很可能包含着印第安人"夸富宴"（Potlatch）的若干特质，也很可能长期为民间所模仿。

中国的集镇及其他核心地点，不可避免地是交换行为的产物，也不可避免地受制于施坚雅所强调的运输资源与地貌特点。但是，一个地域共同体（无论是村落、集镇还是宏观区域）之所以成为一个共同体，很大程度是由交换的主体之间的社会关系和族群—区域认同意识所致。如果说中国集镇有什么功能的话，那么它们的功能就不是单一的货品交易，而是多方面的：第一，在集镇上通过长年习惯的买卖关系，地方社会形成不同层次的圈子；第二，由于交换的内容涉及一般物品和具有社会性的物品

(如通婚或女人的交换),因此市场成为社会活动的展示场所;第三,在市场上,税官、行政官员、军人、士人、农民、手工业者、商人形成互动的社会戏剧,表现了上下左右关系的复杂性;第四,通过核心地点,物质的和象征的物品可以被"进贡"和"赐予",使帝国的再分配交换成为可能;第五,由于核心地点的重要性与资源的丰富性,因此社会与政治的冲突(如械斗和官民矛盾)也常在此地点发生。

从而,由此类"集镇"与"核心地点"构成的"宏观区域"不是"经济空间"一词可以概括的。

从上古到近世,中国的区域不只是经济空间,还是社会、行政、文化—象征的空间场域。至于经济空间是否是决定后几类空间的动因,答案也是否定的。因为这几种空间实际是一体化的,它们也是中国社会构造与转型的共同动因。

而施坚雅理论的误区代表了理性地理学的误区。正如施坚雅的理论一样,地理学研究向来忽略物化的经验事实之外的另一种经验事实,即文化解释—宇宙论和空间的社会内涵。也就是说,地理空间并非脱离人的观念解释体系和社会生活世界的外在因素,而是人的观念和社会组织的内在组成部分。人文地理学家邓肯(James Duncan)指出,人对空间景观的解释可以分为三类:(1)处在一定空间场合内部的人对空间的解释;(2)处在该空间场合之外的人对该空间的解释;(3)研究者的解释。[1] 如何沟通这

1　James Duncan, *The City as Text*, Cambridge: Cambridge University Press, 1990, pp. 11-25.

三类不同的解释是人文地理学者的新任务。一些社会理论家已经强调指出，对于人来说，空间更多地具有社会性和权力符号的意义。因而，对地理空间的社会科学解释必须充分注意到它对社会构造和权力生成的作用。

这些理论的反思和重新建构无非指出了一个值得我们思考的事实：以西方为中心的"理性地理学"仅是许多种空间理解中的一种，它本身服务的也仅是一种社会－权力格局的构筑。与规范地理学一样，诸如笔者在文章一开头便介绍的溪村地理观也是一种空间和宇宙论的解释体系，这个解释体系也服务于一定的社会—权力格局的构筑，只不过近百年来西方理性意识形态在中国的渗入已经使我们对它原有的价值产生否定。假如施坚雅当年不是从西方经济地理学入手，而是从"当地人的观念"入手解释中国的社会空间体系，他所发现的便不是一幅完全远离中国人的生活的区位体系图景，而是有关空间的符号和社会逻辑交织的图像。例如，溪村的情况便是这样的：人对空间的解释是对远古传统的继承和改造，这种解释与当地社区的认同及村落的自我保护意识有密切的关系，也构成一部当地家族社会生活的历史，而社会生活不只是经济生活，更是包含了村民间"人情"和权利交换以及符号互动的复杂体系。

在20世纪的末期，我们开始对"理性""科学认识"等概念进行反思。这种反思所要建构的是一种文化并置观，它力图使不同的解释体系和社会—权力体系并存于同一个学术空间之中。对于地理学中这种文化并置观的确立，人文地理学者可以做出很大贡献。不过，在谈"贡献"之前，他们急需做的工作是：在时空坐落中的主体与社会科学的场域之间寻求对话的途径，使自身的人文精神获得充分的发挥。而对诸如溪村人地理观的空间解释体系的尊重，以及对诸如施坚雅理论的地理学认识论霸权的反思，将是促成对话和实践人文精神的重要前提。

（原载《读书》1997年第5期）

说香史

顾炎武《日知录》中列有《日知录之余》计四卷。《日知录》岳麓书社版校勘者在《校读后记》中说，这"底本不佳""错讹尤多"的四卷，是顾炎武所写的"未定稿"，后经收集、整理，历史上无人仔细校勘过。[1] 前些日子翻阅这四卷，我发现其中有关禁示的记述饶有兴味。例如，卷二《禁番香》一文录入的几条史料，便引人入胜。

《禁番香》一文引《广东通志》说，明建文三年（1401年）十一月，礼部曾出台"禁约"条例，宣明一条禁止从海外贩运香料入华的圣旨。这条圣旨说：

> 沿海军民私自下番，诱引蛮夷为盗，有伤良民。尔礼

---

[1] 方正文：《校读后记》，载顾炎武著、黄汝成集释：《日知录集释》，长沙：岳麓书社，1994年，第1279—1280页。

部出榜,去教首人知道,不问官员军民之家,但系番货、番香等物,不许存留贩卖。其见有者,限三个月销尽;三个月外,敢有仍存留贩卖者,处以重罪。钦此。

明朝虽早已实行"海禁",但直到建文帝在位时,沿海地区的军队和百姓还是违禁下海通番,他们中甚至有人引诱"化外之民"来协助走私番货(特别是番香)。为了重申朝廷的禁令,建文帝对此专门做了"批示",他要求无论是官员还是军民都不许存留和贩卖番香,指令对那些存留番香超过三个月者"处以重罪"。

应朝廷的号召,广东地方政府"备榜条陈",四处张挂,"仰各遵守施行"。这一根据圣旨拟订的规章,具体对"禁番香"做了三条规定,原文如下(三段序号为笔者所加):

一、祈神拜佛所烧之香止用我国松香、柏香、枫香、黄连香、苍木香、蒿桃香水之类,或合成为香,或为末,或各用,以此为香,以表诚敬。

二、茶园马牙香虽系两广土产,其无籍顽民有假此为名者,夹带番香货卖。今后止许本处烧用,不许将带过岭,违者一体治罪。

三、檀香、降真茄兰木香、沉香、乳香、速香、罗斛香、粗柴香、安息香、乌香、甘麻香、生结香,并书名,不书番香,军民之家并不许贩卖存留,见有者许三个月销尽。

规定中只有第一条是明确的。民间向神佛表示"诚敬"时，通常需要焚香。但是，明政府规定说，不能什么香都烧，只能用"我国"的香料，来自"外国"的"番香"，则不能再用。规定的第二、第三条，则对两广的"省情"做了含有让步意味的具体说明。第二条规定中提到，有些无户籍的"顽民"在两广土产茶园马牙香中夹杂番香贩卖，其做法虽也有罪过，但可以被允许继续存在于当地。所要禁止的，是将这种鱼目混珠的"假土产"贩运出南岭北上。第三条一样有意思，它说明：到了明初，许多来自外国的香料被民间混称，而不用"番香"二字来"注明出处"。对于这些"名称本土化"的香料，政府也规定不许贩卖存留（不过处罚仅是销毁）。

从圣旨和地方政府的规定中，能窥见圣旨被地方政府"打折扣"的过程，而这个政令在此过程中的转化，实与文化和利益格局的地方化有密切的关系。"打折扣"的过程本身对于我们理解明代"中央与地方的关系"十分重要。不过，阅读《禁番香》一文，所激发的"问题意识"却与此有所不同。据顾炎武，明初的三个皇帝都对番香发过禁令。《禁番香》一文除了引《广东通志》说到的建文皇帝禁番香圣旨和广东地方政府为了呼应朝廷而规定的细则之外，还引用《明实录》中谈到的洪武二十七年（1394年）"禁民间用番香、番货"的圣旨，也简略提到永乐十四年（1416年）十一月禁止交趾、安息香料从中国转运出口的政策。使我感兴趣的是：为什么明初从海外贩运入华的香料，竟能引起明朝皇帝如此的深切关注？关于这个问题，顾炎武所引用的文献已展现了丰富的信息。而我觉得，这些信息对于我们解释明朝的文化转变具有关键意义。

建文年间涉及番香的禁令，无非重申了洪武年间已制定的禁番香政策。在禁番香之前，朝廷已实行"海禁"。朱元璋认为，"海外诸夷多诈"，所以下圣旨命令各地"绝其往来"，只留下琉球、真腊和暹罗三小国作为允许入贡的"夷族"。不过，朝廷也明确知道，虽然实行了"海禁"，但沿海地区的居民没有真正断绝过与"海外诸夷"的关系，他们"私下诸番"，特别是"贸易香货"，"诱蛮夷入市"。礼部早已奉命禁止诸如此类的海外通商，规定给予那些"走私"的沿海之人以重罚。洪武二十七年，接着之前的"海禁"，朝廷的禁令又具体到香料问题上，规定民间祭祀只能使用建文皇帝在位期间广东地方政府所列举的"我国"香料。其时，允许两广"土人"在本地使用"假土产"的办法也已实行了。显然是由于洪武年间的禁令未能有效阻止沿海之人从琉球、真腊和暹罗三小国之外的"诸夷"引进香货，因此，永乐和建文两代"国家领导人"才需要三令五申，不断重申朝廷的禁令。

为什么番香"坏"到有必要这样屡加禁止？

番香贸易是明初民间海外贸易（被当时的官方定义为"走私"）的核心。若是朝廷允许这项贸易，"海禁"就不成其为"海禁"了。这个道理是显而易见的。不过，朝廷"禁番香"还有别的用意。其中，番香对于明朝官方表述的正统中国礼仪方式的"污染"，恐怕是"禁番香运动"所要清除的。以焚烧香料的方式来向神佛表示"诚敬",在中国并非自古有之。这种仪式行为旨在通过香料焚烧过程中飘出的烟雾来"绝地天通",引神佛降临,使祭祀者能与之进行某种想象中的"面对面"的对话。此外,在民间仪式中,烧香也起着驱散邪气的作用。在明朝的正统礼仪制作者看来,无论是用香料来达到"绝地天通"的目的,还是用它来施行驱散邪气的"巫术",在上古时代(特别是周代)的中国都不是礼仪的重点。

上古时代民风淳朴,不存在"降神之礼",人们信奉的是抽象的、没有形象的天。对天,人们用焚烧香木的办法来表示"诚敬"。如果说那时有"香料",便是叫作"萧艾"的植物。《诗经·王风》有篇《采葛》歌曰:"彼采葛兮,一日不见,如三月兮!彼采萧兮,一日不见,如三秋兮!彼采艾兮,一日不见,如三岁兮!"这首古歌表达的是男子想念爱人的心情。歌中说道,男子爱慕的姑娘出去采葛、采萧、采艾,一日不见,像是"三月""三秋""三年"那么长。其中的葛,就是用以织布的葛蔓,而萧和艾则指用来祭祀的香蒿和香艾。

汉字中的"香"是会意字,《说文》中说"香,芳也,从黍,从甘",表明它与芳一样,指的是植物发出的"甘味"。而对于香在古代仪式中的角色,《诗经·大雅·生民》中也有一段描述:

> 诞我祀如何?
> 或舂或揄,
> 或簸或蹂。

释之叟叟,
烝之浮浮。
载谋载惟。
取萧祭脂,
取羝以軷,
载燔载烈,
以兴嗣岁。

卬盛于豆,
于豆于登。
其香始升,
上帝居歆。
胡臭亶时。
后稷肇祀。
庶无罪悔,
以迄于今。

汉以后,中国与域外交往渐多。在"诸番"的影响之下,中国人开始用各种香料来"降神"。到了海外交流繁荣的唐、宋、元时期,烧香拜神佛已蔚然成风。明朝廷在禁令中用"香货"二字来指代海外贸易时自外而内流进的物品。"香货",固然不只指"香料",其中的"货"可能还包括大量别的从诸番入华的货物。但是,把"香"与"货"并列(实际是将香放在"货"的前面),

表明香料的贸易在所有的货品流动中地位如此之高，以至于要单列出来。

这些舶来品中的"香"可以分为两大类：助日常饮食之用的（如胡椒）和作欣赏之用的。不过，从朝廷和官府的禁令看，最晚到明朝建立以前，番香已作为一个新的类别出现，特指那些被运用在宗教祭祀上的、具有超日常使用价值的香料。

1974年在福建泉州发掘出宋代古船，出土的遗物主要是香料和药物，香料有降真香、檀香、乳香、胡椒、龙涎香等，共计"大约四千七百"公斤。这艘船是在运输诸番香货入华、向东南亚回航时沉没的，其中运载的降真香、檀香、乳香等，[1] 便是明初被禁止的番香。宋嘉定和宝庆年间在福建任市舶提举四年并曾兼任泉州市舶的赵汝适在《诸蕃志》一书中记载了与当时的中国（特别是泉州）交往的"诸蕃"，在《志物》篇里罗列了海外各地的物产，特别是那些被商船运输来华的特产。在赵汝适罗列和介绍的特产中，香料是重头。而有关安息香，他还特别说这种香料出自三佛齐国（苏门答腊东），它有树脂，本身不能通过焚烧来发出香味，但混合到其余香料中，能促发别的香料的芳香。因而，在当时的中国，有许多人"取之以和香"。校释《诸蕃志》[2] 的冯承钧先生曾考证说，安息香就是 Styrax benzoin，而继冯先生之后，另一位前辈杨博文先生也在其校释中引《广州记》说，安息

---

1 庄景辉：《海外交通史迹研究》，厦门：厦门大学出版社，1996年，第90—91页。
2 赵汝适：《诸蕃志校释》，冯承钧校释，北京：中华书局，1956年。

香有阿拉伯文、波斯文、梵文名称，最早出自阿拉伯和波斯。杨氏又引别的文献说，长安息香的树叫作"辟邪树"，二月开花，刻树皮后能出树脂，六七月，树脂凝结后，可以取下来焚烧，这样可以"通神明，辟邪恶"。[1]

在唐、宋、元时期，用番香来"通神明，辟邪恶"，已在中国大地上成为习惯；与此同时，在这段对外文化交流的繁盛期，古代敬天尊祖、排斥神鬼的礼仪规范也受到了挑战。在正统的观念形态中，华夏的教化是以敬天尊祖为特征的；而"番俗信鬼"，对于"鬼"（包括英灵形成的神明）的信仰是非华夏的民族的文化特征。早在明朝以前，对外文化交流已使"夷夏"之间的宗教界限模糊化了。比如，七月十五盂兰盆节本与印度佛教文献中大量存在的目连（Maudgalyayana）传说有关，这些传说在古代印度和中亚大量传播，便出现了与它们相关的宗教习俗。6世纪以后，传说和宗教习俗传入中国，渐渐与本土有关七月十五的观念结合，演变成目连救母的故事和"鬼节"。此前中国人的年历已反映了每月的月亮圆缺规律，中国人也已依据这些规律制定了相关的节俗礼仪。在道教中，七月十五也已是一年周期中上元、中元、下元中的一元。但是，有关这些礼仪的传说中本来并没有七月十五"鬼门大开"的观念，而道教中的中元本来指的也无非是祭祀地官的日期。佛教传入后，来自印度和中亚的传说和仪式与

---

[1] 赵汝适：《诸蕃志校释·职方外纪校释》，杨博文校释，北京：中华书局，2000年，第170页。

中国本土的礼仪和道教相结合，使"鬼节"在中国文化中扎下了根。[1]随着时间的推移，中国士、农、工、商诸阶层中的不少人，不仅已习惯于"信鬼"的"番俗"，而且在它的影响下，也创造出了自己对神明和鬼的崇拜。

海外汉学人类学家一向误以为，神、鬼、祖先这三个信仰类别是汉人社会中宗教信仰的核心类别，它们界定了汉人（特别是农民）对于官员、外人和家族在生活空间中的位置，是一种彻头彻尾的"本土观念"。[2]他们也误以为，中国人既然信奉神、鬼、祖先，那么，他们在仪式活动中便也自然而然地会对香在"通神明，辟邪恶"中的作用表现出特殊的重视。比如，王斯福先生在《帝国的隐喻——中国民间宗教》一书中就说，香火是中国人用来沟通人与具有灵性的神明的"基本象征"。[3]

为汉学人类学家所不知的是，在明王朝统治者眼里，用番香来"通神明，辟邪恶"，在华夏的风俗中加进"信鬼"的"番俗"，乃是明朝建立之前华夏"夷化"的集中表现。

建文年间广东政府颁布的榜文中对番香的"滥用"做出了以下劝说式的"批评"：

> 香不过辟秽气而已，何必取外番之香以为香？只我中国

---

[1] Stephen Teiser, *The Ghost Festival in Medieval China*, Princeton: Princeton University Press, 1988.

[2] Arthur Wolf, "Gods, Ghosts, and Ancestors", in *Religion and Ritual in Chinese Society*, Arthur Wolf ed., Stanford: Stanford University Press, 1974, pp. 131-182.

[3] Stephan Feuchtwang, *Popular Religion in China: The Imperial Metaphor*, London: Curzon, 1992, p. 193.

> 诸药中有馨香之气者多，设使合和成料，精致为之，其名曰某香、某香，以供降神祈祷用，有何不可？

从字面上看，这表明那时的朝廷所反对的，似乎并非焚香敬神，而是焚香敬神所引起的海外贸易。然而，禁止用番香来表达对神佛的敬意，背后显然也隐藏着一种有关礼仪的政治话语。在实行"礼法之治"的过程中，明朝统治者一方面对包括城隍在内的既有信仰进行改造，试图使之具有一种道德的震慑力，借用"阴间"的传说来对"阳间"的各种"越轨人"进行惩治；另一方面为了恢复华夏礼教，又面对着承担清除民间信仰中"夷化"因素的使命。禁香的训令，出现于这一治理模式的转变之中。

明朝与此前几朝在意识形态方面的不同之处，在于它对区分"夷夏"间的文化差异界限有着极其焦虑的关注。明朝的政权创建者朱元璋认为，宋元时期，因相继遭"辽金之窘"和"夷狄"统治，自宋开始"神器弄于夷狄之手……衣冠礼乐日就陵夷"（《明太祖实录》卷一百九十，洪武二十一年五月甲午），出现"以胡乱华""以夷变夏"的局面。为了降低"夷狄"的影响，明初的统治者耗费了大量精力来号召百姓"克己复礼"，而自身也在致力于恢复上古时期的"礼仪"和"教化"。在这个过程中，正统的天、地、人、神都被官方推行。然而，对于流行于民间的祭祀方式，朝廷则极其排斥，特别是对于用番香来祭祀华夏的天、地、人、神，对于与"番俗"有关的仪式，更是如此。

怎么研究文化史？众说纷纭。读完《禁番香》这篇文章，我个人有一点体会。文章牵涉的事件甚小，易于被"大历史"的书写者遗忘。可是，恰是这个小小的事件，浓缩了一个时代的精神追求。不知道顾炎武在罗列《禁番香》的条文时想到的是什么，但这些条文作为资料，却使人想到了中国的礼仪文化有一个与内外关系紧密关联的意义转变过程，被明朝政府禁止的番香，正是对这个进程的局部反映。由此看来，我们若是能关注日常生活中司空见惯的物件，对它们的"谱系"加以追究，或许能更准确地把握历史的脉搏。这是我读《禁番香》一文时随意想到的，我将它记录下来，也正是因为感到香这种司空见惯的物品中包含着一部内容丰富的文化史。在祭祀中，从直接用香木，到混合来自中外的各种香料，到禁番香；从上古的"天人合一"，到汉以后华夏世界观的"天下主义"，到明代"夷夏"区分中表现出的文化本土主义，这两种转变过程息息相关。尽管零星线索不足以构成"史料"，但它们却已局部地纠正了人们对于历史上的社会生活和宗教崇拜方式的某些错误认识。

（原载《西北民族研究》2005年第1期）

塘东：沿海村社的居与游

完成一次在泉州鲤城区展开的田野工作之后，我进入闽南农村地区，于1990年夏天选择位于晋江县金井镇围头半岛西侧的塘东村作为调查地点。在塘东没有做太长久的停留，我便获知，这个家族既是一个有悠久历史的"理学传家"的村庄，又是一个遐迩闻名的侨乡。"理学传家"这个词句可以在塘东的民居匾额上读到，而在塘东蔡氏家庙里，还能看到"国师""进士"等与古代科举有关的称号。"华侨"则是塘东日常生活中的关键词。对于现代塘东人来说，"华侨"的地位似乎有些像古代的"进士"，在家族中被尊为重要人物。这一点可以从一个小小的比较中得到说明。在我调查过的两个闽南村庄里，都有"两委"这个词汇。什么是"两委"？在相距仅100公里的安溪县美法村和晋江县塘东村有不同的定义。自1987年开始，"民选"的村民委员会在两村都是"两委"之一。但是，另一个"委"则不同：在美法村，这个

"委"指的"党支委";而在塘东村,它却指"侨委"。"侨委"是1957年开始筹办的机构,由归国华侨中有名望者组成,属于镇级"华侨事务委员会"属下的分支社团。在当今塘东,学校、祠堂、道路、公共卫生设施的建设等均有赖于华侨的捐献。"侨委"对于这些项目起关键的协调作用。在调查访问期间,我曾听到村长抱怨"侨委"对他的"支配",他说塘东"侨委"的权力胜他十倍。在村务问题方面,"村委"都要听"侨委"的意见。按照官方的界定,"侨委"应是"华侨事务委员会"的基层组织。但是,塘东的这一机构的力量却似有凌驾于"基层政权"之上的势头。

文化和政治经济结构不是一成不变的。在"文革"期间,"华侨"能幸免于"斗争"就不错了,更谈不上拥有什么权力。华侨在侨乡的地位在此前近20年的上升,与"改革开放"有关。然而,当我问及我遇到的"侨委"委员时,他们多数都说,他们的这一地位是有历史根基的。无怪乎塘东蔡氏家族在一段自我介绍的文字里这样说道:

> 在悠久的历史发展长河中,蔡姓人才辈出,古代先贤有如:明嘉靖进士,湖南长沙知府蔡缵;明崇祯、隆武年间将军蔡开;明万历科赐进士,云、贵、川三省总制蔡侃;清同治赐进士、广东新兴正堂蔡德芳;清道光朝议大夫蔡文波;诰赠朝议大夫蔡以洞;以及诰授奉政大夫蔡怀亭等。近代的蔡氏的英列碑中蔡及时烈士尤为受人敬仰,蔡及时是菲律宾描东牙示省华侨抗敌会主席,为祖国的抗日事业做出巨大贡

献,于1942年6月13日于菲律宾遇难。现代的蔡氏塘东亦有一大批卓有成就的党政领导干部,如:蔡文炯,曾任广州市公安局局长,为广州市政协副主席;蔡连科曾任上海市体委副主任;以及蔡文山、蔡沈惠、蔡星火、蔡榕莹、蔡敦化、蔡敦深、蔡景和、蔡友炳、蔡苏晋忠等一大批为祖国建设事业、为家乡增光添彩的杰出人物。("柯蔡宗亲会"网站)

这段话的意思无非是说,无论是古代进士还是现代的华侨和官僚,对于家族都是有杰出贡献的,因此同样需要得到尊重和记载。

一个侨乡在成为侨乡之前,必然有一段非侨乡的历史。研究侨乡,我们不能凭空地从一个无历史的"全球化"时代入手,停留于这个时代,而没有关照到它以前的历史。回顾蔡氏家族的历史,"乡土中国"这个概念可能还是一个贴切的形容。从其宋元之交的"卜居"塘东,到明中叶以后的家族成长的历史中,我们看到的塘东的确可以用定居的"农耕社区"这个概念来描述。尽管塘东人没有完全像《乡土中国》[1]形容的那样将"半身插入土里",但用所谓"三农"的标准来衡量,他们仍然可以算是"农民"。问题在于,这些"农民"与《乡土中国》描绘的那些"农民"还是有所不同:从一开始,他们便似乎特别热烈地欢迎"学而优则仕"的观念。族谱里说,蔡氏家族从仙游迁居塘东之前,与宋代大儒蔡襄同属一族。在塘东历史上,有过几次编撰族谱的

---

[1] 费孝通:《乡土中国》,北京:生活·读书·新知三联书店,1985年。

运动。从明嘉靖年间村里有了第一个进士以来，凡学业有成者都想为家族的"总谱"之重修做出开创性的贡献。历史上的"总谱"多已散失，我们仅能从今天仍然残存在民间的零星资料来阅读塘东的历史。大凡编写族谱，总是要对平常人与有名望之人加以区分对待的。塘东蔡氏家族的族谱也是这样。平常人在族谱里只留下生辰月日、逝世日期及婚姻、生子情况；而有名望之人大多能留下成篇的传记。有名望之人又分为两类，第一类为对家族特别有贡献的地方头人，而第二类即为科举成功的人。在新编修的族谱里，20世纪以来当过"科级"以上干部或取得大专以上学历的，都能被特别地提到。

透过当地的历史表征，我们看到了"乡土"塘东的"离土理想"：如果说"半身插入土里"也是塘东人的生活现实，那么，从土里抽出这半身更应是他们的生活理想。同时，由于这里已从土里"抽身"的人数不少，因此，离开土地也可以说已构成了这个共同体的内在特征。我借用当地的话，将当地人与"居"的这种双重关系形容为"耕读传统"，并以为，正是在这个传统的基础之上，华侨获得了他们的生活意义。"乡土中国"这个概念总是给我们带来一种固定化的意象，似乎"断位"必然是与"定居"对立的，外在并敌视"定居"的生活方式。意识到所谓"理学传家"乃是塘东人在国内成就自身的"法宝"，我们便能知道：自古以来，"断位"，或离开乡土，正是"乡土中国"的基层所追求的生活目标。从这一点延伸开去，我们应该指出，在"耕读传统"基础上产生的流动给我们带来了认识上的冲击，而这些冲击正是我们应进一步把握的东西。

在塘东对"乡土中国"展开重新解释,得到的那个一般论说已足以挑战"乡土中国"的概念本身。然而,在侨乡塘东,我们看到的还不止这一点。杜维明先生将"文化中国"分为三个层次,[1]包括华人聚居的核心地带、华侨和海外华人知识分子。塘东的一个有趣的现象是,在这一个不大的村庄里,"文化中国"的三个层次都在此并存。自宋"卜居"以来,塘东便已作为政府基层行政的管辖范围成为"文化中国"核心地带的一分子。一如前述,这里的人民也流动于不同的地点和界线之间,自19世纪末以来,华侨更成为这个村庄的一支政治、经济、文化的生力军。诚然,著名的海外华人知识分子少了些,但据我的口头访谈,这个家族留学美国、英国、澳大利亚、加拿大的博士,已数以十计。如果说这已经表明"文化中国"的三个层次塘东皆有之,那么,这个地方也便成为"文化中国"的一个"典型村庄"。如果说"文化中国"的特点在于它的"跨国性"(transnationalism),那么,在塘东从事田野工作,不需要奔走于不同的国家之间,便已处在"跨国研究的框架"之内了。问题只不过是,我们何以在这样一个具备"文化中国"所有层次的地方把握"文化中国"的特征?

就我们的方法论处境而论,我们的困境大多不来自在"经验事实"存在的地方缺乏我们借以考察文化的层次和关系结构的

---

[1] Tu Wei-ming, "Cultural China: The Periphery as the Center", in *The Living Tree: The Changing Meaning of Being Chinese Today*, Tu Wei-ming ed., Stanford: Stanford University Press, pp. 1–34.

"现象",而来自社会科学引入中国研究以来,我们对于"乡土中国"的"乡土性"的过度解释。在引导人们走进他的《游的精神文化史论》时,一位论者批评我们的前辈说:

> 我们的社会学界,或讲中国文化的先生们,不是老爱强调中国国民性如何如何与土地关系密切、如何如何"安土重迁"吗?从费孝通所描述的"乡土中国"形象,到大陆上突显"黄河母亲"之文化意象,中国人总是被形容成一个无可救药的土地眷恋者,踩着黄土地,披着黄皮肤,拥抱着土地。社、稷、祖坟、土地公、大地母亲,构成了中国人意识的根源。于是,中国文化被形容成一种农业土地的文明,恰好和所谓西方海洋商业文明相反,成为两种不同的典型。[1]

一个固定不变的"乡土",除了在正统意识形态的"长治久安"蓝图中存在之外,在人们的日常生活中只属于一种"活动的不便"。明太祖想在华夏确立一个定居的社会,这是因为在他建立自己的朝代之前,宋、元两代相继出现商品和人的大流动,甚至达到了"以夷变夏"的境地。[2] 20世纪是"乡土"这个概念兴起的时期,而这完全与"离开乡土"的现代化进程相重叠。当这个概念被社会科学家引入中国研究时,为了"上进",古代的自下而上的社会流动,正在为自内而外的社会流动所取代。20世纪加

---

1 龚鹏程:《游的精神文化史论》,石家庄:河北教育出版社,2001年。
2 王学泰:《游民文化与中国社会》,北京:学苑出版社,1999年,第133—137页。

速了人们对于外在于正统、外在于华夏的那个"断位"的近代世界体系的信仰。也许是为了论证这种信仰的合理性,知识分子才运用学术话语的所有能量,"论证"出一个孤立而稳定的"乡土中国"来。

以海外华人的"边缘"为中心定义出"文化中国"来,是我们这个时代提出的号召,针对的也可能是我们这个时代中国的开放和"亚洲四小龙"的经验。因而,有论者可能以为,"文化中国"是"后冷战时代"的产物。从"乡土中国"的概念谱系所曲折地反映出的"游"的历史来看,我们反倒可能看到,"文化中国"概念所指的时代最迟从20世纪初期就开始了。而从塘东的历史经验看,20世纪50到70年代相对的"封闭",倒应当说是一个历史的"特例",而且,即使"封闭"也不是完全的。因为在这个时期,塘东迁移到菲律宾的人数虽然急剧下降,但20世纪50年代一直有菲律宾华侨回乡探亲,也有不少塘东乡人去菲"接业"(即继承华侨的家产);1957年,菲律宾塘东华侨捐款兴建锦东小学校舍;1968年以后,移居香港的人数逐步增加,现已有1 000多家居香港。一如杜赞奇为我们指出的,中国的民族主义正是在中国人的"跨国"经验中产生的,华侨是中国"跨国经验"的主体,"文化中国"的核心地带的民族主义是他们在流寓海外的生活中萌生的。[1] 在民族主义在"文化中国"的大本营立足之后,华

---

[1] Prasenjit Duara, "Nationalists among Transnationals: Overseas Chinese and the Idea of China", in *Ungrounded Empire: The Cultural Politics of Modern Chinese Transnationalism*, Aihwa Ong and Donald Nonini eds., London: Routledge, 1997, pp. 37–60.

侨流寓的那些地带也从西方殖民地经历一系列的"整合式革命",[1]从殖民地转变为民族国家。华侨的来回于中国与海外之间的暂时受阻,与其说是一个国家自我封闭的后果,不如说是几个国家在跨国经验中生成的民族主义思潮的必然后果,而华侨既是中国民族主义的缔造者之一,也便对那个特定时代的封闭间接地承担着自己的责任。

我开始在塘东从事田野工作时,侨乡出现了空前的繁华。除了大量移居菲律宾和中国香港的人外,20世纪80年代以来有数百塘东人移居中国澳门,加上从清代开始迁移到中国台湾的塘东蔡氏家族,现在塘东的"海外人口"已达20 000多人,与本地居住的3 355人相比,已成为这个家族的绝大多数。与此前30年不同的是,20世纪80年代以来华侨对于侨乡公共设施建设的支持力度越来越大。随着华侨与侨乡之间的联系机制的重构,1981年,侨居菲律宾的侨民在同乡会的推动下,在锦东小学兴建中学教学楼;接着,又于1990年、1996年、1997年相继建设教师宿舍、学生宿舍、体育馆等。1985年,菲律宾同乡会与我国香港、澳门、台湾的"乡胞"合力,捐款重建东蔡家庙。1992年,在旅菲、旅台乡亲的共同倡议和支持下,华侨开始了村道建设。我们甚至可以认为,塘东村里只要是属于"公共"的服务设施,都得到了华侨的独立资助。

塘东这个我称为"双边共同体"的家族的一边,正在它的华侨游离与回归之中创造着自己的历史。这里我已没有足够的

---

[1] Clifford Geertz, *The Interpretation of Cultures*, New York: Basic Books, 1973, pp. 255–310.

篇幅来仔细描述这些历史的景观，但却有可能重申：对于中国的人类学研究者来说，这一历史与其他经过村落民族志作者再解释的历史一样重要，它使我们有可能借地方性事例来阐明自己对于一些影响中国的"大观念"的反思，并因此值得被纳入历史叙事的"大传统"里。对从塘东看到的中国海外关系和华侨展开人类学研究，为我们呈现出理解中国社会的一个崭新的重要侧面，特别是让我们有可能在重视"居"的乡土人类学中看到"游动"的群体的重大影响，并由此对"乡土中国"概念做出反思，在"耕读传统"和"双边共同体"的历史关系中拓展出人类学研究的新视野。与此同时，我们的思索未必已然清晰起来。在对"乡土中国"的反思中，我们看到一个更为深远的"流动的传统"。至于这个"流动的传统"与几十年前"南派人类学家"笔下的"环太平洋文化"、古越族系、南洋古语言文化区及历史学家笔下的"中国殖民史"是否能联系得上，至于流动于海内外的华人是东南沿海古老的"海洋文化"的延续，是汉人的"殖民史"的组成部分，还是华夏的社会流动制度与"居"与"游"的双重结构对这诸多因素的"涵括"，人类学家则依然需要卸下时代的包袱，从所谓"后冷战"的"全球化"思维里解放被压抑的历史，方能得到一个贴近于真实生活的答案。

（摘自《居与游：侨乡研究对"乡土中国"人类学的挑战》，载陈志明、王连茂、丁毓玲主编：《跨国网络与华南侨乡》，香港：香港中文大学，2006年，第15—54页）

形象、仪式与"法"

过去十多年来,文艺学者对于艺术人类学增进了兴趣,而书店里显眼的地方,也增多了写有"艺术人类学"字样的书籍。

什么是艺术人类学?

我是外行,对它倍感生疏;为了给自己解惑,我翻阅相关著作,看到人类学界推崇多年的"田野工作"已深入人心,也看到,在概念的跨学科传播中,我们面对着不少令人感叹的问题。对于艺术人类学,我们依旧还在寻找清晰的定义。大家也许会同意,艺术人类学指的是采取人类学的方法研究艺术。可是,什么是人类学方法呢?这些书要么语焉莫详,要么笼统论之,说它要求艺术研究者走出书斋,走入"田野",这一出一入,为的是在摸得着看得见的乡间观察一般人民(主要包括乡民和少数民族)的文艺活动(像过去的"群众路线"说的一样)。雄心大点儿的作者则不满足于此,他们认为这样做不够,因为艺术人类学的宗旨在于将艺术当成文化来研究,解析其社会性。

有不少朋友从文艺学或一般人类学转向艺术人类学,我常与他们相聚于饭桌茶座边,得到不少机会向他们讨教。

朋友们对于国内现行的艺术人类学论述,也隐晦地表达出某种担忧。一个从海外归来的年轻朋友说,这些论著停留于堆砌材料,对材料缺乏解释,对于西方新近的理论,更缺乏结合——比如,对于替代了"集体表象"理论的"实践论",他们便一无所知。另一个朋友没有在海外受系统的学术训练,但对国际"行情"了如指掌,他谦逊地说,文艺学界所做的艺术人类学对于主流的人类学是有启发的。我问:这又做何解释?他说:人类学界的艺术研究停留于"艺术文本的社会解读",而艺术家出自天然的敏感,时常质疑人类学家的"结构-整体论",他们能告诉我们,社会中还是存在创造力超乎常人的艺术家个体的。从艺术家眼中的艺术家个体,反过来思考我们研究的人类学,我的那位朋友触及了个体的"能动性"问题。他说,人类学界研究艺术的人,应当向文艺学界学习,学习他们那种对于文化物的个体创造者的注视。

文艺学家之所以借助人类学概念,是因为他们以为这门学科能使他们洞察到艺术的个体创造者之外的"社会""文化"对于艺术的影响;而科班的艺术人类学家则反其道而行之,认定文艺学家原来做的事儿是正当的——学者还是需要"解读文本",还是需要承认个体艺术家的创造性(据我所知,无论是"实践",还是"能动性",都主要出自法国"后现代",二者本来也是在说同一件事。"异曲同工"兴许能解释不同朋友从不同的方向走到一起来的事实)。他们公说公有理,婆说婆有理,使我产生这样的困惑:到底是文艺学家需要向人类学家学习"社会论",还是反过来,人类学家应当向文艺学家学习"个体能动论"?

知识界的现状把我弄得有点糊涂;而人在迷糊时,总会选择用武断的态度来拯救自己的心灵。我百思不得其解,于是武断地断定,无论专家怎么说,理解艺术的社会性,都应是艺术人类学家首先要做的事——至少在他们运用"实践""能动"这些概念之前,有必要先试试看"社会""文化"的观点。然而,从人类学那里借来社会或文化概念的文艺学家有一种怪怪的倾向:他们倾向于将"社会"或"文化"简单化为某种固定化的"空间实体"。比如,一位专门研究艺术的社会性的专家就告诉我,诸如民间演戏这样的"乡民艺术活动"之社会性,在于戏是在一个"文化空间"里演出的。这个"文化空间"到底是什么?我不怎么热爱"空间"这个概念,我感到它有可能将具有活生生内涵的文化"归纳"成某种硬邦邦的"虚体"。我不反对运用"空间理论"来研究文艺现象,但我猜想,我们若是那么做,那一定会忽略活生生的文化。我总怀疑,文艺活动的社会性,相对于"空间"这个概念形容的东西,本来该来得灵活。所谓"社会性",是使个体凝结为整体的观念形态,它可能包含知识,但其道德的因素总占上风,因为只有这样,所谓的"人人(仁)关系"才可能形成。

艺术人类学家中,有不少研究乡村(包括少数民族乡村)戏剧的；对于这些同人来说，所谓"艺术的社会性"极其易于把握。在中国乡村看戏，我们看出一段历史，而这段历史与"社会性"的演化进程息息相关。

对于我们这些住在都市里的"现代人"来说，戏大抵都要在戏院里演出（即使是在广场上演出，那也要将广场弄成临时性的"露天戏院"）。我们对于专门化表演场所的规定，体现着现代文化、现代社会的特征。在我们这个时代，艺术若是没有在远离生活的场合里展示，便如同失去了它的艺术性。我们似乎给了艺术某种"神圣性"，期待艺术从一个新的角度、在一个新的层次上超脱我们的生活。这种被赋予的新的"神圣性"是有其内在精神的。不过，这个"精神"已不同于古代的神灵——特别在我们如今的中国，它必须与神灵无关才算正确。

相比而言，在现代艺术表现形态现身之前，艺术并没有脱离神灵，甚至必须与之有关。

为了说明其中的变化，让我从例子开始。我在闽南乡村做了多年调查，发现戏曲这种东西面临着一种遭际。我们的文化部门为了保护民族文化遗产，"推陈出新"，用财力支撑着剧团（如梨园剧团、高甲剧团、木偶剧团等等）。这些剧团只有在文化部门举办"文艺展演活动"时才有正式演出机会，平日没有戏演，它们必定存在生存危机。为了求得生存，它们不得已到乡村去演出，像20世纪50年代"戏曲改革"以前那样，在乡间寻找生计。不少剧团下乡，不是为了去"慰问农民"，而是受乡村庙宇之约聘，去村庙前"娱神"。为了谋求生路，剧团派出的"营销人员"

如同人类学家那样关注戏剧的"地方性知识",细致入微地了解各地的仪式日程,将之整理出来,形成地方庙宇庆典的日程表。剧团根据这个日程表,去联络庙会的组织者,跟他们形成"大小传统"之间的交易关系。在调查期间,我搭了他们的便车,看到了人类学家一般都爱看的民间仪式。村庙面前的戏,本不是演给人看的,而是为了对神佛表达感恩而安排的。在神佛的诞辰庆典上,村戏是"娱神"的核心内容之一。村戏"娱神",并意味着村民不看它,他们也看,而且看的时候特别投入,边看边谈,边看边娱乐(如打牌、喝酒),将艺术与他们的生活融为一体。村庙的"非政府组织"(庙管理委员会)通过在其"治理领域"征收神灵诞辰庆典经费,每年能得到数万、数十万,以至上百万元。演一场戏,要上千元人民币。戏是在村庙前,对着村庙内的神像演出的。观众为了看戏,只好坐在庙宇与戏台之间。在演戏之夜,神、人、戏成了"三合一"的"共同体",相互之间不相分离。对于村民来说,神灵平日表现出的"灵验",若是没有其诞辰庆典的"热闹"来证实,那便是空洞的;人平日生活中对于群体生活的期待,若没有庙会庆典提供的机会和场合来表达,那便是不现实的;戏台平日完全看不出色彩,有的看起来甚至无非是个简陋的土堆,若没有被人和神观望、被戏剧充实的时刻,那便缺乏任何生气。总之,村庄里的演戏活动,不像我们现代都市的同类活动那样,疏离于生活世界之外。

剧团下乡的旅程也是一次历史的旅程,这种历史跟史学家理解的历史不同,它的方向是逆时间的,它从现在迈向过去、从现代回归传统。参与到这个旅程中,我们能生动地体会到"传统艺术"与"现代艺术"的差异。

格罗塞在其《艺术的起源》一书中说到不同于现代艺术的"原始艺术":

> 原始民族的大半艺术作品都不是纯粹从审美的动机出发,而常同时想使它在实际的目的上有用,而且后者往往还是主要的动机,审美的要求只是满足次要的欲望而已。[1]

艺术人类学家若将我们在乡间观察到的艺术与我们在城里见到的艺术完全对照看待,那可能就会引出格罗塞的"功能解释"。而这种解释因否定了"原始人"和"乡民"的"审美欲望",而具有某种值得批判的现代式武断。

为了避免犯格罗塞式的错误,我们最好不必对于艺术的城乡之别进行过多诠释,而将注意力集中于所谓"乡民艺术"。

研究村戏的学者,易于关注乡间演戏与乡间生活之间的紧密关系。从一个角度看,村戏是村落仪式活动的内在组成部分,那些专门从事表演的剧团,平日可能是区分于乡村生活的,而在仪式之日,它们被一种交换的模式纳入了乡村。对于所谓"民间仪式"中的演戏活动进行研究,学者已通过细致入微的描述,呈现出它们的"宗教内涵"。我所能补充的是,就我的观察,演出

---

[1] 格罗塞:《艺术的起源》,蔡慕晖译,北京:商务印书馆,1984年,第234页。

活动与仪式活动之间的紧密联系,背后有另一个层次、另一种力量在维持着。这个层次,这个力量,在闽南乡村表现为仪式专家(特别是民间道士)将演出规定为仪式表演的必要点缀的做法上。

在我花了不少时间研究的溪村村庙庆典上,来自外村的、远近有名的道士根据自己拥有的道教经典来表演。在庆典举办之前,他们指挥当地村民在庙的内外立坛(祭祀空间)。接着的所有仪式,可以说都是在道士的带动下进行的。道士诵读一套套经书,因时而动,声嘶力竭,手舞足蹈,召唤着天地人神的合一。他们的表演有一个重要内容,那就是将神兵天将、地方神、道教神以至帝国的正祀召唤而来,使之形成内外之分:使兵将在庙宇之外的空地上驻扎下来,在道士的号角声中演示着他们的力量;使天神和地方神进入庙宇,同管辖村子的村神共同庆祝生日。如为了研究道教而成为道士的欧洲人类学家施舟人(Kristofer Schipper)所言,道士科仪的表演,为的是将庙宇区隔出其他空间,使之成为一种与神灵有关的"时空圈子"。[1]根据道教经典的规定,在特定的仪式时刻需演奏音乐、唱颂歌谣、"以身作则",使他们诵读的经书与他们的"行为艺术"完美地结合为一个整体。地方戏剧团被道士安排演出一系列剧目,有的戏与帝王将相有关,有的戏与伦理道德有关。而同样重要的是,演出这些剧目之后,在规定的时刻,演员被要求打扮成八仙,徐徐进入庙宇,一一向村神行礼。

---

[1] Kristofer Schipper, *The Taoist Body*, Berkeley: University of California Press, 1982, pp. 48–54.

村庙庆典的内容如此丰富，以至于研究艺术人类学的学者若是要完整地用我们的"科学语言"来再现仪式，就可能只是梦想。于我，艺术人类学家若是要研究这样的表演，兴许须同时关注以下难以同时呈现的"事实"：

1. 仪式专家运用的科仪经典的内容；
2. 被诵读出来的科仪经典之具体呈现方式，及与特定仪式的时间安排和空间布置之间的关系；
3. 科仪表演与道士的音乐、舞蹈表演之间的"节奏对应关系"；
4. 仪式专家表演的仪式，内容上表现的天地人神"混融"于庙宇的面貌；
5. 不同阶段的仪式表演，如从请神到送神之间过渡诸程序的具体作用；
6. 由专业剧团表演的戏剧与仪式专家表演的科仪经典仪式之间的配合关系；
7. 仪式专家与专业剧团表演得到的庙会"头领组织"（由一般村民选举组成）与一般村民的配合。

清单还可以接着罗列下去，但到此似已能呈现"乡民艺术"的丰富社会内涵。

在乡村研究诸如演戏之类的艺术的社会内涵，人类学家可以有不同的解释。我们有的人，可以学习特纳（Victor Turner），如他那样将表演（如仪式）区分于日常生活，将之定义为超越日常时间的神圣时间，关注其与人们日常生活中表现出来的分化、地位差异、等级差异之间的不同点;[1] 有的人则也可以学习格尔茨,如他那样将之看成社会生活本身,"戏演人生",在艺术活动内部,我们透视出社会的基本精神面貌,特别是社会中的力量观念。[2] 无论如何,走进乡间的艺术人类学家承受着一个历史负担,他们须在如此混杂的仪式中,一面埋头理出头绪,一面致力于再现仪式的多重组合。

从乡间的庙会中,艺术人类学家能透视出"艺术的社会性"实现的具体过程。而"社会"是什么?为了对之做解释,艺术人类学家需要关注到乡间演戏活动的"混融状态"。因为兴许恰是这种"混融状态"本身,在构成所谓的"社会"。

在乡间调查期间,我发现,村民对于全村的仪式态度十分配合,个个生怕参与其中的机会从自己的身边溜过去。他们的态度,与艺术人类学应关注的另一层次的问题有关:仪式对于作为仪式主体的人有严格的要求。在仪式过程中,人们生怕自己的"行为越轨"。比如,在仪式表演期间,不做该做的事,不说该说的话,或反之,做了被认定为不该做的事,说了被认定为不该说的话。对于仪式中"行为越轨"的制裁,是众人的谴责(如怒目视之)。而众人的谴责之所以常能奏效,除了因为它自身带有的"集体强制力"之外,还因为它与某种恐惧感联系在一起。至少在闽南乡村,人们总是怀疑,若是自己在仪式中"行为越轨",

---

[1] Victor Turner, *The Ritual Process*, Chicago: Aldine, 1969.

[2] Clifford Geertz, "Deep Play", in *The Interpretation of Cultures*, pp. 412–454.

那便可能要承受鬼神为了惩罚不端之人而给他带来的不幸。我们现代人所谓的"艺术",被认为是不应带有这种神人合一的幸与不幸的观念的。然而,在我们研究的乡间,这种观念却深入人心,以一种生动的方式论证着列维-斯特劳斯用"看""听""读"三个字概括出来的艺术所具有的与自然、习俗及超自然紧密相关的品质。[1] 艺术人类学家关注的"艺术"与种种观念紧密结合,自身带有某种"威慑力"。这一点,我们能从村庙祭祀活动中人们对于仪式规则的配合态度中看出,也可以从神的形象中看出。我们民间的神,形象有面善和面恶之别;面善的神与面恶的神在庙宇中往往"相互配合",形成对人的"软硬兼施"的制约力。比如我研究的溪村,村庙中就有面目凶恶的法主公,这个神之所以面目凶恶,据传是因为面对妖魔鬼怪怒气冲天。但在法主公的身边,还供奉着面目清秀得如同文人的保生大帝,这个起源于邻近地区的神本是医神(传说他在宋代还曾为皇后治疗乳疾)。在闽南地区的许多庙里,神有生杀之别,主生者,面容慈祥,主杀者,面目狰狞。我们说"旧社会""神权"盛行。什么是"神权"?就是神的这种生杀之权。神的生杀与善恶有关。神灵的"性格类别",相应于人的善恶感而存在。凶神恶煞的神,是惩治恶的力量,慈祥万般的神,是旌表善良的力量。

对艺术作品敏感的艺术人类学家会注意到,上面所说的善恶

---

[1] 列维-斯特劳斯:《看·听·读》,顾嘉琛译,北京:生活·读书·新知三联书店,1996年。

在艺术中的表现是极其丰富的。戏剧中的故事是表现的一种，而我们在庙宇中研究民间雕塑作品一样也能发现，对于我们所谓的"乡民"而言，美术是善恶故事的另一版本。我不是说艺术是社会中伦理制度的工具，而是说，艺术以自己的方式传递、表达、塑造社会的善恶观念。

为了说明问题，让我再举个例子。

在安溪县的日子里，我常去村外寻访大庙。我去大庙参观，本非出于自愿。田野工作之初，在当地文史界前辈的引领下，我踩了点。受英国人类学的熏陶，我的研究方法还是社会人类学式的：我想做的，是根据对村庄内部结构的综合研究，书写一部民族志作品。我急于迁入村庄居住。然而，地方文史界的前辈对于我的计划表现出不解。他们说，不理解我为什么一定要去村里，更认为一个小小村子，不能算"典型"；他们认定，我需要了解的，不是那些穷乡僻壤的农民，而是更大区域里的历史文化。为了与这些地方文化人保持良好关系，我才听从他们的指示，跟随他们去了许多古迹参观。我们所到之处，除了找庙，还是找庙，而县城不仅是"区位中心"，也是庙宇的集中地。于是，那里成了我们常去的地方。

对于安溪县城，宋儒朱熹曾于《留安溪三日按事未竟》诗中形容说：

县郭四依山，清流下如驶。
居民烟火少，市列无行次。

岚阴常在午，阳景犹氛氲。
向夕悲风多，游子不遑寐。
……

如今安溪县城烟火市井皆已繁华，但站在远处观望，人们仍可面对着朱熹目睹的情景。而站在县城空旷之地往北看去，我们看见凤山。在凤山山麓，我们看见一群庙宇式建筑涌出画面，金黄色的砖瓦构成它们的外观。这种颜色，在闽南地区四处可见，它与绿色的丘陵相互辉映，使景色充满生机，绝无朱熹感叹的凄凉。在那片庙宇建筑里，有一座庙叫"城隍庙"。田野工作期间，地方文史界前辈将我带进了这座庙，声称这庙起源于唐代，是中国最古老的城隍庙之一。对于他们的"文化地方主义"，我有排斥之心，数次巧妙地逃脱他们带我进庙的计划。田野工作结束后，我的书写也多集中于村庄，避免谈那大庙。然而，这些年来，我有了"逆反心理"，对村庄民族志越来越觉得腻烦。于是，我开始想念那些地方文史界前辈，他们带我去的大庙的形象也不断从我的脑海中涌现出来。我开始怀疑，地方文史界的前辈对于社会人类学方法的隐晦抵制实属合理。我也越来越相信，对于那些村子以外的"文化空间"的研究，意味比较浓厚——城隍庙便是如此。

城隍庙原先位于城区东部，1941年国民兵团派兵进驻，城隍老爷正身及副身被迫迁出，在民舍中奉祀；1990年华侨捐助重修城隍庙，择定凤山为址；两年后，庙宇竣工，城隍老爷神像才回到他的府邸。

明嘉靖版及清乾隆版《安溪县志》中都没有城隍庙的内部空间结构图，但其城图都在显要位置画出城隍庙外貌。从城图看，古代县衙位于城市中轴线偏西北，而衙门偏东，即有学宫、城隍庙等建筑。县衙建筑规模略大于城隍庙，内部组织相对简朴。从县治图看，衙门过了"门头"，进入仪门，右侧有礼、户、吏三部，左侧有工、刑、兵三部，再往内走，进入琴堂（左右有存放户册档案的库房和赞政厅），再往里走，进入后堂和县衙。衙门的东西庭院有大量粮仓，而管理盐政的办公室位于庭院西侧。

在县志中找不到城隍庙的布局图，不过，城隍旧庙建筑如今尚存，被政府充为实验小学校舍。从外观看，庙为宫殿式，五进四天井，规模宏大：

一进：戏台、古井、榕树；

二进：兵马与黑白无常，左厢稽查司、考功司、赏善司，右厢速报司、典狱司、罚恶司；

三进：正殿城隍镇殿神像及副身，东厢大钟、直符使者、护法韦驮、阳判官，西厢大鼓、值日使者、主簿、阴判官，前含拜亭，后连寝宫；

四进："城隍妈厅"，城隍与城隍夫人塑像；

五进：僧舍。

安溪城隍庙内的神像雕塑群是令我难忘的物件。这些美术作品出自艺术界的无名英雄。雕塑这些作品的艺术家，没有在作品上留名，没有保护知识产权的观念，然而，他们的美术作品实在具有远比我们看到的装腔作势的艺术品还巨大的震撼力。初进城隍庙，我感到极端惊异。一进门，左右两侧立着"黑白无常"，俗称"八爷""九爷"。他们一黑一白，据说是冥界专司勾摄生魂的"勾魂鬼"。黑无常一身全黑，帽子上写着"见吾即死"，白无常一身全白，帽子上写着"见吾生财"。黑白无常一矮一高、一胖一瘦，是对搭档，黑的严肃、可怕，白的嬉笑怒骂、相对幽默。他们受冥司之托，出来捉拿坏阴魂。我从左侧走进去，见有稽查、考功、赏善三司，再从右侧绕出来，见有速报、典狱、罚恶三司。左善右恶，"八爷""九爷"后面的这些阴间"政府部门"，分别管制好的阴魂的表扬与坏的阴魂的惩罚。进入庙宇的正殿，我看见城隍老爷被左右一群"副官"（如主簿、判官、值日、阴司、阳司）围绕着，他们各司其职，城隍老爷自己被叫作"显佑伯主"，是安溪县城的保护神。他老人家面目慈善，稍显棕褐色（据说是因香火旺而被熏出来的），端坐于神座之上，南面而视。

城隍庙是作为衙门的附属建筑营造起来的，如德国艺术史家雷德侯眼中的中国地狱图，城隍庙也是"有着难以胜计的众多衙署各司其职、协同合作而令人敬畏的模式体系"[1]。不过，城隍老爷在朝廷设计的品级制度中地位远高于县令，他身着皇帝钦赐的龙袍（据说他给宋代皇后医治乳疾而得到这个特殊的"礼物"），被封为伯爵，其"王宫"、属下的部门设置，等级远高于县衙。凌

---

[1] 雷德侯：《万物：中国艺术中的模件化和规模化生产》，张总等译，北京：生活·读书·新知三联书店，2005年，第221页。

驾于县衙之上的城隍庙,作为宗教式的权力,在朝廷负责礼仪的部门的巧妙安排下,超越了衙门代表的地方行政权力。

听当地人说,城隍老爷是古代安溪人发现的。有一夜,县城外的蓝溪上有个闪光点顺溪流而下,人们看见了,知道那是神在显灵,就前去查看。结果发现,是一块有神的形象的木头在河上漂流。于是,他们将它供奉起来。后来,这块木头就成了城隍老爷。据地方史料记载,这座庙宇确已有上千年历史,据传它建于后周显德三年(956年),到明初,已历尽数百个春秋。到明初,朱元璋规定全国各地的州县都要重新改革城隍庙制度,下令将各地城隍的形象删去,代之以木主,并对官办城隍庙重新进行"内部装修",加进了些个朝廷解释的"礼法"内容。据明嘉靖版《安溪县志》,洪武三年封天下府城隍"监察司民成灵公"、县城隍"监察司民显佑伯"。不久,他又不知出于什么原因而后悔,于是"诏革封号",下令"止称'城隍之神'"。当时,安溪无城池,因而,中央政府并没有硬要当地政府耗费钱财营造城隍庙,那里的城隍庙,还是由当地士绅倡建的(后来在维修时,政府才出面)。县志的作者承认,安溪建城隍庙,是因为民间对于历史上遗留下来的神灵"庙以祀之,人道以处之",实质是"沿袭前代之失而未改耳"。[1]

城隍老爷从灵验的化身转化为法权与德行的化身,是信仰历史的演变脉络,这个脉络留下许多素材可资史学家叙说各自的故

---

[1] 林有年等编:《安溪县志》(嘉靖版),香港:国际华文出版社,2002年,第114—115页。

事。[1]历史素材的梳理非我强项,但我还坚持相信,对我们而言更重要的是,不能因为要迎合史学研究的需要,而将灵验的化身与法权与德性的化身分割开来,使之成为时间上的前后两段。而应看到,这二者通常合而为一。

当地流传着许多城隍老爷的显灵故事。常见的故事分两类,一类是城隍老爷保境安民的传说(如显灵惊走贼兵的传说),另一类是他老人家显灵协助县官破案的传说。关于"破案传说",乾隆版《安溪县志》之卷十(杂记)提到一个故事:

> 乾隆二十年正月十一日,县民陈福挟仇将田主王益让杀死于后塘陇地方,屡审,坚不承认。邑令庄成斋戒沐浴,具牒亲祷于城隍神。翌日,带犯赴庙覆讯,冤魂忽附于犯妻黄氏身上,向伊夫历历质证,并将凶器指出。福始俯首无辞。案乃定。观者无不称异。庄令题匾于庙,以纪其事。[2]

更多的民间传说,将破案故事与男女关系的规范联系在一起。在闽南高甲戏中,有一出城隍老爷托梦破奇案的戏,就是根据这类故事中的一个改编的。故事梗概是,清代安溪县城一个巷子里有个姓金的生意人外出经商,他老婆忍不住寂寞,与一个举人通奸。二人相处得如此快活,以至于谋杀老金。他们将丝蛇放

---

[1] 关于城隍信仰的"通史",参见郑土有、王贤淼:《中国城隍信仰》,上海:上海三联书店,1994年。
[2] 庄成等编:《安溪县志》(乾隆版),厦门:厦门大学出版社,1988年,第335页。

在青竹管里，老金一回家，其妻将之灌醉，将装蛇的竹管对准他的鼻孔，再用火烧蛇的尾巴，蛇滚入老金腹中，咬死了他。出于意料之外，奸夫淫妇的凶杀过程让一个小偷窥见了。后来县官也了解到有通奸害夫案存在，他开棺验尸，查无痕迹，反被诬告无端验尸。于是，他便请求城隍老爷指点迷津。一夜，他果然梦见城隍老爷，指点他去找小偷，将案件查了个水落石出。《安溪东岳城隍寺庙志》记述了故事的详细情节：

  清道光年间，安溪县城蒲厝巷，有一姓金者外出经商，其妻与吴云梯（举人）通奸。在金氏未回之前，奸夫奸妇共议一计，把青竹丝蛇藏入竹管里，待夫回家时，借办酒洗尘之机，把金灌醉，然后将装蛇的竹管对准鼻孔，用火烧蛇尾迫（其）滚入（金氏）腹中，毒咬金氏致死。有一天金氏回家，奸夫奸妇就按此计行事。出于意料之外，凶杀过程却被小偷李彬暗地窥见……一天县令黄宅中下乡办案回城，路经祥云渡，忽有怪风飘来（的）一些半烧过的纸帛在黄的轿（子）四面周旋，黄疑有异，即下轿，派差役往山上周围查看。据汇报，只见一青年妇人在新墓烧纸（冥币）并哭泣着，（黄）即招回那哭墓女人，观形察色，确有可疑之处。回衙后，即派员四处查明，断定是通奸害夫。当即开棺验尸，然而查无任何伤痕。金妻受（奸夫）指使反咬一口，向上诬告"黄欺寡妇，随意开棺"。州令随即撤黄职，黄要求宽限一段时间给查明。在州官的准许下，黄便向安溪城隍拜求指点破案线索。有一夜黄梦见城隍指点"往向东方行，木子便知情"。第二天，黄宅中化装（成）一相命先生，往东行，夜宿李彬家，黄、李二人在深夜漫谈中，黄问李何为不娶妻，李叹口气说："当今妇女真奸雄，故不敢想娶妻。"黄耐心追问，李彬终于道出金氏被青竹蛇毒死经过情况，并拿出凶具竹管给黄看。黄恍然大悟，喜形于色，对李彬说，他就是县令，为办此案，蒙城隍托梦指示，而来暗访，明天你把竹管取去吴云梯典当铺当千钱，有事我做主。第二天，李彬就去当竹管，店员不理，吵闹起来，吴云梯探头一看，看是他作案工具，即叫店员取钱给李彬。李彬钱拿到手连竹管一齐带走，前往县衙呈交县令黄宅中，县令见此物证，确定（金氏为）奸害无疑，再次开棺剖尸详验，果然腹中蛇迹尚存，即于安溪城隍庙内开阴阳庭公判。罪犯二人见事已暴露，再不敢抵赖，一一交代凶杀过程。观众甚多，无不惊异敬服。黄宅中把案犯依法判罪上报，得到官复原职，并加升三级，后被人称为"黄青天"。黄深有感受，亲书一匾"是梦觉关"挂于庙内。[1]

这个故事让我想起费孝通在其《乡土中国》一书中提到的一件事。60多年前，有个县官告诉费先生，有个人因妻子偷了汉子打伤了奸夫，结果，奸夫来县里告状。县官自己觉得很难办，一

---

[1] 安溪东岳城隍寺庙志编委会编：《安溪东岳城隍寺庙志》，1994年，第16—19页。

方面,在乡间殴打奸夫,是理直气壮的;另一方面,通奸没有罪,何况又没有证据,殴伤他人却有罪。怎么判?那个奸夫做了坏事,还要求法律保护。殴打他人,是犯罪,法律要管他。所以,还是要处罚打人的人。可县官心里也有道德感引起的矛盾,认为"如果是善良的乡下人,自己知道做了坏事决不会到衙门里来的"[1]。也许自古代开始,衙门面对众多的模糊的罪过,都与这个县官一样,知道难办。衙门一面要用法来治理地方社会,另一面却不能破坏地方社会存在的道德秩序。怎么结合?城隍老爷可能便是在衙门的两难困境中被发明出来解决问题的。

将城隍老爷破案的故事与城隍庙内部的雕塑群之形象联系起来,我们便能洞见艺术的"法学意义":城隍老爷的慈祥,他手下的凶神恶煞,使城隍庙俨如法庭。这个别开生面的象征法庭虽没有作为政府的衙门具有的实在政治权力,但却能从一个艺术抑或"权力美学"的角度,制造出一个令人敬畏的象征力量来。关于城隍老爷破案的传说,与城隍老爷"衙门"的形象相互配合,言说这个"衙门"的灵验。二者都通过"承认"阴魂的实在性,促使人们对于来生产生极大的恐惧,对于今生的行为保持警惕,由此实现社会道德秩序的营造。而所有这一切,也都在一年一度城隍老爷巡行的仪式中再现出来。

明清以来(只有20世纪50至70年代间断),每年春天,安溪都要举办城隍老爷的迎傩盛典。清嘉庆十七年(1812年)立的一

---

[1] 费孝通:《乡土中国》,第58页。

块古石碑，记载了时任县正堂的"谕事"，提到"安邑敕封显佑伯城隍尊神，理阴赞阳，每年季春，士民仿依古礼设醮迎傩"；而乾隆版《安溪县志》也提到，"二月二日，各村俱祭土地，名为做福，是月邑令内陈鼓乐，结彩棚，迎城隍神会，通衢热闹，游观者众"[1]。尽管史书说农历二月二是城隍神会的日期，但这个盛典的具体举办日，须于农历正月十六日在城隍老爷神像前占卜择定。那时，来自四面八方的安溪人，以街道和村庄组合成团队，以花鼓、彩旗、舞狮队、南音清唱队等我们所谓的"文艺表演团体"为形式，汇聚于县城。人们装扮成各式各样的戏剧人物，如梁山好汉、十八罗汉。仪式的程序，如同村落的庙会，是由仪式专家（道士和民间和尚）安排的。完成一日的祭祀，当夜12点，城隍老爷的神像衣冠一新，被抬上游神用的辇轿，他的手下"部门负责人"，也一样地被重新装扮。次日清晨5点，真人替代了神像，他们在庙里"办公"，神像被抬上街去，被沸腾的人群、热闹的"文艺团体"拥戴着，巡游县城的所有街巷和公共空间。绕城之后，仪仗队鸣锣开道，城隍老爷要南下较场（刑场）。走到场子附近，他老人家要换上法衣，才进入较场。一切搞定之后，主持的仪式专家突然大呼："冤魂有冤准予前来鸣冤。"可以想见，古时候的这个时候，肯定还是有人出来喊冤的。今天，这种做法没有了，一切都变成了表演中的表演。仪式专家话音刚落，城隍老爷的神像便在他的队伍的拥簇下，绕场一周，徐徐出场，再度

---

[1] 庄成等编：《安溪县志》（乾隆版），第112页。

巡行他的城池。

城隍老爷在较场附近换法衣，成为超越官僚的官僚。入场之后，仪式主持人呼唤冤魂前来"报案"（喊冤），将城隍老爷比作真正能主张正义的"法官"。

"县有城隍，以理阴也"，这是清初《重修城隍庙碑记》采纳官方祀典给予城隍老爷"职权范围"的界定。城隍老爷是管理阴间的，他的"衙门"是阴间的"政府"，这个"政府"与阳间的"衙门"一样，"政法不分"，自身也是"法庭"。

城隍老爷的形象、传说与仪式，三种"艺术表达形式"紧密相扣，形成一套"制度"，召唤着社会的活力。如上所述，对城隍庙进行研究，人类学家可以从以下三个角度入手：

庙宇的象征空间所显示的美术威慑力及其所隐藏的城池之神到"阴间法庭"的历史脉络；

可从城隍老爷托梦判案透视出的道德与秩序的传说；

可从城隍老爷游神观察到的衙门"冤狱处理艺术"与民间驱邪仪式的结合。

以呈现阴间的种种存在方式，城隍老爷的"艺术"威慑着阳间的人。对于冤魂的恐惧，是明清政府致力于城隍庙修建的主要背景。阳间的衙门本控制在人手中，而人这种存在有其众所周知的悲哀面，要实现法制的正义，对于活生生的人而言，并不是一件轻易能做到的事。衙门是社会秩序的维持者，然而因为无能或故意，衙门也是冤魂的制造者。创造出一个对应于阳间衙门的阴间衙门，用种种所谓"文艺"的形式来营造它的真实性与灵验，为的是补充阳间衙门的力量、反省它的失误、抚慰它的潜在敌人。

城隍庙及围绕城隍象征创造出来的美术、故事与仪式，让人想到很多。其中一点，是它在宗教内容方面与佛教地狱和轮回观念的融合；另一点，则跟"以礼入法"的传统有至为密切的关联。城隍的"佛教化过程"有待考证，而关于它代表的"以礼入法"，这里则可多说几句。古代中国法律制度受儒家的影响，重视礼，结合礼，形成不同于现代法的特征。对于这一法的文化特征，法社会学家瞿同祖从经典文献出发给予了解释。关注儒家"大传统"，使瞿同祖从中国法中看到"礼"的浓厚因素。[1] 同样地，关注"小传统"的费孝通在其《乡土中国》中在乡间发现了"礼治秩序"的存在。在该书中，费孝通引用孔子的"克己复礼"之说，对"礼"做出定义，说"礼并不是靠一个外在的权力来推行的，而是从教化中养成了个人的敬畏之感，使人服膺；人服礼是主动的"[2]。在人类学界，中国文化的大小传统之辨向来引起广泛的关注。瞿同祖论述的大传统与费孝通论述的"乡土小传统"之间，有什么历史性的"上下关系"？这是前辈们遗憾地没有触及的问题。不过，费孝通提到的"使人服膺"的"敬畏之感"，已为描绘城隍庙及其种种象征与仪式所可能代表的大小传统之间"礼的结合"，给予了难得的启发。

明清时期，城隍神曾担当厉坛之祭的主角。早期是将它的城

---

[1] 瞿同祖：《中国法律之儒家化》，载《瞿同祖法学论著集》，北京：中国政法大学出版社，1998年，第361—381页。

[2] 费孝通：《乡土中国》，第52页。

隍神木主设于厉坛之上，后来改用木头雕像坐镇厉坛。明初厉坛之祭，祭文由礼部统一颁定，有抚恤孤魂野鬼防止其作祟、宣扬因果报应、监察官吏等作用。[1] 城隍神是城池之神，其地位介于城乡之间，它沟通上下关系，通过培育费孝通所说"使人服膺"的"敬畏之感"，通过造就"阴阳关系"，来造就维持"上下关系"的"法"。一如明初的祭文所说，"普天之下，后土之上，无不有人，无不有鬼神。人鬼之道，幽明虽殊，其理则一……上下之职，纲纪不紊，此治人之法如此……上下之礼，各有等第。此事神之道如此"[2]。

城隍庙内部竖立的雕塑之所以如此具有威慑力，与艺术的"法律意义"有关。从一个角度看，从明初开始，城隍庙一直既是人们求取护佑的地方，又是将所有"习惯法"融入自身的空间。它如同地狱图那样，"也会说及官僚政治之错误与腐败"，并"因由无形的魂灵所监督，所以比人间的监管更频繁，更不易出纰漏"。[3] 明初的祭文提到城隍庙的作用时说：

> 凡我一府境内之人民，尝有忤逆不孝、不敬六亲者，有奸盗诈伪、不畏公法者，有拗曲作直、欺压良善者，有躲避差徭、靠损贫户者，似此顽恶奸邪不良之徒，神必报于城隍，发露其事，使遭官府……若事未发露，必遭阴谴，使举

---

[1] 郑土有、王贤淼：《中国城隍信仰》，第184页。

[2] 同上，第183—184页。

[3] 同上，第247页。

家并染瘟疫，六畜田蚕不利。[1]

用刑法、阴谴、瘟疫等作为恐吓，祭文将城隍庙艺术的威慑力"生动地"呈现于我们面前。

而城隍庙之不同于官府，又在于它的威慑力是普遍适用的——它针对隐藏于所有角落的罪过，包括官府的罪过。祭文的最后宣誓说：

> 我等阖府官吏等，如有上欺朝廷、下枉良善、贪财作弊、蠹政害民者，灵必无私，一体照报，如此，则鬼神有鉴察之明……[2]

我从艺术的社会性延伸到法律人类学，似乎离题太远。不过，为了解释何为艺术的社会性，我们可能正需要如此"离题"。

在《看·听·读》一书中，为反思人类学以往将艺术当作社会的"集体表象"、实现社会的组合功能的手段的观点，列维－斯特劳斯对艺术进行了神话学"考据"。他指出，艺术与神话都同时与自然、习俗及超自然形成联系。[3] 依我看，"礼"一样是与自然、习俗及超自然息息相关的。作为"礼"的艺术，与作为"法"的"礼"，无论怎么理解，都与这一相关性紧密相联。

---

[1] 郑土有、王贤淼：《中国城隍信仰》，第183页。
[2] 同上，第184页。
[3] 列维－斯特劳斯：《看·听·读》，第148页。

何为艺术的"社会性"?

作为艺术人类学的外行,我道出自己之所见,将之奉献给有志于解开这个谜团的诠释者。"种种艺术表达形式,源自人们对于事物存在形式的种种观念形塑。"[1]无论是雕塑、诗歌、叙事、绘画,还是仪式与戏剧,艺术表达形式本身之所以值得人类学家研究,乃是因为它们为人所创造、为人所拥有,而人必须生活在与自身、自然、习俗的关系之中,对其有责任,也承受其压力。艺术的"社会性"是一种超然的形式,它以一种超自然的诉求,激情或冷漠地表达着敬畏及同时作为敬畏的"叛逆"和内在因素的无畏之间的种种可能关系,并由此赋予人文世界以道德意义。

国内艺术人类学家(或艺术民俗学家)从"乡民艺术"出发,西方人类学家从"原始艺术"出发,各自进行着比较工作。对于我们来说,"乡民艺术"的价值,在于它对于我们都市知识分子来说,比艺术家的作品更贴近生活(特别是因为艺术家为了提升其作品的价值与价格,已变得越来越"不入群"了);对于他们(西方人类学家)来说,"原始艺术"的价值,在于它是反观近代西方思想的"个体主义"倾向的镜子。二者之间虽有不同,但更有共同点:我们都将不同于现代艺术的艺术归结为"他者"。对象既为"他者",艺术人类学的研究是否与现代艺术作品的分析无关?并非如此。"通观数千年历史,人类的各种激情互相交融

---

[1] Clifford Geertz, "Art as a Cultural System", in *Local Knowledge*, New York: Basic Books, 1983, p. 120.

混杂，时间既没有对人类的爱和恨、对他们的诺言、对他们的斗争和他们的希望增添和减少任何东西：从前到今天，一如既往。即使随意抹去10个或20个世纪的历史，也不会明显地影响我们对人类本性的认识。"[1]如我上面所形容的"传统乡民"，现代艺术也"激情或冷漠地表达着敬畏及同时作为敬畏的'叛逆'和内在因素的无畏之间的种种可能关系"。现代艺术的"文化空间"已脱离日常生活的社会空间，艺术家的表达已越来越以其自身的个人化为形式。然而，艺术家不是非人，他们的创造即使能脱离于习俗，也难以脱离于他人，脱离于作为素材、内容和艺术表达形式的自然和超自然——艺术家所做的，不是分离这些东西。因而，艺术人类学对于非传统艺术的理解，也一样富有启发。因为这种新的艺术之激情也来自某种富有启迪的敬畏，来自非人的场景中对有性别的人际关系的想象。如狄德罗所说：

> 伟大的风景画家有他特殊的热情，这是一种神圣的震惧。他的山洞幽暗深邃，峻峭的岩石直插天空，急流从岩石泻下……人穿越魔鬼和神的居宅。就在这里情郎把他的意中人藏匿起来，就在这里只有她听到他的叹息。就在这里哲学家或者坐下，或者放慢脚步走路，沉思冥想，假如我的眼睛停留在这种神秘的自然的模仿上面，我战栗。[2]

---

[1] 列维-斯特劳斯：《看·听·读》，第174—175页。
[2] 狄德罗：《狄德罗论绘画》，陈占元译，桂林：广西师大出版社，2002年，第162页。

人类学提供一种"语言",使我们能从狄德罗的那段话联系到安溪城隍老爷托梦破案的传说。二者之间有一个共同的结构,它们都同时言说两性与天地之间的阴阳关系。所不同的是,在狄德罗的意境中,直插天空的岩石、急泻而下的溪流是为情郎藏匿意中人"推波助澜"的非社会理性;而在城隍老爷托梦破案的传说里,激动人心的隐匿式婚外情的背景,包括小偷在内的道德监视者对于这一关系的注视,是画面上的衬托。天地的阴阳,一上一下,以其存在和表达的各种可能形式,为社会监视者提供力量与理由。后文艺复兴的艺术与传统文化之间的差异,在这个比较中得到了彰显。

然而,我们没有理由将比较推到极端,因为二者之间并非不可互换:城隍老爷托梦破案的传说,要转化成为浪漫史,也就是一瞬间、一闪念的事。而更重要的是,这一被推上地方戏舞台的传说,易于使观众分化为传说的不同感受者。到底他们是爱看老金的不幸,还是爱看他那出轨的妻子与举人的"激情戏",学者需要调查方可得出结论。根据中国小说史研究者找出的"历史规律"来猜想,城隍老爷的灵力演绎出来的故事,随时可能被顺利改编为"另类故事"。妇女之所谓"有伤风化",若带有内心的委婉与肉体的禁忌,自古以来也可以被讴歌。早在唐代,张籍《节妇吟》已为"礼法"威慑下的隐秘爱情吟唱出优美的诗篇:

> 君知妾有夫,赠妾双明珠。
> 感君缠绵意,系在红罗襦。

妾家高楼连苑起，良人执戟明光里。

知君用心如日月，事夫誓拟同生死。

还君明珠双泪垂，恨不相逢未嫁时。

诗在激情与婉约之间徘徊，微妙地透露出激情与符合礼法的婚姻的矛盾，最终将无奈地"生不逢时"、化解激情，使婚姻的誓言成为神圣的诗篇，使激情在婚姻的压抑下涌动于内心，而不形表于外。

经历漫长的年代，这样的叙事持续重现。无独有偶，闽籍戏剧家王仁杰著新编梨园戏《节妇吟》，情节感人：寡妇颜氏，难捺十年冷雨青灯，寅夜叩户，向塾师沈蓉求爱，沈蓉拘于名节，阖扉拒绝，颜氏羞悔交加，断指自戒，从此洗心革面，教子成龙……

一部具有现代主义色彩的古装戏，成为神话式的爱情传奇，与狄德罗的艺术论融为一体。戏里没有情人的藏匿，但有激情在内心的"悲欣交集"、寡妇内心的出轨与因求爱遭拒而产生的羞愧与悔恨，透露出名节对于激情的压抑。而激情的压抑，可被解释为儒家节妇观念使人服膺的功效，激情本身可被展现为对于礼法、名节的抗拒。剧作家在呈现这些矛盾时，没有如狄德罗那样，以大自然的山峰与急流来衬托"藏匿的情人"的激情，却将所有一切逼迫入内心，使身内与身外成为难以合一的存在形式，借此将身内陈述为激情、身外陈述为礼法，使之相互否定。与城隍老爷托梦破案的故事不同，新编梨园戏《节妇吟》没有站在道德法庭的立场（城隍老爷与他保护的对象的立场）上谴责"出轨的心"，而是将之当成礼法的敌人，使二者持续处在难以解决的紧张关系之中，使"礼法"面前软弱的寡妇成为制度的牺牲品。

古今不同形式的《节妇吟》，是或明显或隐晦的"自我解放艺术"。它与具有或明显或隐晦威慑力的艺术一样，是社会生活道德想象的技艺。它与后者存在鲜明的差异，但因为有此鲜明的差异，而易于以种种"移情"或"颠倒"的方式，实现相互的渗透与替换。我们在说艺术，也是在说礼法，因为二者都在"相反相成"的意义上构成其风格鲜明的道德叙事，相互之间的区别可能被文艺学家演绎为礼法的德行向激情解放的个人"进步"的历史。但对于人类学家而言，它们却是社会生活的不同道德想象不可舍弃的"双方"：无论是围绕着阴间衙门制造出来的托梦城隍对灵肉的无孔不入，还是《节妇吟》企图隐匿的内心激荡，都借助魔幻的力量使自身成为对德行的言说。也就是在这个意义上，艺术人类学与法律人类学在相互启发中扬弃了结构主义，为"威慑艺术"的研究开阔了视野，成为真正意义上的"反思式文化研究"的一个局部。

（原题"威慑艺术：形象、仪式与法"，载《民间文化论坛》2006年第4期）

华北作为过渡

象征的秩序

1996年以来,每逢农历二月二,我总要同中国民俗学会的几位朋友去华北老镇范庄参与"龙牌盛会",这是范庄民众为了庆祝"龙抬头"而举办的一年一度的庙会。据说,这个庙会的起源,与中华民族的老祖宗龙一样古老,而它所崇奉的龙是最早的"勾龙"。而我看到的"龙牌"却不是一个真龙雕像,它只是上面雕有"天地三界十方真宰龙之神位"的一块高大的金色牌位。不过,这个龙的符号却被谨慎地守护着,它平时存放在一位庙会主持人"会首"的家中,供祈求龙之护佑者上香,每逢二月二则被一个由十九人组成的民间庙会组织迎到镇里的街上巡行。巡行时,来自该镇附近的民间社团都要派出仪式性的表演队伍前来助阵,数万人的锣鼓队、民间宗教诵经团等组合成的游行团队,浩浩荡荡地通过范庄老街,引来四面八方的围观者,一时把沉寂的范庄"闹得"天翻地覆。继之,"龙牌"被抬到该地的集市中心,恭敬的农民们早已把特别为它设计的临时祭坛搭建起来。"龙牌"一到位就被供进了这个祭坛内部，安置在最"中央"的位置上，让远近香客来献上他们的供品。

诸如此类的仪式由于过于"热闹"，而常常不免使得举办地混乱一片。也就是在人群的躁动之中，我看到了扮成异性角色的业余演员在游行队伍中欢跃，打破了传统农村社会"男女授受不亲"的性别格局；我看到了平时处于年龄等级下层的孩童，有的被给予仪式表演的尊贵角色，有的奔跑于街区之间四处燃放鞭炮；我也看到了原来沉默无言的农民一时变得热烈而奔放，给了我们耳目一新的印象。

然而，庙会并不缺乏秩序。首先，与全国各地许多民间庆典一样，"龙牌盛会"是经特定的民间团体按照传统精心安排而成的。负责安排的团体就是那十九位"会首"，他们是按照祖辈留下的世袭制度选定的，在庙会组织中"轮流执政"，井然有序。其次，抬"龙牌"的游行队伍虽然包括了数万之众，但是在狭窄的街道中绝无"犯规"的表现，毫不需要现代警察的关照。列于"龙牌老爷"之后，他们顺着它"指引的路线"徐徐前进。更值得我们关注的是，在仪式的进行过程中，一种我们原没有预料到的权力秩序也被人们建构起来了。在庙会期间，天、地、人三界被严格地以一种类似于帝国权力格局的体制安排得十分有序。"龙牌老爷"一时俨然成为真正的"天地三界十方真宰"，天下的万物此时都要归服于他，现实社会或"人界"中的官员，即那些充任地方官员的另一种"真宰"也要听他的调遣，平时服务于

"正规文化活动"的有线电台，此时变成庙会的"发号施令"处。在祭坛内部，我更看到"万民归向"的祭龙盛况，其间无论性别、年龄、阶层、地位，所有的民众全部在"龙牌老爷"面前称臣，使得"君君，臣臣，父父，子子"等社会等级逻辑刹那间化约成"龙龙，民民"的逻辑。

在乡土社会，范庄的盛况并非孤例。应承认，中国地域广大，在这个地方看到的庙会并不能代表别的地方的情况。但是，不知出于何种缘由，"龙牌盛会"总使我想起几年前在数千里之外的闽南山区看到的一次仪式事件。1994年11月，我前往闽南山区的安溪县重访我在两年前做过5个月田野调查的溪村（美法村）。当地不少人跟我说，我去得正是时候。通过通灵的"童乩"（闽南的萨满）向村神和祖先卜问，溪村决定在农历的十二月举行一次重大的盛会，庆祝他们于1992年重建的陈氏家族宗祠。我到达之后的一个多月时间内，溪村人特别忙碌。祖祠的庆典是当地最大型的，名为"观大灯"而有别于一般的村神诞辰庆典"观灯"和"做寿"。要举行这么大的仪式，需要长时间的准备。在三年前即已成立的祖祠重建委员会的主持下，陈氏家族举行了许多次会议，推举出八位德高望重的老人作为仪式的"首人"，以及几十位公认为有社会地位的家族成员为祭祖仪式的代表。经过多方探讨，仪式的规模、程序、时间、内容也得以确定。因为这是一百多年来溪村最大的庆祝活动，所以决定选本镇清代以来最有名望的一个称为"宏真坛"的道士（"法师"）团体为科仪（道教经典仪式）表演者，一个远近有名的木偶剧团为演戏团体，另选和尚等仪式专家数人参与庆祝活动。庆祝活动所需的费用由家族成员积极捐献。同时，每家每户准备好了所需要的献祭品，他们通知远近的同宗族亲和与他们通婚的邻近村落，邀请他们来一起"热闹一阵"。到十二月初四这一天，"观大灯"的仪式准备就绪，在当日深夜（实为十二月初五凌晨）开幕。

整个仪式共延续整整24小时，是一个传统的家族祭仪。包括我在内的异姓外来人是来看热闹和做客的，而对姓陈的族人而言，它却是一个严肃的聚会，据说这是100多年来溪村规模最大的一次仪式活动。在家族祭仪开始前两个小时，建造祖祠的木匠已依据传统的《鲁班经》为祖祠的中梁点灵，"法师"依据他们祖传的科仪赋予管理祖祠的"土地公"灵性，和尚则通过不断的诵经替陈氏家族的祖先"招魂"，最后木偶戏的表演者在祖祠内外搬演他们的戏神"相公爷"为祖祠"镇宅"。紧接着，祖先的牌位由族中一位近年升为副县长的成员"点主"，由家族代表按次序逐一从祠堂外捧入祠堂内，安置在已经按等级安排好的祖先位上。经过这一系列的巫术处理，宗祠俨然变成一个神圣的场所。

初五凌晨一点至晚上十点的仪式主要由"法师"主持，其内容与自古流传在闽台地区的一般的"醮"的典礼相近，是"庆成醮"的地方种类，共可分为十个时段分析。凌晨一点至两点的仪式是起鼓、发表、请神，主要参与人是"法师""首人"和宗族代表，其意思就是通知天和神光临并监督陈氏家族的盛会。四点至四点半的仪式称为"请水"，由"法师"带领各家户的男丁去村落边上的蓝溪汲取清水一盆，旨在请水神赐予圣水，以净道坛。早上九点开始的"做敬"延续一个半小时，"法师"的工作是诵读经卷和带领"首人"向神示敬，陈氏家族各个家庭把他们备好的饭、花、金纸、香枝、鞭炮带来祖祠的外院，放在依照各自所属的"房份"排列整齐的桌上，"做敬"之后焚烧金纸、放鞭炮告示神界上午仪式的完结。

中午以后的仪式十分盛大，参与的人群也较上午广泛，主要内容是宴请神界和祖先。十二点开始的仪式是"献牲"，"牲"包括羊和猪，分成"公家"和"私人"两种，"公家"的牲礼（生羊和生猪各一）由家族集体捐献并领先献祭，"私人"的牲礼（每家一头生的全猪）后来排队献祭。"献牲"之后，各家运回他们的牲礼，稍后派出一位年轻的男丁手持代表家庭的灯一对，在祖祠外面列队，依次进入祖祠，把灯交给"法师"，让"法师"持灯起舞一阵，交还家庭的男丁代表，带回家中挂在厅中展示，表示家庭的人丁均已受过神的检阅。下午三点，各家各户把煮过的猪肉的一部分带回祖祠的前院，重新献祭，并设一套祭品，献给"天公"。四点半，所有的家户再次带来祭品，献给祖先。

夜间的仪式开始于下午六点半，内容不是单一的，但基本上都属于为家族社区排除灾难、解除罪恶的保护性举措。六点半开始的仪式称为"过限"，参与仪式的是男子，他们由"法师"领导从祖祠出发到村落的田野里列队飞跑，之后回到祖祠，仪式的意义是让族人通过各种人生的"关隘"和"局限"。"过限"之后是"关代人"，意思是家族中的每个人的魂魄都面临被误引入

"阴间"的危险，所以通过一定的仪式把它们留在"阳间"。"关代人"时，每个家庭按照人口剪纸人（代表人的"阴"的一面）数个，备好油饭、肉、酒、蛋，把它们排列在祖祠前院的地上，在"法师"颂毕"关代人经文"之后，烧掉纸人。落成庆典的最后一幕是"普施"和"犒军送神"，这自然又是大量的献祭，其意义是给一切神、神将、各地的"境主神"一顿大餐和礼品，让他们分享陈氏家族的快乐，祈求他们的保护。

对于我所处的人文社会科学界，像我这样不厌其烦地把一些散见于民间的仪式拿出来描述，难免会招致同行的质疑。有位学者曾批评说，我们做学问的就是要在书里面提取思想的精华，我们连读书、写书评的时间都不够，有何理由来叙述日常所见的琐事？我并不反对读书，但我却难以同意这个好心的朋友的意见，因为我觉得，观看民间的仪式虽不能从中得到现成的启示，但它却能够给予我们"野史般"的冲击。民间仪式当然不具备文本的定制，因而我们只有费尽苦心方能从中"读到"书籍所代表的"大传统""雅文化"所能轻易提供的思路。然而，我们不能说，从范庄、溪村等小地方所见的文化形态不是文化。至少，我们难以否认这些庙会和庆典具有浓厚的"象征意味"。人类学者常把乡土社会的仪式看成是"隐秘的文本"，这个观点看来不无道理。[1]文本固然值得"解读"，而仪式同样也值得我们去分析。而且，

---

[1] James Scott, *Domination and the Arts of Resistance: Hidden Transcripts*, New Haven: Yale University Press, 1990.

我想在这里指出，文本只能给予我们了解思想史的素材，而作为"隐秘的文本"的仪式却是活着的"社会文本"，它能提供给我们了解、参与社会实践的"引论"。

就我上述的两个案例而论，我们从仪式过程中所首先体验到的当然就是它们的气氛，但是在深思之后，我们却有可能发现其中具有深刻的文化意义。我个人从仪式中就"读出"了两点意义。其一，在仪式的"隐秘文本"中，我体会到一种历史回归、时间倒逆的感受。范庄人和溪村人都说，他们的传统是"自古有之"，而这种"自古有之"的传统并没有随着时间的流逝而消亡。相反，仪式所要提供的正是当代的人借以与我们的祖先共享数千年文明的途径。只要我们看到这一点，也就可以看到民间仪式在更为广大的空间平面上的价值。20世纪80年代以来的乡村中国，有两个重要的历史现象值得我们加以关注。其一是为大家所熟知的乡村经济转型，它的动力是"农村经济改革"和"草根工业"（乡镇企业）的大量发展；其二是一个悄然兴起的"乡村传统文化复兴运动"。范庄和溪村的仪式是后一个历史过程的一个小侧面，它们就是复活中的乡土仪式。像范庄"龙牌盛会"和溪村陈氏家族的"观大灯"这样的地方庆典，目前在整个中国的乡土社会中广泛流行。熟悉地方文化史的学者，都了解它们不是新的发明，而是具有深远的历史源流的地方传统。如果我们采用社会人类学的眼光看待这种"民俗活动"，那么我们不难了解，"龙牌盛会"和"观大灯"的庆典是现时代民间对传统的地方文化或过去的社会生活方式的社会记忆，并且这种仪式目前仍然充分体现出民间文化的多重组合特点。换言之，无论是地域性的"龙牌盛会"，还是家族性的祠堂庆典，都表现了神、祖先和活着的人在同一时空的融合、过去的历史与现时代社会生活的融合、社会组织与仪式象征体系的融合。从社会的层面看，这种仪式事件具有若干重要的意义。首先，这一类的仪式是一种集体行为，它们把平时分立的家户和家族内部不同的社群和人物联合起来，强调社会的内部团结和身份认同，造成一种社区的现实和意识。其次，通过仪式、戏剧表演、宴会，地方庆典吸引了平时与社区有社会经济来往的"关系户"，有相当重要的社会联系作用，同时通过提供地方教派、剧团表演的机会，支撑区域文化的传承。再次，仪式过程一方面强调个人和各个家庭服从于家族社会的集体操作，另一方面在象征意义上给予个人和家庭一定的社会位置和宗教式的保障，通过辩证的处理界定个人与社会的关系，赋予庆典一定的社会生活的阐释。

在这个观察的基础上，我们不可避免地会进而考虑几个重要的问题：这些被纪念和再运用的社区文化形态的基本形态是什么样的？它们在历史上扮演什么角色？为什么在今日的现代化过程中，传统的社会生活方式和文化形态会复兴？由于文化研究向来对"传统"和"变迁"有深刻的兴趣，所以回答这些问题对于我们理解传统与变迁的理论有很大益处。并且，对于想要了解中国一般人民生活的人来说，回答这些问题有助于我们"体会人们是如何生活的，为什么这样？起什么作用？会发生什么效果？"（费孝通语）

这就是我想从对仪式的"解读"中获得的第二种意义了。在仪式研究方面最有建树的英国人类学家特纳曾经用"象征的森林"(the forest of symbols)一语为他的一部论文集取名。我不清楚他的确实用意,但猜想这必然与他对仪式的看法有关:他主张把仪式看成是意义的体系,反对把仪式切割成"文化的补丁",反对"见木不见林"。在他看来,仪式存在着一种较为稳定的结构,它为人们建构自身的社会与生活场景提供了一个反思性的空间。诚然,一如所有的思想者,特纳的具体观点并非全无问题。例如,他认为所有的仪式都通过创造"反结构"(anti-structure)来建构现实社会结构,也就是通过仪式期间临时的等级化解来重新确认等级的意义。[1]可是,只要我们对范庄和溪村的仪式加以解剖就可发现,仪式所建构的实际上是一种与现实社会结构互为模拟的"象征的秩序",只不过所模拟的是"古代的制度"。中国仪式的一个重要特征在于空间上中心与边界关系的确立,因而范庄的"龙牌盛会"所确立的就是以龙为中心的地区性祭坛,而溪村家族庆典所确立的就是祖先的核心地位,它们建构的模拟社会空间就是所有人界对神圣世界依从的秩序。可能正是因此,在研究中国仪式时,汉学人类学者芮马丁(Emily Martin Ahern)和王斯福(Stephan Feuchtwang)才用"衙门"和"帝国"来形容乡土中国的神界与祭神仪式。确实,乡土中国所崇拜的神灵在形象上犹如皇帝和官僚,而神灵所在的庙坛犹如朝廷和衙门。因而,特别值得

---

[1] Victor Turner, *The Ritual Process*.

一提的是，芮马丁在1981年发表的《中国人的仪式与政治》一书中就曾经提出过一个论点，即中国民间仪式是一种交流模式，交流的双方分别是人和神。神俨然如帝国朝廷的官员，是皇帝下属的诸侯或"权贵"，而祭拜的人犹如向官府提出告诉、请求的百姓或臣民。实际上，中国民间仪式中所用的摆设、道具、体态、语汇等，均与旧时代臣向帝、民向官汇报尘世之事、请求庇佑的方式相类似。[1]

出于何种理由来建构这种模拟的政治秩序？如果照文化一体论的解释，则这种现象表明帝国时代的文化模式为民间所遵循。而芮马丁和王斯福两位教授的解释却均与此相反。芮马丁认为，在离天和皇帝都很远的乡土，中国民间的人们之所以效仿一种帝国的礼仪，正是因为正式的权威和公正为他们所不及，因而他们创造出能够与自己交流的想象性的权威与公正。王斯福进一步指出，虽然民间专业的道教与其他信仰仪式大多源于一种古代帝国的宇宙观和秩序模型，但是到了民间，它已成为一种相对于真正帝国权威的"鬼魅秩序"（demonic order）和权威（authority）。王斯福的问题是：如果说中国所有人民都有一种中心意识形态形式的历史认同的话，那么这意味着他们信仰同一个历史秩序和政治宇宙观。他认为，不少证据表明这一论点有问题：从民间对帝国权威的改造，我们可以发现同一种秩序可以变成不同的历史认

---

[1] Emily Martin Ahern, *Chinese Ritual and Politics*, Cambridge: Cambridge University Press, 1981.

同，因而中国并不存在单一的"中心"。换言之，民间是在用前世的帝国象征来影射对现世的秩序的不满足。[1]

从以上的观察出发，我似乎可以自信地说，我所讲的"象征的秩序"就是乡民心目中的"象征性权力"。而正如芮马丁和王斯福所言，这种权力的基础在于一个虚拟的中华帝国政治模式。但是，如果说这个模式历史上曾经是一般百姓表述自己的实际需要和问题的媒介的话，那么，我在一个充满现代化气息的当代场景中所见的仪式是否还是这个媒介？诚然，想用历史方法来改造社会人类学的、擅用"结构分析法"的学者会说，随着时间的推移，象征的意义也当改变。由此我想起近年十分流行的一种观点。一些政治学者说，在传统社会和现代社会之间存在一条断裂的鸿沟。在传统社会中，帝国体制的存在依赖于其自身的权力与民间权力的分离，因而造成"天高皇帝远"的状况，为民间"小传统"的丰富想象力提供了生存的土壤。然而，这种情况对于现代社会可以说很难想象，因为现代社会中的国家权力已通过"公民权"（citizenship）的树立与传播构造出了一个"天低皇帝近"的社会，牢牢地监控着黎民百姓，使其生活脱离不了"国民主义"（nationalism）。假使这个观点符合事实，我们就很难想象民间仪式的"象征性权力"了。因为照此理论推导下去，随着现代社会的成长，民间仪式的"象征性权力"应早已为新的"公民

---

[1] Stephan Feuchtwang, "Historical Metaphor: A Study of Symbolic Representation and Recognition of Authority", in *Man*, 28:1:35—49, 1993.

权"和"国民主义"理念所取代。换言之,我们所观察到的范庄和溪村仪式当再也不存在帮助我们"体会人们是如何生活的,为什么这样?起什么作用?会发生什么效果?"的作用了。

然而,"象征的秩序"依然存在于民间,它还是一个活的文化,与之相关联的所有活动和思考也持续地被实践着。在范庄、溪村等乡土中国的区位里,具有不同社会归属的人们还在向"龙牌老爷"、祖先等上香,向他们叙说日常生活中的成年、婚姻、生育、病况等问题,祈求他们对人生周期顺利转折的保佑。有些时候,当民间出现利益冲突而无法获得合理解决时,神灵和法院被人们并用,被他们信任为社会冲突的仲裁者。那些被冠以"会首""首人"等雅号的民间精英人物也继续在民间文化的"社会戏台"上粉墨登场,为人们求神而组织庙会,从而成为民间的信任对象。格尔茨在讨论神异性权威(charisma)时说,这种权威的形成是因为社会在时代中产生若干"中心主题",令一些杰出人物有机会在此种时代把自己塑造成"中心主题"的代言人。[1] 在我国民间,权威人物的塑造与社会提供的象征体系有密切的关系。无论在范庄还是在溪村,村神的形象与灵验是民间权威模仿的对象。村神是民间赖以进行公众意见表达的象征偶像或想象中的"皇帝"。民间权威人士或圣者所扮演的角色也是如此,他们必须首先是"为民请命""为民做主"的人物,才可能是社会"中

---

[1] Clifford Geertz, "Centers, Kings, and Charisma: Reflections on the Symbolics of Power", in *Local Knowledge*, pp. 147–166.

心主题"的界说者。如果这一点并非虚构，那么我们似乎还可以说，乡土中国还没有远离它的传统社会，也远没有进入一个"天低皇帝近"的时代。也许，正是这一点解释了"象征的秩序"依然存在的原因。

（原载《读书》1998年第2期）

"水利社会"的类型

暑假期间（2004年8月中旬），山西大学中国社会史研究中心行龙教授召集了一次小型的学术会议，议题是"区域社会史比较研究"，我应约与会。

北京与太原之间，来往客流量大，车票难买。去之前，我又刚从四川平武调查回来，匆忙间没有妥善安排，结果误过了订票机会，只好在会前请求老友小张驱车前往。路上又遇石太高速维修关闭，需从险峻而拥挤的太行山十八盘绕路，耗了22小时，才终于抵达太原山西大学学术交流中心。太原此时已是清晨6点，会议将在8点30开幕。翻开会议手册，发现参与学人虽少，议程却密密麻麻地印刷在小册子里。行龙教授费了一番苦心，想使会议具有"非区域色彩"。从与会人员名单看，北京、上海、山西、天津、广州、厦门、香港等地高校和科研机构都有同行参加。而在国内区域社会史领军的中山大学、厦门大学、香港科技大学历史学家以及他们的海外盟友,则再次成为会议的"明星"。作为一个"学派",他们在会议上拥有强大的话语力量。我们几个可怜的"北方学者"与之势不均,力不敌。会议还是在平和地进行着,直到接近会议的尾声,突然间三篇来自北方高校的论文打破沉寂,让归属于"华北学派"的中国人民大学历史学家杨念群教授面露喜色。

按照宣讲的时间顺序,那三篇论文分别出自北京师范大学赵世瑜、山西大学行龙、山西大学张俊峰之手,它们分别以"分水之争""从共享到争夺""水案冲突"为主题对问题展开讨论。叙事姿态和行文气势各有不同,但资料都来自山西,所谈的问题也专注于"水利社会"这个概念;为此,不同学者也关注到这种社会形态在历史形成的过程中,民间信仰和仪式所起的关键作用。

对于"水利社会"这个概念,会上不是没有争议。我私下也怀疑,社会史学家将什么东西都与"社会"挂钩,犹如人类学家将什么东西都与"文化"挂钩,有喋喋不休之嫌。但会议的这节讨论牵涉到了一个有实质意义的观点:水资源的集体利用,对于某些地区的共同体构成,所起的作用是学者不应忽视的。这不免使我想起老派汉学家魏特夫(Karl Wittfogel)的"水利说"。这位西方历史学家替我们指出,水的控制是社会的控制的关键手段。魏特夫是个政治态度摇摆不定的学者,但他的一生给我们留下的遗产,似乎都与对亚洲专制政治的历史研究有关。水利在他的眼里,与任何可能找到的证据一样,都表明古代中国的"暴君制"

（despotism）乃是基于国家对于水利设施的整体控制而建立的。[1]魏特夫的"东方暴君论"想象，在提供一种水利与社会构成之间关系的历史解释时，是有独创之处的。然而，这位忽视"暴君制"的剩余空间的学者，企图在理论上驾驭一个难以驾驭的地大物博的"天下"，并误以为"天子"一样具备这种驾驭能力。魏特夫将所有的现象融为一体，当作自己的论点的"支撑"，将"治水"这个古老的神话与古代中国的政治现实完全对等，抹杀了其间的广阔空间。

研讨会上，魏特夫这个名字被提到了，但学人们所关心的还是具体的资料。"让资料说话"，又造就了一种局面：三篇论文的资料都显示，水利与其说是传统中国"暴君制"的产物和基石，毋宁说是超村庄的地方社会构成的主要渠道。理论上讲，这个说法绝对不能自居为"原创观点"。魏特夫本人也早已承认，"远在天边"的华南地区广泛存在一种与他所说的"暴君主义"不同的"氏族家庭主义"（clan familism）。到20世纪50至60年代，人类学家弗里德曼（Maurice Freedman）开始关注这种现象。在他的论著中，这种"氏族家庭主义"的社会形态的核心类型是"村落—家族"（village-lineages）。而华南地区（包括东南沿海的福建）的"村落—家族"之所以如此普遍存在，正是因为这个广大的地区地处皇帝力所不及的"边陲地区"。[2]这里有密集的水利网络支撑

---

[1] 魏特夫：《东方专制主义》，徐式谷等译，北京：中国社会科学出版社，1989年。
[2] 弗里德曼：《中国东南的宗族组织》，刘晓春译，上海：上海人民出版社，2000年。

的稻作经济,既能养育大量人口,又能成为人口稠密地区公共设施的核心组成部分,以至成为地方化家族之间争夺的资源。[1]

从弗里德曼的论点延伸开去,我们已能意识到,水利作为资源在被争夺的过程,可能成为不同村落家族的内聚力形成的动力。值得注意的是,部分地受到曼城学派人类学"冲突理论"影响的弗里德曼还有另外一个精彩的观点,那就是,超越村落—家族的地区性联盟,往往是在械斗中形成的。表面上看似是中国社会"一盘散沙"之根源的械斗,其实赋予了地方性共同体某种相互结合的机制。弗里德曼在论述械斗时,提到强势家族对于灌溉系统的支配。在华南地区,村落—家族的强弱,导致不同村落—家族对于包括水利设施在内的超村庄"公共物品"拥有不同的支配和使用能力。能力的不平等,造成强弱不等的家族之间的世仇。在历史过程中,这种世仇往往导致冲突以至战争。在械斗中,弱势家族村庄也通常会组合成联盟来抗拒强势家族。[2]

在论述到因水资源之争引起的民间冲突时,弗里德曼一再强调,冲突虽频繁发生,但并非是区域社会的常态。在他的眼里,为了解决冲突而组成联盟才是区域社会的常态。对弗里德曼而言,水利和械斗都与通婚一样,是汉人区域社会形成跨村落联系的核心机制。汉人家族村庄普遍实行外婚制,在历史过程中,外婚制又使数个村庄形成一个对偶交换的圈子,这个圈子往往与

---

[1] Maurice Freedman, *Chinese Lineage and Society*, London: Athlone, 1966, pp. 159–163.
[2] 弗里德曼:《中国东南的宗族组织》,第133页。

械斗形成的联盟相互重叠。而水资源与婚姻的对偶一样,是流动的。一条河流,一条水渠,不可能只流动于一个村庄内部。在它所流过之地,人们形成群体保护自己的利益,为了共享资源和协作,有不同利益的不同群体则又需要结合成为一个超过村落范围的合作圈子。

对于弗里德曼侧面论及的水利与区域社会的合作,晚近的学术界展开了进一步探讨。麦吉尔大学丁荷生(Kenneth Dean)教授、厦门大学郑振满教授自1987年开始便在闽南地区合作进行宗教碑铭和地方文化的田野考察。在过去几年中,他们的成果陆续发表了,所编撰的《福建宗教碑铭汇编:兴化府分册》[1]就大量涉及水利问题,其中关于闽南地区水利与地方社会的资料极其丰富。翻阅资料,我们能看到,推动水利设施修建的因素很多,闽南地区的民间水利资源管理往往与宗教庙宇的组织有紧密关系。这项研究已为我们理解水利与区域社会联盟形成的历史机制提供了难得的启发。弗里德曼以曼城学派的"冲突理论"为基础,强调了通婚和械斗对于超村庄联盟的形成的重要性。而丁荷生和郑振满则从民间宗教的研究出发,推进了我们对于区域社会形成的理解。如果说水利因素在弗里德曼那里仅是作为冲突和解决冲突的佐证,那么,在丁荷生和郑振满那里,它已通过资料(特别是宗教碑铭)的铺陈,生动地展现了自身在区域社会中所处的核心地位。

我曾于1983年在考古田野实习中参与山西侯马春秋战国古城

---

[1] 郑振满、丁荷生:《福建宗教碑铭汇编:兴化府分册》,福州:福建人民出版社,1995年。

遗址的发掘,其间被老师带去参观晋东南地区的名胜。参观路上,我见过不少与水利有关的庙宇和碑刻。那时,考古学界已关注到山西水利文化的内涵,而从事文献研究的历史学界则尚未介入其整理工作。山西地区水利文献的整理和研究,是这几年方兴未艾的学术事业。会上的华北区域社会史研究者是致力于这项事业的中坚力量,他们在会上的讨论也使我想起很多。

水利对于理解中国社会有着至关重要的意义,在揭示这一意义时,不同的学者已从不同的角度做了不少工作。研究水利与社会之间的关系,先要确认这种流动的物质是农业社会的核心资源。在中国社会,试图把握这种资源的势力种类很多,它们大到朝廷,小到农村村落社区以至家庭。而在历史的过程中,这些势力又通常要因争夺这一核心资源而展开斗争。这些斗争的结果,有时是社会依据利益产生分化,有时是社会依据利益形成结合。朝廷到底有无可能通过对水利的全面控制来造就一种"治水社会"和"暴君制"?这是个可争议的问题。然而,田野考察的资料表明,水利资源与区域性的社会结合,可能是一个远比"治水社会说"更为重要的论题。

华北区域社会史研究导致的这一观念转变是值得肯定的。这些年来,法国远东学院蓝克利(Christian Lamouroux)、吕敏教授等及北京师范大学董晓萍教授等在山西、陕西地区展开大规模的文献资料搜集和田野考察,关注的核心问题就是水利。这项研究与丁荷生、郑振满的研究北南呼应。而他们除注意到水利—庙宇碑刻外,还注意到水利工程技术抄本及散存民间的众多"分水簿"。就碑刻来说，一如几位专家在其工作报告[1]的"总序"中所言，"民间碑刻大都叙述了乡村社会的内部矛盾、规章制度和祭祀仪式，记述了村民日常生活中的重要群体事件，像县衙判决水资源归属的公文、兴建公共水利设施的公议章程、修庙缘起和村民捐资名单、地方朝圣的里社和礼仪规矩等"[2]。通过搜集、整理和研究民间碑刻，中法几位教授得到了珍贵的资料。他们在"总序"中还提到，"这些从山陕基层社会搜集到的大量水利资料，可以打破从前认为华北地区缺乏水利资料的偏见"[3]。

如果说学界以往真的误以为华北地区缺乏水利资料的话，那么，这种误会也许可能是因为他们以为华北是一个缺水区域，因而不可能有太多水利设施，也就不可能有太多水利资料。我不知道这个稍嫌幼稚的误解是否真的像蓝克利等所说的那样，实际地在学界流行过。如果真是这样，那这种误会便太大了。按照常理，愈是水资源缺乏，水资源愈珍贵，人们愈需要善待之，使之得到妥善分配。因而，水资源缺乏的地区，水资源管理设施可能比水资源丰富的地区要愈加精细。至少蓝克利、吕敏、董晓萍等教授的研究充分证实，华北这个缺水地区的水利民间组织就极其发达。

这次与会的三位历史学家提交的论文，我这里没有篇幅去详加介绍，但有一点是可以提到的，那就是，它们从一个新颖的角

---

[1] 董晓萍、蓝克利：《陕山地区水资源与民间社会调查资料集》(四卷)，北京：中华书局，2003年，第3页。
[2] 同上。
[3] 同上。

度，再次为我们叙说了缺水的华北地区在水资源的分配过程中怎样产生和解决利益纠纷，这个地区围绕水资源展开的利益之争，又是怎样始终贯穿于这个区域的社会史之中的。在行龙教授这次提交的论文中，我特别兴奋地读到一个重要论点，他说，"在以水为中心的晋水流域，水可以说是社会生活的生命线。官方和民间在争夺水资源的过程中，不仅诉诸了实际的权力和武力，而且还利用了意识层面上水神的力量"[1]。这也就是说，围绕着水利这种"公共物品"（public good），不仅区域社会的民间共同体可能相互争夺，而且区域社会中的官府、士绅、民间社团和社区组织也同样可能相互争夺。华北的民间—民间、官府—民间围绕着水利产生的纷争和形成的妥协，呈现着政治空间的横向联系和上下关系的复杂性，使我们对于传统的社会结构有了更为妥帖而生动的理解。

会间与与会的学者闲聊，行龙教授热情洋溢地说，他期待着以华北区域社会为基地，展开一项对于"水利社会"的研究。什么是"水利社会"？我以为它指的便是以水利为中心延伸出来的区域性社会关系体系。在一个缺水的地区里，水是一种稀缺资源。怎样"配置"这种资源？这向来是地方社会和官府关注的问题。围绕着水，华北区域社会积累了大量分配和共享"公共物品"的历史经验。将这些历史经验总结出来，无论对于社会史的研究，还是对于公共政策的讨论，都将有重要价值。在目前这个

---

[1] 《"区域社会史比较研究中青年学者学术讨论会"会议论文集》，第202页。

阶段，学者致力于地区性的专门研究，要关注的学术问题最多。中国是一个具有极大的资源和文化多样性的国度。研究这样一个"多元一体"的国度，学者如何处理不同区域的差异，是其中一个关键问题。中国历史上，既有洪水，又有旱灾；中国大地上，既有丰水区，也有缺水区。在不同的历史时期，在不同的区域，水利具有的意义可能因此有所不同。这些不同能导致什么样的社会和文化地区性差异？这些社会和文化的地区性差异与中国历史上国家与社会关系的地区性差异之间，又有什么关联？若说传统中国社会围绕着"水"而形成这些复杂关系，那么，这些关系是否对于我们今日的水利和社会有同样重要的影响？问题都等待我们去研究。

中国上古史研究以"大禹治水"为核心，为我们重现了"洪水时代"中国神话和政治文化的远古面貌。关于古代水资源利用牵涉到的种种文化问题，四川都江堰的有关史实和传奇也一样为我们提供了值得再思考的丰富解释。从"治水社会"转向"水利社会"，使区域社会史比较研究找到了一个新的切入点，为我们开拓了历史研究的新视野。这一转向使我们意识到，"洪水时代"的神话和历史，无非是多种与水构成关系的"社会形态"中的一种，并非中国历史的全部。在我看来，对于中国"水利社会"类型多样性的比较研究，将有助于吾人透视中国社会结构的特质，并由此对这一特质的现实影响加以把握。

（原载《读书》2004年第11期）

关中：山不高皇帝不远

一两周前，我邀请一位民俗学家来文化人类学"席明纳"（seminar，讲座）上畅谈；会后酒酣之际，我们唠叨了起来。我老话重提，谈起了"民俗学之反动"。许久前，我曾顽固地想说服那位民俗学家离经叛道，我说：所谓的"民俗"，实为知识分子的观念创造，在所谓的"民间生活"中，一切得以糅合、混融，既无所谓过去与现在、传统与现代之分，又无所谓小传统与大传统、官与民之分。我自以为，这个说法有其重要的针对性。近百年来，"平民文化"成为一批精英知识分子以为可以赖以拯救自身的工具。知识分子的新心态，与一个东方帝国在内外夹击下的"自戕"关系密切。以为真正的生活与生活的希望都来自"平民"二字，是鉴于帝国宫廷的阴影除了能笼罩博物馆之外，已别无他用。历史上，士大夫是宫廷与乡民之间的"距离缩短器"。近代以来，知识分子丧失了这一地位，企求从宫廷之外的遥远之处找到自身文化的出路。心潮澎湃,接受文化逆反主义,近代知识分子眼光向外,找到了"众"这个基督教化了的意念,接着,将之与无等级社会的乌托邦融合起来,造就了一种叫作"平民主义"的民俗学。这种民俗学,既不反映以礼仪等级主义为"正统"的古代中国,又不为我们分析只能在口头上反对等级主义的种种"新政"提供有效的概念工具,它无非只反映了20世纪以来渐渐丧失卫道士地位的士大夫之境遇。一个词汇的意义,往往来自其反义词;一个不能反映生活的"民"字,若没有"官"字,意义便难以明了。所谓的"民俗",若无"官俗"与之反衬、并存,甚至相生,实在只能等于虚无。而若干有影响的民俗学类型,倾心于制造纯粹的"民"。对我而言,这无异于消灭了"民"这个字代表的生活所包括的历史真实。

"民俗学之反动"一说,想必会遭到吃民俗学这口饭的人的反感。譬如,我的老友便说,这一来,不就没了民俗学了吗?我思索良久,渐感"孤独起来"(尽管这可能是出于可恨的自恋)。

学术界的老爷们时下年轻化了,算得上"老一辈"的,亦不过大致与我们的共和国同龄。被夹在他们与晚辈们之间,我如同被两片门板夹着的"扁化人"。他们那代人,多半以"平民主义"为正统。

我被门板夹着教书,以微小的动作表白另一种意见:人文学的价值在于促使人们更真切地看待生活。我试图教我的学生们去这么看社会,而我的前辈和同辈们多半已成为我的晚辈们的硕士、博士论文答辩委员会委员,机会主义心态甚重的晚辈们一不小心便会从我的"阴影"中逃脱出去，承接作为所谓"一般思想"的"平民主义"的衣钵。

以上略显"孤影自怜"（我应为此深表歉意）；不过，这不是出于自吹，而是表达着个人对于一个"无思索"的学术界自我再生产其"无思索性"的体会。

试着眼光向外，在别的行当里寻找启迪，我发觉艺术是学术这座窗户开得很小的房子外面的云彩，摄影艺术是构成这片云彩的水气之一。

也就是在这一感觉愈发强烈起来之时，有人将人本主义摄影家胡武功的作品丢在了我的眼前。其时，我恰好为了教学而翻阅着众多其他文本。一个接近于无奈的人，感到接来的是一堆自己因为忙乱而无暇面对的事端。这一堆作品，十分可能构成我自己为自己挖掘的陷阱。犹豫之间，我翻开那堆书，在胡前辈的文章里找到了一句话："照片是语言，是文章，是一个会说话的孩子。"我兴奋不已。

我从事的这个行当，从业者过于相信语言与文字，也因此时常流于乱语与失语。学者的痛苦在于，其视为核心工具之语言与文字总有枯竭的时候。由嘴巴发出的空泛之音（语言），与由手画下的符号化极强的纹样（文字），被我们当作赖以促成"现实的写照"的工具。社会科学家相信自己从事的事业是"科学"，但他们对"科学"二字含义的理解大相径庭。有的说"科学"是基于假设的"实证"，有的认为"科学"是"真实反映现实"。无论是"实证"，还是"反映"，社会科学家追求的事业，与摄影一样,要么是强调人与物之间关系的"摆拍",要么是强调人的语言与文字对于人与物之间关系的"模仿"。了解一点中国人本主义或纪实主义摄影的悲壮史,我竟然感到其与社会科学的命运相通之处甚多。在将近30年的时间里,社会科学的多数学问被认为是政治上有害的。20多年前,社会科学才好不容易在中国重新得到言说自身的机会。自此,社会科学家便致力于恢复"实证"与"真实反映"的功业——如同摄影家致力于恢复照相机的"纪实力量"一般。

有糟糕的社会科学,也有糟糕的摄影,但好的社会科学与好的摄影之间有许多相同之处。它们都是"会说话的孩子",无非说话的方式有所不同。社会科学与摄影之本质追求都是通过捕捉生活之瞬间来呈现历史之意义,二者之间的不同之处无非在于:前者捕捉之历史表面上超越了瞬间,实际却常常被局限于所谓"当代",后者捕捉之历史表面上不能超脱于瞬间,实际却让人借以眺望遥远的过去。

好的摄影,更像是好的历史学,它通过个别瞬间来呈现所有历史。

可是,摄影这个"会说话的孩子"到底在说什么样的历史?在讲什么样的故事?胡武功先生所做的一些实验,无疑是一种可观的可能。

胡先生在其《藏着的关中》一书[1]"代序"中暴露出其对于民

---

[1] 胡武功:《藏着的关中》,北京:群言出版社,2003年。

俗学的某种反思性接受。他的镜头,有时对着关中"藏着"的古物,有时对着民俗学家感兴趣的"民文化""俗文化"。将华夏文明的创造主要归功于老百姓,使胡先生的影片与文字读起来像是民俗学。

然而,真正耗费了数十年时间去接触真实生活的胡先生,对于一般不做这样的事儿的民俗学的观念体系,似乎也油然而生一种"反动"。在那篇主题为"我拍关中"的"代序"中,胡先生讲出了一个接近于人类学功能派的观点:

> 关中人喜新厌旧,又自谦自卑,常常在吸收外来文明、吐故纳新时,把脏水和孩子一齐泼了出去。但这又可看作是关中人的一大特长,实用的、生存第一的原则使他们一脉相承地存活并延续下来。关中人靠的是这种永恒的人文精神和内在固有的种族信念处世活人。[1]

由此,胡先生进入另一种境界。在以下的一段文字中,由民俗学转向"人的历史"成为他的诉求:

> 在中国的正史中除主角"官"之外,只提"民",不提人,而关中老百姓却把"人"挂在口头上,始终要"活人"……即使千年礼教,百年束缚,也挡不住他们做一个堂

---

[1] 胡武功:《藏着的关中》,第3—4页。

堂正正的人的意愿。从"官史"到"人史"是一个进程，也是一个进步。我们看到一个平民时代的"人的历史"正在来临，这将是全面而更具人类主义的历史。[1]

"人类主义的历史"，正是其有别于一种以"官"这个"图腾"为镜子的"民主义"民俗学的关键要点。然而，这是什么样的历史？翻开《藏着的关中》第32页，一幅饶有兴味的照片摆在我们面前，它的说明文是"农民在汉武帝茂陵下收割小麦（1996年摄）"。表达着胡先生的历史观的照片无须多看，在《帝陵》这一章里，除了上述那幅之外，还有以下几幅：

唐献陵前拉犁耕地的一家人（2000年摄）（第26页）；

在黄帝陵柏树林中放牧（1982年摄）（第27页）；

帝陵旁的农民千百年来一直住在这样的窑洞（2000年摄）（第31页）；

依山建造的唐陵如今成为农民牧羊的地方（2001年摄）（第34页）；

唐昭陵的石碑东倒西歪，残缺不全（1998年摄）（第35页）；

与长满苔藓的翁仲在一起（1988年摄）（第38页）；

孩子们踩在寿鬼石雕上玩耍（2000年摄）（第40页）；

唐建陵现在是个苹果园（2000年摄）（第42页）；

唐崇陵被一片麦地包围（2001年摄）（第43页）。

---

[1] 胡武功：《藏着的关中》，第4页。

视照片为"会说话的孩子",无异于视照片为充满表情的文本,而没有一个文本缺乏作者——不要以为文本自己不需要被人书写。摄影家如同作家,他们的拍摄如同作家的书写,一样要赋予作为符号的文本特定的意义。胡武功将一系列照片排列在一个带文字的篇章内,以照片为最耀眼的符号为我们展现了关中历代帝陵的风貌。与追求美感的风光摄影作品不同的是,这些特殊的照片的拍摄者拒绝追求帝陵壮景的纯洁性——他拒绝为了拍摄而驱赶主要对象周边的"杂象",而反其道而行之,刻意保留了作为核心对象的帝陵同与之形成密切关系的"活人"的同在状态。这些作品刻意地不加修饰,其作者之意图,恐是为了赋予其作品一种独到的意义。被农耕、作物、牧业、动物、房屋、活人围绕着的帝陵,是这一意义生成的内在图式。没有一个作品是纯粹客观的,胡武功摄制的貌似客观的照片,同样有着浓厚的主观含义。在其中,一种观念的陈述成为重点——在他看来,是平凡的人创造了帝王的历史,也是他们依旧活在他们的造物周边(这个观点不知为什么越听越像是已流行一百年的"平民主义")。

如同作家一样,摄影家也一样不能剥夺"读者"的解读权。这是因为不只是照片在说话,不同的人看这些照片时也在说不同的话。

譬如,对于狂热的文化遗产保护主义者而言,上述照片呈现的面貌实在值得忧虑——伟大的华夏文化遗产正在遭受活人的破坏,农民、牧民、孩子构成对之施加破坏的"主体"。

又譬如,假如你是个信仰神灵之力的人,那么,你一定会认为，这些帝陵如同山岳，连接着天地，其内部隐藏的尸体，若洞悉人类之不德（如对其自身施加不敬），则可能化为魔鬼来骚扰人间。因而，对你而言，凡人与帝陵的并置，若不是危险的，那也必定是对一些说不清的神圣存在者的不敬。

我非狂热的文化遗产保护主义者，亦非古老宗教的信徒，然而，我急切地盼望人们认真对待上述可能出现的反应。这些听似荒诞不经的可能看法中，藏着一种与人类主义历史截然不同的历史——在其中，活人的"活"不是唯一的目的，也不是所有一切的决定因素；相反，与所谓"活人"貌似对立的物与神力，有着凌驾于人类生活之上的力量；这一力量是一种道德的约束力，若说它含有真谛，那么，这个真谛一定是一种对人类的告诫：欲望的无限扩张是人类无法满足自己的愿望的原因。

任何物——特别是诸如帝陵这样的物——也与照片一样，是"会说话的孩子"，而它们可能说的一种话是：将生活的一切"俗化"为对需要的功能性满足，将人本主义简单等同于"俗化的生活"，就等于是在否定人自身存在的意义。

作为学人，若是到关中去，我的关注点一定还是活人与那些影响范围远超活人的生活世界的陵墓和死尸之间的关系。生活在"山高皇帝远"的地方，人们对于关中的这些物与灵，必定有着遥远的想象。在关中，外人只能想象的辉煌，如此贴近于平民的生活世界。那么，关中的平民的世界观，是否会因此与其他地方的人们不同？我愿某一天能有机会随胡武功的镜头去关中不断追问。但在我尚未出发之时，在一个远方，胡武功已呈现了关中，使我的"民俗学之反动"出现了一个更清晰的图景：在一个急躁的年代，社会科学家需要一段时间来消化被我们抛弃了的历史给予我们的启蒙，文艺家一样也需要一段时间来面对这一历史对于艺术人本主义的挑战。

(原题《"会说话的孩子"说了什么？》，载《书城》2007年7月号)

游走在西南

魁阁的过客

云南呈贡县魁星阁从未被列入国家名胜的目录,这座完全谈不上宏伟的古阁,本身的名气小,到访的游人也少。魁星阁是什么时候建的?经历了多少历史沧桑?史书中更没有详细的说明。

三年前(2000年7月),我随一队与西南联大有关的前辈参观了那座古阁。魁星阁,也简称"魁阁",建筑为叠起的小三层,从大门进去,通过木梯上下连接,其形制显然是传统建筑亭、台、楼、阁等类中的一种。进了庙,出于习惯我先寻找过去留下的石碑旧记。没有让我失望,一入魁星阁的庙门,我看到一方石刻,当时我花了几分钟抄写。翻开还留在书房的那张供抄字的纸条,上面还留有石刻雕琢的年代"民国癸亥年三月朔日"及落款"阖村士庶"。至于其他文字,我则没有全部记下,纸条上留下的只有:"奎也者,文明之瑞气也,非神也。奎者,文星也,亦非二十八宿之奎木……"

阁为供奉魁星所建，碑文题目为"重修太古城魁阁记"。既是重修，则呈贡有魁星阁，当是民国以前的事了。魁星阁里的魁星塑像已不存，因而我不能一睹神灵的面目。魁星是什么？明末清初大文人顾炎武在《日知录》卷三十二中说到"魁"，指出这一崇拜的大致来历："以奎为文章之府，故立庙祀之。乃不能象奎，而改奎为'魁'。又不能象魁，而取之字形，为鬼举足而起其斗。不知奎为北方玄武七宿之一。魁为北斗第一星，所主不同，而二字之音亦异。今以文而祀，乃不于奎而于魁……"[1] 对魁星的信仰，顾炎武也说"不知始于何年"，只在多线性的考据中隐含了自己的观点。他认为，古代中国的"文章之府"，有一个从"不能象"而借"北斗第一星"来象征文祀对象的过程。旧时的学宫多奉祀魁星，它的形象如鬼，蓝面青发，世人却以之为主文运之神，向它祈求科举的成功，考中也要来向魁星道谢。旧时人"以奎为文章之府"。如果说孔圣人是旧时代"大传统"的守护者，那么，对于魁星的信仰，便可以说是地方民间的士绅以至底层社会进入"大传统"的通道；而魁星既主宰天下的文章，它的庙堂便是乡绅以至士大夫的汇合所了。

古时候进入魁星阁的人数有多少，今天已不能完整把握。不过，也许我们可以抽象地说，那个时代来魁星阁的人，正好可以由这个县里求功名的人数与他们家族其他成员的人数相加得出。

---

[1] 顾炎武著、黄汝成集释：《日知录》，第1155页。

后来是不是还有百姓来这里为子女升学求签拜神呢？我们一行来到魁星阁，没有带着追究这个问题的答案的任务。可以想见，在魁星面前求功名的仪式，早已从科举制度取消的近百年前开始，逐步失去了它的吸引力。过去魁星在"大小传统"之间起的纽带作用，也已成往事。民国呈贡魁星阁的碑文，说这座楼阁里奉祀的并非是神，而是"文明之瑞气"。将"文章"改成"文明"，其中经历的文化变迁，需要更多的人来研究。要深加分析，这中间科举制度的废除，恐是关键一环。

我们既不是一般的游客，去魁星阁便有自己的目的。在过去的一些年里，大家不约而同地关心起魁星阁来。选择这个机会到那里去，不是因为关心这座古阁本身的文化意义，而是因为这座开始被混乱的、披上白色瓷砖外衣的"现代"楼房包围的古阁，隐藏着值得寻觅的历史踪影，讲述着魁星被"文明"这个概念浸染之后，现代中国学术史上一个还没有书写完整的篇章。

故事总有个开端。20世纪30年代，士大夫的"阶级地位"经鸦片战争后受内外夹击而下降，古代士人的现代变种知识分子，开始有了"自上而下"莅临呈贡魁星阁的案例。不知道历史学家是否曾在更早的时候来魁星阁抄写碑记，建筑学家是否来这里考察过这座古代建筑的美学风格，只知道那时这里迎来了两三拨人类学家和社会学家。第一拨，是一对年轻的夫妇。1934年，曾在德国柏林大学和汉堡大学攻读人类学的陶云逵归国，在南京中央研究院历史语言研究所任编辑员，后来这位人类学家在南开大学任教,在云南从事关于少数民族体质与文化的人类学田野工作。不知道具体是哪天,陶先生发现了呈贡的魁星阁,看到这座四面八角挑檐的阁亭,在周边绿色的松林和农田的围绕下亭亭玉立。充满浪漫激情的陶先生,决定引领喜爱钢琴的新婚妻子来这里度蜜月。婚后,陶先生夫妇时常住在魁星阁。而文献也表明,后来"隐居"魁星阁的陶先生被逃离昆明的社会学家费孝通先生寻见。他们在这座小小的阁亭里碰面和共事,留下了一段美好的记忆。

到访魁星阁的那天,费孝通先生也于清晨来到这里。年事已高的他受到"沉重的肉身"的拖累,但一到魁星阁却满堆笑容,东张西望,谈笑间露出的依旧是精神的青春。给人的印象是,魁星阁的记忆给了他无尽的乐趣与力量。我们一行中的潘乃谷老师,于访问魁星阁后发表了一篇长文[1],其中谈到了费先生等前辈的一段重要的往事,使我们更清晰地了解到,费先生在魁星阁如此愉快的因由。

抗日战争爆发后,燕京大学社会学家、费孝通的老师吴文藻先生到云南大学,担任由中英庚款董事会在该校设置的社会人类学讲座讲师。吴先生1939年后创设社会学系,并任系主任和文学院院长。在云南,吴先生进一步倡导注重实地社区研究的精神。同年,他受燕京大学委托在昆明建立了燕京大学和云南大学

---

[1] 潘乃谷:《抗战时期云南的省校合作与社会学人类学研究》,载《云南民族学院学报》2001年第5期。

合作的社会学研究室。从1939年到1941年，费孝通接受了庚款董事会的微薄津贴，以云南大学教授的名义，主持社会学研究室的工作。1940年，日军飞机对昆明实行日益频繁的轰炸，这个社会学研究室被迫迁出昆明，疏散到昆明附近的呈贡县农村里。有一天，空袭警报突发，吴文藻与时任云南大学教授、西南联大兼职教授的费孝通跑上三台山。在三台山上远望四周，吴先生告诉费先生说，呈贡的城外有座古庙，叫魁星阁，里面有人类学家陶云逵居住。早在1934年已在清华研究院结识陶云逵的费孝通，后来决定租下魁星阁，将这里当成社会学研究室的实地调查基地。魁阁社会学的工作基地，从1940年到1945年，共存在了六年。在那六年里，艰苦的生活有时让费孝通觉得喘不过气来，但后来却常勾起他的美好回忆。

我们现在看到的魁星阁，没有经过多少维修。而站在这座老旧的阁亭内外，也可以感知有社会学工作站时，魁星阁已不是什么舒适的居所。据说，那时作为建筑主要构件的木板已松动得十分厉害，以至于风吹都能造成激烈的晃动和声响。即便是这样，在抗战时期艰苦的条件下，这一民间的"祭祀公业"仍然不失为知识分子集中的好去处。在陶云逵的帮助下，费孝通将工作站搬进那里。这座十分陈旧的阁亭，上下三层各有了自己的用途：一楼供工作站成员们做饭；二楼摆着三四张办公桌，是他们读书和讨论的地方；三楼是宿舍。据当时访问过魁星阁的费正清（John King Fairbank）太太费慰梅的记述，那时的顶层还保留着一尊"木佛"，二层还有三个书架，装满书籍和文稿，费孝通有时也在这里召集会议。[1]这以后的四年里,魁阁工作站的成员共有十多人,除了费孝通和陶云逵外,还有田汝康、张之毅、史国衡、谷苞、许烺光、李有义、胡庆钧等。

上面提到的陶云逵自1939年起在西南联大任教,在这批实地调查工作者当中,是最早居住在魁星阁的。抗战时期,云南修建石屏至佛海的省内铁路(石佛铁路),约请南开大学文科研究所边疆人文研究室为筑路提供沿线的经济、社会、人种、风俗、语言、地理环境等方面的资料。接受了研究项目,陶云逵领导一批年轻学子经玉溪、峨山、新平、元江,对沿途的哈尼、彝、傣等民族进行人类学调查,绘制出当地的语言分布图,撰写语言手册及社会经济调查报告。陶云逵田野工作的足迹遍及滇南、滇西,展开了规范的体质人类学测量,获得数千个体质人类学个体测量数据,拍摄了大量照片。作为西南边疆人文研究的先行者,他著述丰富,包括《云南摆夷族在历史上及现代与政府之关系》《西南部族之鸡骨卜》《大寨黑夷之宗教与图腾制》等。陶云逵全身心投入研究工作中,终因贫困和积劳成疾,仅40岁即于1944年1月29日逝世。那时魁星阁的社会学工作站也接近了生命的尾声。

相比陶云逵独立的课题研究,费孝通引领的"魁阁社会学工作站"(有时简称"魁阁")更明显地带有某种我们今天称之为"团队精神"的东西。我们一行人中,专门研究过西南联大时期知识分子史的谢泳,此前曾专门撰文提出,魁阁象征的"大体

---

[1] 阿古什:《费孝通传》,北京:时事出版社,1985年,第78页。

可以说是早期中国现代学术集团的一个雏形"[1]。既是"现代学术集团",它便与西学东渐有关。关于这一点,在《云南三村》的序言中,费孝通说到"魁阁的学风"时承认:

> 魁阁的学风是从伦敦经济学院人类学系传来的,采取理论和实际密切结合的原则,每个研究人员都有自己的专题,到选定的社区里去进行实地调查,然后在"席明纳"里进行集体讨论,个人负责编写论文。这种做研究工作的办法确能发挥个人的创造性和得到集体讨论的启发,效果是显然的。[2]

将这一小小的研究与讨论团体形容成"集团",恐怕有点言过其实。不过,要说围绕着魁阁,中国的社会学和人类学的某个局部曾形成过一个接近于"磁场"的学术小群体,却应当说是妥帖的。到访过魁阁的美国著名汉学家费正清说过,"费孝通是头儿和灵魂,他……似乎有把朝气蓬勃的青年吸收到他周围的天才。……他的创造性头脑,热情、好激动的性格,鼓舞和开导他们,这是显而易见的。反过来,他们同志友爱的热情,生气蓬勃的讨论,证实了他们对他的信任与爱戴"[3]。以魁星阁为中心,曾形成一个"出行"与"会集"的时空场。这个场有一个相对固定的活动节奏,即实地调查—学术讨论—实地调查。在上面的引文

---

[1] 谢泳:《西南联大与中国现代知识分子》,长沙:湖南文艺出版社,1998年,第110页。
[2] 费孝通:《逝者如斯》,苏州:苏州大学出版社,1993年,第189页。
[3] 阿古什:《费孝通传》,第79页。

中，费孝通自己说，魁阁这一学术空间代表一种学风，这种学风是从伦敦经济学院传来的。对伦敦经济学院人类学系的"席明纳"制度，费孝通已多次提到，它与其他学科的"席明纳"大体是一致的。而人类学系的"席明纳"也有自己浓厚的特征，即强调针对实地田野工作的资料进行讨论，强调师生之间在田野工作所获资料和知识面前的平等关系。而在营造魁阁的学术氛围时，费孝通基本也是依照这两个方面的特征来展开工作的。

作为多数魁阁研究人员的"师傅"，费孝通在对学术晚辈的"传、帮、带"中耗费的精力，与他在伦敦经济学院的老师马林诺夫斯基（Bronislaw Malinowski）相比，有过之而无不及。魁阁的研究人员，大多是费孝通的晚辈。清华大学社会学系毕业的张之毅自愿报名参加他主持的社会学工作站；在他的带动下，陆续加盟的还有史国衡、田汝康、谷苞、张宗颖、胡庆钧等。费孝通与他的年轻伙伴之间有一种"师徒"的关系。招纳这些新一代学者，费孝通的目的是为了"培养新手"，而用他自己的说法，培养的办法是"亲自带着走，亲自带着看"。张之毅加入工作站后上的第一课是跟费孝通下乡，去禄丰县进行社会调查，他们在这个地方一起生活和工作，"随时随地提问题"，进行讨论。魁阁时期，他们还进行了玉村的调查。这个村庄离魁阁较近，调查后写的报告在魁阁的"席明纳"上讨论过。[1] 在魁阁，费孝通给自己的定位是"魁阁的总助手"，召集讨论，帮研究人员写作，甚至帮

---

[1] 费孝通：《逝者如斯》，第189—190页。

助他们抄钢笔板和油印。[1]

在费孝通的心目中，魁阁的存在，与他在伦敦经济学院人类学系浸染出来的"席明纳"气质有关。但是，魁阁的成立绝非是为了简单推崇英伦学风。在这里生活和展开学术研究的学者来自不同学派，特别是在费孝通与陶云逵这两个成熟的学者之间，学派的差异是鲜明的。二人都接受欧洲人类学的训练，但陶云逵在德国学习，费孝通在英国学习，前者注重文化与历史的研究，后者注重现实社会的功能和结构研究。因师承不同，二人时常发生争论，但相互之间都从争论中获得了深刻的教益。在魁阁的同人中，这样的学术讨论是家常便饭，而作为工作主持人的费孝通也特别注重创造一个学术观点上兼收并蓄的团体。[2] 魁阁成员许烺光先生在海外学成后，受费孝通的邀请到云南大学工作，加入了魁阁工作站。在许先生的眼里，陶云逵是一个"老派的同事"，而陶云逵又不同意他的学术观点和做法，二人时常争论。对于他们二人的不同人类学观点，费孝通也不能说完全认同，但他总是表示许先生的研究值得欣赏。[3] 因陶与许之间的关系难处，后来许决定辞去云南大学的工作，前往华中大学任教。在那里任教一年后，许又得到费孝通的热情邀约，回到魁阁。

有着巨大学术创造力的费孝通，为何要花这么多心血来一面

1　费孝通：《乡土中国》，第90页。
2　张冠生：《费孝通传》，北京：群言出版社，2000年，第185页。
3　Francis L. K. Hsu, *My Life as a Marginal Man*, Taipei: SMC Publishing Inc., 1999, pp. 103-104.

鼓励、帮助晚辈成长，一面在同辈学者之间充当"和事佬"？人们也许难以理解这一"矛盾的统一"。而我相信，在魁阁营造一个新式的学术团体这份心情，正是这一问题的答案。关于这一点，费孝通曾自信地说，那种同时注重"发挥个人的创造性和得到集体讨论的启发"的做法，效果是显然的，其中"生产"出来的"产品"，也是"经得起后来人的考核的"。[1] 魁阁的成员，研究的侧重点各有不同，合起来形成了对农村经济生活、基层社区、少数民族历史与文化、城乡关系、农村与工厂之间的关系等现实问题的深入探讨，其中如费孝通的《禄村农田》、史国衡的《昆厂劳工》、谷苞的《化城镇的基层行政》、张之毅的《易村手工业》《玉村农业和商业》《洱村小农经济》、田汝康的《芒市边民的摆》(《摆夷的摆》)和《内地女工》、胡庆钧的《呈贡基层权力结构》等，是其主要成果。1943年，费孝通访美时，据禄村、易村和玉村的调查，编译出 Earthbound China (《被土地束缚的中国》) 一书，1945年由芝加哥大学出版社出版（中文版于1990年由天津人民出版社出版，改名《云南三村》）。基于那个时期对中国社会结构的思考，费孝通又于40年代后期出版《乡土中国》，于1953年出版 China's Gentry (《中国士绅》) 等作品。曾在魁阁工作站工作的人类学家许烺光则于1948年发表 Under the Ancestors' Shadow (《祖荫之下》) 一书。这些作品在我们今天来看是经典，但绝对还没有成为过去。我甚至认为，它们含有的思想与资料深

---

[1] 费孝通:《逝者如斯》，第189页。

度，为今人所可望而不可即。

1950年开始在伦敦经济学院人类学系任教的著名汉学人类学家弗里德曼曾撰文说，他自己不同意费孝通在云南所做的"类型比较"的工作，说通过零散的类型比较堆砌不出一个整体的中国来。[1]可是，正是这位高傲的英国人类学家，在他一生的教学工作中不断地与他的学生说，费孝通的《江村经济》、林耀华的《金翼》及魁阁时期那批中国人类学的田野工作者的作品（如许烺光的《祖荫之下》和田汝康的《芒市边民的摆》），是研习汉学人类学的基本读物。后人评说过往的"魁阁社会学"，也许会模仿弗里德曼说，从这里走出来的学者，终其各自的研究生涯，并未如人们所愿望的那样，在实地调查的社区与历史的想象中构筑出一个"多元一体"的文化中国来。然而，也正是魁阁那一聚焦于乡土社会的研究风范，让诸如《生育制度》《乡土中国》《中国士绅》这样的理论著作奠基于深刻、深入的人类学实地研究成果之上，对后人理解中国社会结构的"上下关系"、差序格局及士大夫的中间纽带作用，产生了重要的启发。

60多年后，站在呈贡魁星阁的门前，想象这座破旧的亭阁目睹的历史，我能体会到其中的辛酸，也能洞悉它的动荡。而将魁星阁想象为一个容器，我们或能说，这一容器在它的"生命史"中曾经容纳不同的人群。除了可能存在的庙公和地方祭祀公业的

---

[1] Maurice Freedman, "A Chinese Phase in Social Anthropology", in *British Journal of Sociology*, 14:1:1–19, 1963.

管理群体之外，被魁星护佑天下文章的灵性吸引来的求功名的士绅与乡民，曾是它历史上的主要访客。

在西南联大的八年中，这座陈旧的庙堂有六年为一小批脱胎于士绅的知识分子所"占据"。他们不再在魁星老爷面前行跪拜之礼，也不再祈求从他老人家那里获得"文运"的保佑。这批年轻的学子是被日本军队的炸弹逼出昆明城来的，他们离开自己的大学，不得已的一面的成分为大。然而，"不得已"三个字后面却隐藏着另一种重要可能：被迫躲藏于乡间的日子里，这批来自中国最高学府的学子在魁星老爷那里重新寻见了书院的精神。像古时的书院那样，这时的魁星阁处于"山水间"，使它容纳的人能在自然界里领悟社会的文化脉络，使那批曾经居住在这里的人们能在一段足够长的时间里，脱离于已丧失了书院风度的近代大学之外，重新回归到文化的土壤里，将自己浸染于"山水间"，在乡土中国思考我们生活的基本特质与人文关系。

曾几何时，在魁星阁内部，在这老亭阁的二层摆放的办公桌周围，新一代的"士人"辩论着他们关注的问题。从后来发表的文章看，他们讨论得最多的，是乡土中国生活方式的多样性，是小农经济、手工业、商品经济的并存，是近代化引起的乡土社会的"工厂化"问题，是"士绅"在过去的日子里在社会结构中处的位置及在近代化中当扮演的角色。更难能可贵的是，除了费孝通的"从实求知"实践外，在诸如田汝康对"摆夷人"（傣族）"做摆"的礼仪人类学研究中，新一代知识分子触及了"古代社会"的内在特征,并借之对于现代"物质主义"给予反讽。[1]在魁星阁提供的空间里,这批青春的知识分子思想如此"自由",以至于今天仍然有学者将他们列为"中国自由知识分子"的典范,对他们后来的命运产生"逝者如斯"的感叹。[2]

然而,如果人们理解的"自由"是指在思想的实践中完全脱离于自己的文化传统,那就不适合魁星阁的这批过客了。当我们说学术史意义上的魁阁,是中国学界主动学习西方文化的成果,我们同时应当记得,这个意义上的魁阁,除了带有书院的色彩以外,还是明清文人结社传统的某种延续。明清的内外交困时期,往往与文人结社和中国人文思想最活跃的时期相重叠。在日本飞机的炮轰下,在政统压倒道统却无法抵御"犬羊小国"的冲撞的时代里,魁星阁的这两三拨青年过客,一样地结成了自己的社团,言说着自己的论点,或"以清议格天下",或"以理会学问",而"明人心本然之善"(如明代最后的大儒刘宗周所欲为)。

所以,魁阁表达的,与伦敦经济学院人类学系"席明纳"还是有所不同。为伦敦经济学院的同事们所不知的是,在离开魁阁的日子里,费孝通已下决心"多读一点中国历史,而且希望能和实地研究的材料连串配合起来,纠正认为功能主义轻视历史的说法"[3]。从这一思考延伸出来的,是一场围绕"皇权"与"绅权"的热烈讨论。在他发表过的言论中,我们看到了为传统知识分子寻

---

[1] 田汝康:《摆夷之摆》,重庆:商务印书馆,1946年。
[2] 谢泳:《逝去的年代》,北京:文化艺术出版社,1999年。
[3] 费孝通:《费孝通文集》第五卷,北京:群言出版社,1999年,第500页。

求重新定位的努力。从一个学科化的传统里脱胎出来，重新寻觅于"山水间"，费孝通曾有感而发，对中国的"绅权"展开了深入的历史探讨。在费孝通看来，传统中国的知识分子之"知"，指的主要是"懂得道理"，他们的威权来自人伦规范，他们的身份认同与文字结下了不解之缘。近代中国知识分子并不是不知道西方也有"精神文明"的。可是，可能是历史命运使然，世界格局的变化使他们转变为一批"继承着传统知识阶级的社会地位"的"在上者"，却因只关心"实用的技术知识"，而成了"没有适合于现在社会的规范知识"的"不健全"的人。他在《皇权与绅权》中这样大胆地质问过："不健全的人物去领导中国的变迁，怎能不成为盲人骑瞎马？"[1] 也许是为了寻回"健全的人物"，也许是为了知识分子社团的重新建设，以魁星阁为工作生活场所的早期中国实地社会研究者，才如此沉醉于他们的学术研究中。

在矗立于乡土社会不知道有多少个春秋的魁星阁面前，魁阁社会学工作站的成员们无疑是匆匆的过客。然而，与他们同时出访于"山水间"的人类学家可谓多矣。来自大学的田野工作者不只有陶云逵和费孝通，也不只有他们的同伴。当时从中央大学（重庆）、华西协和大学（成都）、大夏大学（贵阳）等校园走出来的人类学家、语言学家、历史学家和社会学家，足迹遍及整个中国的大西南，是人类学学科思想和实践领域"西部探索"的早期实践者。被迫离开原校园的中山大学、厦门大学等校，也

---

[1] 费孝通：《费孝通文集》第五卷，第484页。

"逼"出了一批批融入"山水间"的学术青年来。60多年前同事间的学科式"结社",自然也有它的时代性(值得注意的是,现代学科建设运动与日本侵华竟同时充当了这个时代性的重要组成部分)。那一批批老一辈,没有因丧失谦逊之心,而将自己与清初文人结社的"塔尖人物"顾炎武、黄宗羲、王夫之相提并论。然而,站在魁星阁的三层,从狭窄的木窗眺望远处的乡土,我却不禁想说,在两个时代趋近的地方,前人为今日学风之开启留下了一份不可多得的启发与激励;也正因此,魁阁这个名字应当被载入史册,"魁阁精神"应当引起当今大学建设者们的重视。

(原载《读书》2004年第2期)

经魁阁返回人文区位学

20世纪30至40年代,云南成为中国人类学的主要田野工作基地之一。30年代初期,已有中山大学杨成志先生在滇中和滇西地区从事体质人类学和民族学的调查研究。后来,中央研究院人类学家江应樑先生也去云南调查傣族。1938年,抗战失利,"国难当头",大批学者云集西南,集中于西南联大、华西协和大学、云南大学等学术机构。贯通中西的前辈在西南"边陲"奋力开拓,在他们的共同努力下,文、理、工、医、农诸学科的教学和研究得到了空前发展。人类学、社会学和边政学的调查研究和学科建设也不例外。在这些学科中,一批有志者涌现于学林之中,他们在艰苦的条件下求索,做出为后世所不及的贡献,为中国学术留下了宝贵的遗产。

世纪之交,正值云南省政府设立"省校合作"项目,云南民族学院(现改称云南民族大学)与北京大学得到支持设立"重点学科"合作立项。为了光大联大时期的学术遗产,作为合作课题的研究人员,我们于2000年9月提议对云南著名人类学田野调查地点进行再研究。

选题获准后,我选择了几个田野工作地点为社会调查基地,组织社会人类学方向的博士研究生参与其中。在课题的设计和实施过程中,我特别关注费孝通主持的"云南三村"调查、许烺光在大理"西镇"(喜洲)展开的祖先崇拜研究、田汝康对"摆夷"(傣族)村寨进行的研究。[1] 这是一批抗战时期中国社会人类学研究者依据民族志方法的严格要求完成的研究。三位老一辈人类学家都曾是呈贡魁阁社会学工作站成员,他们的相关成果也可谓是中国社会人类学"魁阁时期"的代表之作。

"魁阁"这个概念,代表着中国社会学和人类学在一个特殊年代里做出的有个性的学术成就。1938年,费孝通完成博士论文后,带着他的导师马林诺夫斯基赠给的50英镑,乘坐海轮,取道越南进入抗战后方云南。起初,费孝通在云南没有找工作,而利用他的一位亲戚在禄丰县传教的关系之便,进入该地并选择禄村作为田野调查地点,计划以这个社区为起点,推动一系列的"类型比较"研究。1939年,费孝通任燕京大学和云南大学合作的社会学研究室主任;1940年,为了避开日本战机的轰炸,研究室迁移到呈贡魁星阁(即魁阁);此后,费孝通便在那里召集社会调

---

[1] 关于同时期中国人类学研究与发展的总体面貌,王建民在《中国民族学史(上卷)》(昆明:云南教育出版社,1997年,第229—242、291—297页)中做了比较全面的介绍。

查和学术研讨活动。参与这个团体学术活动的，有人类学家和社会学家。其中，社会人类学方面除了费孝通本人外，还有张之毅、许烺光、田汝康、李有义、胡庆钧等。对于后来中国社会科学的发展，这批学者各自做出了重要贡献。

对于魁阁的这批社会人类学研究成果，以往我曾通过两种不同方式接触过。一些年前，我涉猎魁阁的成员为中国社会人类学创作的几部经典，包括上面提到的费孝通等的《云南三村》[1]、许烺光的《祖荫之下》[2]、田汝康的《摆夷的摆》(即《芒市边民的摆》)[3]。在伦敦读书时，著名汉学人类学家弗里德曼的学生王斯福教授就曾对我介绍说，他自己攻读博士学位时弗里德曼要他读的书，除了费孝通的《江村经济》和林耀华的《金翼》之外，这三本书也被视为必读书。后来，我自己在弗里德曼本人的论著里也看到，他的理论的提出，与他对于这三本著作的反思的确有密切关系。为了在弗里德曼的脉络中思考中国民族志研究的局限性，我曾花了一些时间浏览这些早期社会人类学论著，[4] 初步感受到了它们的特殊魅力，使我产生访问这些著作论述到的地方的愿望。

在海外对魁阁社会人类学的"间接经验"，后来又与一个本土的学术追问联系起来。大约是在1998年，北京大学潘乃谷教授

---

[1] 费孝通、张之毅：《云南三村》，天津：天津人民出版社，1990年。

[2] Francis L. K. Hsu, *Under the Ancestors' Shadow: Chinese Culture and Personality*, New York: Columbia University Press, 1948.

[3] 田汝康：《摆夷的摆》，重庆：商务印书馆，1946年。

[4] 弗里德曼为中国人类学做出了一个重要贡献。他指出，这门学科不应满足于村落研究，而应将视野扩大到整个中国的社会结构。

递给我一份复印的稿件,用一贯的低声细语说:"这篇文章有点意思。"文章是作家谢泳写的,题目叫"魁阁——中国现代学术集团的雏形",内容大致说来是关于西南联大时期中国社会学和人类学的一个特殊时代的。作者在文章里充满激情地说,费孝通先生在联大时期带领的一小批知识分子,曾给现代中国学术演示了"集团化"的可能。[1] 这位作家后来还撰文感叹说,中国知识分子在"逝去的年代"里开创的事业,今天已很难全面复兴。潘乃谷教授让我看他的文章,可能是因为她认为魁阁时期脚踏实地的学术工作方式和"团队精神",在今天的社会人类学学科建设中仍然值得我们继承。我对"团队精神"一向关注不多,但她的一席话却使我更清晰地意识到,对于新一代研究者从前辈走过的学术道路中温故而知新,"魁阁"这个概念及它代表的一切有着不可多得的价值。

21世纪初启动的云南省和北京大学社会学人类学研究所的"省校合作"计划,为我们实现在重访中温故而知新的愿望提供了一个良好的机会。到2003年年中,我们逐步完成了对三种研究的再调查。实施调查的北京大学博士生张宏明、梁永佳、褚建芳相继完成了三个调查报告,这些报告已作为他们的博士论文提交答辩。三篇博士论文在专题研究方面各有所长,其研究主题建立在三位前辈社会人类学家的既有民族志研究基础之上,分别围绕

---

[1] 谢泳:《魁阁——中国现代学术集团的雏形》,载《北京大学学报》(哲学社会科学版)1998年第1期。

土地制度、地域崇拜仪式和"人神交换"展开研究，在继承中反思，从各自的角度阐明各自对60年前人类学家提出的论点的意义与限度的理解。

* * *

课题研究可以说属于"跟踪调查"的范畴。不过，"跟踪调查"似为国内做法。国内学者倾向于比较过去与现在发生在同一个田野工作地点的事情，尤其是社会变迁和发展。国外学者则更多地关注不同的思想方法对于同一田野工作地点的认识产生的影响。国内称对旧田野工作地点的再次研究为"跟踪调查"，而海外人类学则称之为"再研究"（re-studies）。对于"跟踪调查"这个概念，我们不难理解。费先生对于花篮瑶、江村、云南三村等的"重访"就是典范，而近期对林耀华等前辈的村庄进行的后续研究，[1]也已广为人知。什么是"再研究"？国内则讨论得较少。在海外人类学中，这个范畴里的范例中最有名的包括弗里曼（Derek Freeman）对米德研究的"再研究"[2]和萨林斯（Marshall Sahlins）与奥贝塞克拉（Gananath Obeyesekere）基于各自对对方论述的"再研究"，针对夏威夷人与英国殖民者船队之间的文化接触事件提

---

1 庄孔韶：《银翅：中国的地方社会与文化变迁》，北京：生活·读书·新知三联书店，2000年。

2 Derek Freeman, *Margaret Mead and Samoa: The Making and Unmaking of an Antropological Myth*, Harvard: Harvard University Press, 1983.

出的相互批评。[1]与国内的"跟踪调查"不同,海外人类学"再研究"一般沿着学者自身思路的变化展开,如弗里曼从人性与文化的关系展开对米德研究的"再研究",而萨林斯与奥贝塞克拉针对土著观点与帝国主义之间关系的历史展开的争论,则与各自采取的不同"土著观点"有密切关系。

在海内外人类学界对"跟踪调查"莫衷一是的情况下,怎样给我们的课题一个合适的定位?这个问题在课题实施的过程中不断出现。

费孝通先生曾在百忙中拨出时间亲自教导三位博士生时,多次回忆起魁阁,据此延伸出一种对研究方法的一般看法。2003年7月间,针对"跟踪调查",费先生反复提到两种学术道路,他说:"跟踪调查要么要反映被我们研究的那个社会自身的变化,要么要反映我们研究者自己的理论和心态的变化,这两种选择都可行。"也就是说,"跟踪调查"与"再研究"的做法各有其优点,新生代学者对旧有田野工作地点进行重访时,可以选择其中一种或者两种并重。就我的理解,费先生的这一席话,也敦促我们避免"跟踪调查"或"再研究"的简单化倾向,辩证地看待对前人的成就的继承与反思之间的关系。

在研究实践中,要把握这种新式的综合性"跟踪调查"的分寸,是一件不容易的事。我们研究的地点,都是前人在过去选定

---

[1] 萨林斯:《"土著"如何思考——以库克船长为例》,张宏明译,上海:上海人民出版社,2003年。

过、研究过的；研究的主题，也已在60年前由田野工作的"始作俑者"界定过了。[1] 怎样使我们的研究既有继承又有发展？在我看来，对我们所选定的三个社会人类学田野调查地点，前辈学者的民族志研究是扎实的；新一代学者展开"跟踪调查"，不能置这一事实于不顾。于是，我深以为，课题成员应在不重复"跟踪调查"的简单做法的同时，慎终追远，避免像一些海外人类学家那样，追求理论阐释的极端相对化，以推翻前人的解释、揭露人类学前辈的缺点为业。反过来说，我们却也不能停留于"过去"与"现在"的重复论证中，而应结合"再研究"的学术反思方法，既在资料的搜集方面多做努力，又尽可能在理论创树方面有所作为。为了更明确地阐明这一双重目的的意义，我们可以将课题的总体目标界定为"反思性继承"。何为"反思性继承"？这个词组含有的想法，并非是一种什么理论，而仅是一种学术态度。它的意思无非就是说，研究者要在研究中培养学术的自主性，要培养学术的自主性，就要知道前人的成就及其局限性，"视其所以，观其所由，察其所安"，在意识到前人研究的珍贵价值的同时，对学术的积累提供知识增添。所谓"反思性继承"固然很难满足今日盛行的批判性社会科学和"后现代主义"的要求（后者倾向于主张全面的反思），但它对于促进研究者脚踏实地地展开研究有着重要意义，对于学科基础相对薄弱的中国社会人类学学科建

---

[1] 值得重申的是，张宏明研究禄村的土地制度，梁永佳研究喜洲的仪式，褚建芳研究芒市的"摆"，分别是费孝通、许烺光、田汝康先生曾经关注的专题。

设，也有着特殊的价值。

魁阁社会人类学研究已经完成60多年了，在这60多年的时间里，中国社会发生了巨大变化。在选定的田野工作地点进行跟踪调查，我们有可能比较完整地把握被研究的社区的旧面貌和新变化。同时，在新世纪来临之初实施旧有人类学田野调查地点的跟踪调查，也为我们的理论思考提供了一个绝佳的空间，使我们能重访老一辈人类学家的"故地"，在那里追溯社会人类学学科发展的时间线索，在继承和发扬前辈的学术事业的同时，联想更广泛的学科问题，提出我们自己的解释，达到费孝通先生所说的"反映我们研究者自己的理论和心态的变化"的目的。在研究过程中，课题成员坚持以田野工作为本，努力在扎实地参与观察的基础上展开社会人类学思考。他们各自在所选定的田野工作地点展开为期半年左右的调查，尽管在时间长度上与传统社会人类学要求的一整年还是有差距的，但就目前的可能来说，他们尽到了自己的努力。在准备调查和整理资料的过程中，他们更围绕各自的主题广泛浏览文献资料，特别是围绕土地、仪式与交换三个范畴及其之间的关系展开理论探讨，以前人的论述为基础，结合过去一段时间里海内外的辩论，提出了各自的民族志叙述框架，获得比较良好的收效。

* * *

年轻一代的中国人类学研究者，似乎有在传统"纯描述的"

民族志与"后现代主义文化论"的抽象理论之间纠缠不清以至被"二马分尸"的可能。在我们当中，关注20世纪30至50年代积累起来的成就的学者不是没有，但真正想在这些成就与我们的研究之间建立学术关系的人，实际并不为多。张宏明、梁永佳和褚建芳三位正是在这种情况下从不同学科走进社会人类学的。入学前，他们对于社会人类学的理解，来自其对个别名著的阅读与翻译。这些年来，他们的学术热情又时常遭到"冷水"的降温。加之，从客观的条件看，要在继承的基础上展开独立研究，于他们，于我自己，都不是一件容易的事情。因而，他们做的研究、写的论文，存在大量可质疑之处是自然的。

他们的田野工作地点，我都一一去过。尽管时间短促，所看到的也许只是浮光掠影，但我已满足于在走访的过程中与他们形成的交流与互惠关系。我从他们那里知道了自己以前不知道的，也从他们的诚挚中受到了难得的鼓励。可喜的是，从他们提交的论文看，三位呈现给我们的对费孝通的禄村、许烺光的"西镇"、田汝康的那目寨的"再研究"，体现的确是对于三位中国人类学前辈的成就的继承态度。同时，令人时感欣慰的还有，他们并没有因为要继承而忘记新视野的开拓；他们写的论文，在不同程度上表现出了形式和内容都有所不同的学术反思。从这些"反思性继承"中，多少年来处于重重困境中的社会人类学家能够看到创建学术语言共同体的可能。

没有被言明的是，三篇博士论文与中国社会科学的"人文区位学"传统难以分割。这个"人文区位学"的传统产生于20世纪30年代，与当年来燕京大学讲学的美国芝加哥学派社会学家派克（Robert Park）和英国结构-功能派社会人类学家布朗（A. R. Radcliffe-Brown）有着密切关系。"人文区位学"的基本方法来自生态学，所谓"区位"，就是"ecology"。什么是"人文区位学"？它指的就是对人类共同体适应于更大范围的社会环境这一过程展开的社会人类学研究。本来，这种受生物学影响的方法，与社会人类学的结构-功能论还是有所不同的。但是，在70多年前以燕京大学为中心的研讨中，两者却得到了有意义的结合。[1]结构-功能派大师布朗在燕大讲学时，一反过去倡导结构研究的做法，提出对中国乡村进行社区调查的设想，甚至说，"在中国研究，最适宜的单位是乡村（社区）"[2]。除了芝加哥学派社会学与英国社会人类学的密切关系之外，邀请派克和布朗来华讲学的吴文藻先生与他的同事与学生，是促成社会学的社区调查与社会人类学的民族志研究之综合的"本土力量"。中国社会人类学的前辈费孝通、许烺光、田汝康，也正是这支力量的成员。

这三位前辈各自有自己的学术关怀。其中，费孝通特别注重土地问题的研究，受美国人类学文化论影响较多的许烺光注重礼俗文化的研究，田汝康注重"边民"的生活方式对于"主流社会"的启发。三人中，费先生和许先生都想从小地方的研究来

---

[1] 赵承信：《派克与人文区位学》，载北京大学社会学人类学研究所编：《社区与功能——派克、布朗社会学文集及学记》，北京：北京大学出版社，2002年，第72—83页。
[2] 拉德克利夫-布朗：《对于中国乡村生活社会学调查的建议》，载北京大学社会学人类学研究所编：《社区与功能——派克、布朗社会学文集及学记》，第302—310页。

透视整体中国社会；费先生采取的是类型比较方法，许先生则将小地方当成"缩影"；三位前辈中，只有田先生更关注社会人类学中的"他者"问题，他试图从"边民"的社区调查出发，反思主流市场经济模式的仪式形态。三位前辈都关注公共仪式在村寨中的重要地位，也都把仪式呈现出来的社会形态当成"前资本主义"文化来研究。所不同的是，费先生期待从中看到现代化的轨迹；许先生认为家族仪式表达的"大家庭"社会生活方式，是与现代的核心家庭不同且可以补充后者的心理缺憾的模式；田先生认为公共仪式表述的是一种难得的虔诚，是一种对等级社会的内在省思。

对于我们的前辈来说，"人文区位学"是一种方法，是一种可以为不同的阐释开阔视野的实地研究的精神。在自己的研究中，我毫不怀疑这一旧方法的新意义。我个人此前做过的一些经验研究，也是在"人文区位学"的启发下展开的。我虽没有具体阐述"人文区位学"的意义，但从对民族志方法的反思中，却已间接指出了这一方法值得质疑的方面。我认为，受生物学启发的"人文区位学"里包含着某种"生态论"，这为我们提供了从"客观适应过程"中把握社区的方法。然而，"人文区位学"的不足之处表现在，聚焦作为人文区位的"小地方"时，它未能全面地把握这种区位存在的更大范围提供的"条件"。汉学人类学家弗里德曼为我们理解这种条件提供了重要的思想方法，而我则倾向于在坚持"人文区位学"研究法的同时，明确地运用研究社会构成方式的社会学家及研究相对宏大的历史进程的历史学家（包括民族史学家）的成果。

还需说明，多年来我把主要的研究精力投入对公共仪式的探讨。我认为从公共仪式切入社会，是人类学家有可能展开具有历史意味的"人文区位学"研究的一种方式。理由之一，费孝通在禄村农田中已从时间分配的角度给出了说明。费先生关注的是"前现代农业社会"中经济生活的模式。他认为，与资本主义社会不同，农业社会拥有许多"闲空的时间"，这些时间被农民花费在消耗（"浪费"）性的礼仪活动中，没有被人们用来增加劳动的价值。他说：

> 减少劳动，减少消费的结果，发生了闲暇。在夕阳的都市中，一贯整天的忙，忙于工作，忙于享受，所谓休息日也不得闲，把娱乐当作正经事做，一样累人。在他们好象不花钱得不到快感似的。可是在我们的农村中却适得其反。他们知道如何不以痛苦为代价来获取快感。这就是所谓消遣。消遣和消费的不同在这里：消费是以消耗物资来获得快感的过程，消遣则不必消耗物资，所消耗的不过是一些闲空的时间。[1]

对于费孝通来说，从农民（包括少数民族农民）沉浸于其中的公共仪式中，人类学家看到，"闲空的时间"起的作用是为农业社会的相对低产值、低资本积累提供文化基础。随着工商业的

---

[1] 费孝通、张之毅：《云南三村》，第121页。

发达，这一农业社会的文化基础才可能逐步瓦解。也就是说，通过对公共仪式的研究，人类学家能够把握农业社会维系自身关系秩序的模式，从而看到它在现代化的进程中面对的压力，理解中国传统社会向现代过渡时的历史遗留问题。

饶有兴味的是，在公共仪式中透视中国内部"边缘传统"的内在特征，似乎是三位人类学前辈的共同追求。同时，深受当时先进的马林诺夫斯基文化论、布朗比较社会学、林顿（Ralph Linton）心理人类学影响的前辈，在处理公共仪式的历史性时，采取的态度既具有文化论的"应用主义"色彩，也潜在包含了某种对于现代化进程的历史性反思。于是，费先生对仪式时间的解释，显然已在魁阁时期被田汝康先生赋予了再思考。[1] 田先生关注的是私有制社会中的共同问题，即私有财产的不平等性。他认为公共仪式确是费孝通所说的"消耗"的核心方法，但这种办法有助于宗教的"超越性"的营造，它为社会提供一种克服私有财产带来的矛盾的手段。田先生说："这种办法即是摆夷社会采用摆来加速消耗的办法，它为私有财产制度造下一个安全机构，使过分取之社会的终于还之社会。"[2] 无独有偶，从许先生的诸多著作中，我们一样看到他笔下的祖先祭祀的绵延香火，如何创造了一种与现代社会的时间断裂式历史感不同的、相对稳定的生活方式。许先生一生的学术，关怀的一个问题是西方个人主义的文化局限

---

[1] 而对于田先生的再思考，费先生的贡献也很大；不应忘记，他不仅为田先生取书名，还为他刻写处女作的油印稿。

[2] 田汝康：《摆夷的摆》，第105页。

性。对他来说，家族的公共仪式创造的血缘性集体，为推进西方个人主义的人类学研究提供了重要的依据。[1]

因受制于时代，三位人类学前辈的论述都奠基于涂尔干式的"时间形而上学"（temporal metaphysics），将被研究者的"社会理性"当成解释他们的时间制度的根本原因。一如杰尔（Alfred Gell）指出的，这样做的后果，就是将农民看成一群时间上"向后看的造物"，通过对农民"社会理性"的形而上学的想象，表述了都市化进程中知识分子自己的"向前看"的时间心态。[2]此外，他们的民族志撰述仅是隐喻般地涉及历史，对于所调查地点经历过的时间历程，最多一笔带过。三项魁阁时期的研究都已从公共仪式中呈现出了一种历史时间，通过社区年度周期的规定与生命周期的布置，绵延地传承人文关系传统。不过，三项研究因过于关注社区研究的"共时性"（synchronic）探讨，而忽视了地方性的人文关系传统在历史过程中的"生产方式"和角色变化。同时，三项研究都因过于关注探求"社会事实"的"客观存在"，而相对轻视公共仪式所体现的"历史感"与"地方感"的主观意志。在一定意义上，20世纪50年代开始的民族社会历史调查，或许应该说已在一个重要的层次上为"人文区位学"补充了丰富的地区史与民族史素材。然而，因受制于当时流行的"社会形态论"，这些研究没有充分给出历史的"地方感"。

---

1 Francis L. K. Hsu, *My Life as a Marginal Man*, pp. 57—69.
2 Alfred Gell, *The Anthropology of Time: Cultural Constructions of Temporal Maps and Images*, Oxford: Berg, 1992, p. 64.

21世纪初完成的三篇博士论文叙述了一种"再研究",从不同角度分别探讨了汉族、白族、傣族村落公共仪式的历史与社会构成,也已就公共仪式的历史性做了历史深度和广度各有不同的诠释。这些诠释是有新意的,在许多地方做得令我产生羡慕之心。"君子和而不同。"三项研究采取的路径有所不同,得出的结论有所不同。可是,合在一起,它们该能给人共同的启发。这一启发是什么?由于相互之间的讨论不够深入,这个问题仍需留待再度探讨。而我依照教育者对自身的要求,崇尚"学而时习之"的精神,尽力在学生的研究中透视其中尚待开发的潜力。上述围绕着时间与"社会理性"、历史与现实之间关系的讨论,就是我心目中所谓尚待开发的潜力的两个要点。我个人深信,围绕这两个要点展开对话,有助于三项研究的相互推进;而从更广阔的视野看,如果说我个人对这些研究还有什么更高期待的话,那么,这个期待正在于:未来的再度调查仍然需要在扎实的田野工作基础上,拓展人类学的历史想象力与解释力,对不同时代的中心与边缘之间关系的"结构",展开具有充足时间长度的研究,从而为理解"中国社会"做出应有的贡献。

(摘自《继承与反思——记云南三个人类学田野工作地点的"再研究"》,载《社会学研究》2005年第2期)

滇行六题

一 "蛮界"迷思

云南这个地方,留下的古史踪影和文化碎片,如同穿过树丛的光线,透过密密麻麻的游人的身影,让人遐思,给人的想象余地很大。

唐《云南志》(《蛮书》)作者樊绰说到云南的"蛮界"时有言,"南蛮奸猾,攻劫在心,田桑之余,便习斗敌"。这一小段话,读起来像是哥伦布发现"新大陆"后的两三百年间欧人对恐怖的印第安人的记述。云南这个地理概念,听起来与"新大陆"一样美好,也与"新大陆"一样,带着"野蛮"相对于"文明"的意味。公元前,朝廷便已在这个"蛮界"设立郡县,而樊绰未出世前,"中国"与"南蛮"早已有了密切的文化交流。可是,历史上蛮人的"蛮性"却似乎没有随着交流的频繁而改变,即使是到了唐这个繁华的朝代,云南那些所谓"蚁聚之众",依然"凶恶难悛",像是美洲那些凶悍的印第安人,冷不防就用落后的武器攻克"化内之人"用以自卫的先进屏障。

《云南志》给出一个意象,也让我想起民族志。以描述边缘文化为己任的民族志,被认为是近代西方人类学的表述方法。但它的力量却早已在樊绰等人的文字中得到充分显露。早期中国民族志的撰述者,有的像樊绰那样,以"永清羌虏之夷"为其立说目的,有的以"怀柔远人"、促成"天下混一"为立说的志向。被古人当成国之首要大事的"礼"(朝贡)和"戎"(征战),为古老的民族志传统提供了撰述的现实场景。在这中间,"天下事"与"国之大事"向来没有区别。而若说古代中国人有什么自己的民族志传统,那么,这个传统的特点便是,它向来不以认识论和方法论的完善为目的,而旨在融入文明的"教化"进程中,为减少五服里的"荒服"等"边缘"对于"帝都"的威胁提供"博物志学"的根据。

像樊绰那样的人到云南探访"蛮方",其宣明的目的是为了协助朝廷对边疆进行"绥靖"。没有出乎预料,自元明边疆"绥靖"之后,不少云南人已成为"化内之人"。随着各个时代的"改造",云南进一步融入了中华民族的大家庭。所以,在我们这个时代,作为"主体民族"的汉客造访云南,已没有对"羌虏之夷"的恐惧,而古老帝国理想中的"外延策略"早已随着民族国家的兴起而丧失了吸引力。

然而,所有的变化似乎并没有带来"教化"心态的衰落。20

世纪50年代,带着摩尔根的《古代社会》去云南的民族学家,除了"抢救"古代遗留的丰富多彩的"性文化"和氏族社会史资料外,恐怕对之进行社会改造也是主要目的。即使是在二三十年前,背着绿色书包、拿着红宝书去的,大抵也与这些古人意象中的"教化"有些许类似之处。不同的倒可能是这些年。十多年来,去到云南这个地方的"外省人",开始有了某种值得注意的特殊"猎奇心态"。此时,摩梭人的"走婚"、大理的"金花"和蝴蝶泉、中甸的"香格里拉"等,早已分别通过原始社会史、浪漫电影故事、外国小说等形式的渲染,走进了千家万户。而我们来到云南,也不再是去"教化蛮人",更不是去"宣传思想"了。游人今天来往"滇国",如果说带有什么追求的话,那么,它便有点接近于人类学家精于钻研的"朝圣仪式"。

云南不存在供百姓朝拜的神灵,也不是革命者向往的"延安"。不过,这里蕴藏着一些供人想象的、与人们日常生活的常规不同的东西,一种与我们的"结构"对反的"反结构"。它们与我们的生活构成反差,反差吸引着游人,让他们期待到了那里能像朝圣者那样陶冶一下情操。

随着文化心态的"朝圣化",云南的文化景观也发生了翻天覆地的变化。昆明这个云南的"治所",今天已成为民族文化的大观园。原来居住在边远山区的少数民族,今天已"进军"昆明,办起餐饮、娱乐等"文化产业",使今天云南的25个少数民族,个个在昆明都能寻见自己的"文化象征",使昆明变得像当年北京的圆明园那样包罗万象。更有甚者,依据文化心态的演变规律，云南省政府明确制定了建设"民族文化大省"的纲领。旧式的建筑被拆除了，在它们留下的地基上，政府部门和商业开发机构大兴土木，依照旧有建筑风格，加大尺寸，建起仿古的"古建筑"来。

"好古之心"不仅自古有之，而且还有着它自古具备的双重性。若要说樊绰们游于边缘地区，为的是阐明"教化"的必要性，那也需要说，他们在推崇"教化"时不说明与"教化"了的"中土"属于不同文化类型的"蛮性"，便无法说明"教化"之优势与合法性。今天的游客去云南，大抵都恨不得能在"文化惊悸"中体会到"他者的意义"，但我们这一去也给"他者"带去了"自我的意义"——现代中国人"蛮界"的迷思。

（原载《城市俱乐部》2004年7月号）

二　大理的悍妇与乡约

大理洱源县凤羽乡有个偏僻的村子叫作"铁甲场"。我去过大理三次，也路过洱源，但从来也没有到过那座村庄；这些天乱翻书，才从云南民族出版社2000年出版的《大理历代名碑》的第537至538页间接了解到这个村名。

《大理历代名碑》是本好书，原因不少，就我在这里所要说的事而言，其中之一，就是因为书里收进的一块古碑的拓片。石碑刻记了清道光年间铁甲场村里发生的一些事情。碑文说，那个时候铁甲场村的男人们出外的日子多，居家的日子极少，没有时间凑在一起开会讨论订立乡规民约事宜。外出的男人都是良民。可是，他们外出时留在家中的妇女则"屡行不义"。她们中不少人（1）擅自砍伐本来种在河边用来防御水灾的柳茨；（2）将还没有成材的树木连根拔取；（3）偷盗邻居的家禽，翻墙而过，偷偷"采集"邻居的菜园里种植的蔬菜。村姑们已犯错，但被发现后，却"不惟不自认错"，反倒闹腾起来，甚至"转加唬吓寻死"（也就是闹着要死给别人家看）。因为这样，铁甲场村邻里之间结下了不少仇怨。1835年，乘多数男子归家之机，村里召集了一次大会，要求"盛世良民"（原文如此）要好好训诫自己的妻子女儿们，至少要使她们深刻意识到"物各有主"（也就是说东西都有产权所属），"不许仍蹈前辙"。会议组织者说，要是村姑们再犯那些错，那即使是男人不在家，也要禀请官府存案，等她们的男人回家了，就让官府"究治"。

碑文的记述部分，文字寥寥无几，未完整地记录事件的原委，亦未说明到底是耆老还是从外地返乡的青壮年召集了"村民代表大会"。不过，这寥寥的数十字已对当时村庄中的社会状况有了一个比较清晰的交代。对此我概括如下：

1. 社会学家有专门研究农民工的，他们还以为农民工是20世纪最后20年才出现的。可是，碑文说，早在170年前，云南地区的乡村已出现倾村青壮男子出外的现象；
2. 男子外出，村里留下的是老少和妻女；
3. 老少不要紧，问题在于妇女们不懂"义"，更不了解物件的产权，没有男人在家管教，她们做了一些有害邻里和睦关系和社区秩序的事情；

4. 1835年铁甲场村订立乡约，虽是男人们的"协定"，但治理的对象显然是那些可以被当作"悍妇"的女性和纵容她们的男人们。

外出"打工"与我们今天的村落社会相同。但是，就铁甲场村碑刻记述的情况看，那时的乡村与社会学家描述的今日农村存在一些明显不同：

1. 当下出外打工的现象越来越多，外出的不仅是男性，男女平等了，村姑们也外出（有的村庄甚至主要是女性外出），成为城市里的"打工妹""打工姐"，不再留在村里捣乱；

2. 现在青壮年男女都外出，留在村里的大多是老少；

3. 村里老人摸麻将、谈天说皇帝、管教孙子，孩子上学校，要是村里发生什么"不义"事件，大男人回家时也不能很快将罪过归结给女性，因而他们便也不急着订立什么"乡规民约"；

4. 着急的是政府，"乡约"于是成为对国家正式规定的法律有补充作用的"村民守则"。

上面比较得很粗糙，甚至毫无根据（我只是从一些研究得出一种大致印象），但却能将社会变迁的面貌烘托出来；由此我们也开始渐渐意识到，还是旧时的那些乡约更具体些，也更具有"规矩"——特别是夫权社会的道德。不信我们可以读读那方石头碑文罗列的以下令人慨叹今不如夕的细致条文：

见有卑幼凌辱尊长，罚银十两。

遇有松园，只得抓取松毛；倘盗刊［砍］枝叶，罚银五两。

查获放火烧山，罚银五两。

纵放妇女无耻肆恶，罚银五两。

查获刊［砍］河埂柳茨，罚银五两。

查获偷盗园间田头空地小菜，罚银二两。

污秽寺院，罚银二两。

攘窃猪鸡，罚银三两。

妙的是，欺负老人和幼儿，就要罚十两银子；偷砍树枝，就要罚五两；而偷窃猪鸡，只要罚三两（这么说，偷邻居家养的猪岂不合算？！）。这不是我在开玩笑，规定都记录在一块珍贵的石碑上。而且，读起来除了具有浓厚的尊老爱幼情怀外，还绝对比今日更环保和更具人文精神——私下说，甚至能让我反过来觉得那些"不义"的村姑敏捷地翻墙而过的动作有些可爱。最后容我重复一遍，这方石碑上的文字已整理出版，发表在《大理历代名碑》一书2000年版第537至538页上。

（原载《西北民族研究》2006年第1期）

三 "传统"的发明

1999年初次到云南，我是去参加一个学术会议的。此前没有到过云南，我便没有胆量在会上评说这个地方。到2000年，读过几本关于云南的书，接触了几位云南人，我误以为自己对云南有了新的认识。那年8月间，我参与了"云南民族文化大省研讨会暨文化产业洽谈会"的"研讨会"部分。到宾馆下榻后，电视台的一位记者，经友人的介绍，匆忙来到我的房间，说要我谈谈对云南建设"民族文化大省"的看法。记得那天我穿着一件大花衬衣，学者风度丧尽。记者顺着我的穿着，或许是讥讽或许是赞美地说，"王老师真不像一般的学者"。她又说，"特别想知道你的看法"。语气里含有的"意思"，不知缘何给了我激励。显而易见，她是位尽忠职守、聪明伶俐的记者。我也说了太多本不该说的话。

我看过一点昆明的都市景观，发觉开发与所谓"民族文化大省"之间存在着矛盾。旧式的建筑纷纷被拆除，在破旧的旧地基上，政府又加大尺寸来重新建起"古建筑"来。有一次，云南的朋友带我上街，一路上指着这条或那条古街说，"它马上要被拆掉了，明年再来就看不见了，好好看看吧！"在翠湖边上，我偶尔能见到捧着长烟杆的吸烟者，夜间也能见到青年人围成一圈手舞足蹈的场面，这些都让我加深了对"文化不灭定理"的信仰。然而，"民族文化大省"这个概念，却不能不给我增添了郁闷之感。我对记者说，"对于一个人类学者来说，文化与建设二者之间是有矛盾的。文化是靠积淀、传承和保护的，所谓'建设'对于需要积淀、传承和保护的文化来说，往往会起破坏作用"。

我为云南设想了种种可能性，其中一种，涉及云南这些年来取得的旅游产业效益的根本原因。我说，东部地区20年来的发展，使东部地区的传统文化比西部地区的民族文化更早地遭受毁坏。这就留给西部一个好机会：西部唯有保持自己的"落后面"，才能长期保持自己的吸引力；倘若通过"建设"把自己的文化也给"毁"了，那么，西部的"民族文化大省建设"又有何可能？

说了这些，我还自以为有什么了不起；而记者却淡淡处之，她说，"您的观点与一些生态文化保护者很接近"。接着，她又说，"您不能忘记，云南人民也需要与东部沿海发达地区的人民一样，享有发展权"。我无言以对，当夜采访节目播出时，也没有看到自己被采访的镜头，而看到前辈费孝通教授在谈他的丽江游后感。费先生说，丽江在发展与古城保护之间找到一种两全的策略，将新城建在旧城之外，既让丽江有了发展机会，又使它的旧建筑比较完整地留在旧城区。

旅游与其他"文化产业"，已被云南人当成了"发展的硬道理"之一。这句话今天听起来已是一个常识。一旦成了常识，观念便获得了某种被称作"支配"的地位，使人谈起它时，若采取我那样的"生硬反驳法"，就会被完全"顶"回来，失去任何效果。像费先生那样轻描淡写，机智地将自己的一己之见默默"塞进"支配话语里，使它起到实际的作用，也许是比较有效的办法。对这个道理，我逐步变得愈加明白。不过，作为一个顽固分子，我不因为明白而放弃自己，更是不因为明白而禁止自己脑子"乱想"。

1999年我去云南，是去参加由北京大学与云南民族学院（现改为云南民族大学）合办的"第四届人类学高级研讨班"。在研讨班上，我提交了自己有关"民族问题"的习作。文章不短，谈的却只是人类学前辈吴文藻先生早在1926年留学哥伦比亚大学期间在一家非正式留学生杂志上发表的一篇文章。吴先生在那篇文章里谈到，中国的民族文化是多元的；尽管20世纪建设文化一体化的国家已是世界潮流，但在中国这样一个文化多元的国度里创建一个新式的国家，需要注意在政治的大一统里包容文化的多样性。比较了不同的民族国家理论后，吴先生为我们指出，欧洲民族国家的近代经验不应被当成普遍的真理来追求。吴先生的文章，让我联想起近来输入的诸多涉及民族主义的书籍。我感叹知识分子的健忘症，也以为吴先生80多年前的阐述对于我们今天理解民族文化问题，仍然有着不可多得的启发。于是，我的思绪又进入云南。

"民族文化大省"这个口号，与吴文藻关于"多民族国家"的观点一致。为了建设具有民族文化特色的省份，云南人费了许多心力。他们"弘扬"多民族文化，使自己的文化的"影子"变大了。尽管这本来是件好事，但他们似乎因过于担忧旧有的那些文化的破旧性和无规模性，而总想变之为"黑牛大影"，使之成为新、大、空的文化容器。如此一来，民族文化确实放大了，但这个"多元一体"的国度却失去了至关重要的多元性，成为一个无内涵的概念容器。

到云南后,我也想起1983年。那时,几位英国学者推出一部题为《传统的发明》的文集(剑桥大学出版社印行),其中的论文以无与伦比的丰富资料表明,诸多被人误认为是"传统"的文化形态,其实可能是晚近的发明创造。云南过去十多年来的变化,也许为这本书的作者们提供了一个良好的例证。这个例证是特别的,因为它具有自身的特色,它包含的转变是中国式的。请允许我将时间推回到25年前。那时"文革"还没有过去,"老外"来中国访问,对旧事物特别感兴趣,总要求看这看那。来自发达国家的"老外",怎么对"封建"的一套感兴趣?我们的陪同人员百思不得其解,最后总要猜疑他们是想搜集有关"中国落后面"的"情报"到外国报道,从而"给社会主义抹黑"。曾几何时,"落后文化"被我们当成"丢国家面子"的事情来对待;如今,我们在云南看到的对于"蛮性"和"古建筑"的关怀,已与过去的那个特殊的"面子论"相去甚远。在我们这个时代,"西部"以外的地区都已开发,也因为开发而失去让人陶冶情操的可能。因此,诸如云南拥有的"落后文化"成为人们追求、向往的类型。云南特有的"生态多样性"也伴随着文化的多样性,呈现着自然母亲的优美身姿,让人浮想能在自然界里重新找回"母亲的乳房"。为了这实现某种"尚古主义"的理想,这个地区创造出一种文化的多元性,借助这一别致的方法,开拓着一种别致的繁华局面。

(2004年9月2日)

四　如此"修旧如旧"等于破坏

去昆明，我必定要去呈贡魁星阁（社会学界简称"魁阁"）。西南联大时期，小小的魁星阁，成为费孝通等一代大师从事学术活动的中心。几年前去魁阁，我已看到它周边盖起的贴有白色瓷砖的丑陋高楼。我痛恨它们，我收缩眼睛的余光。为了获得美好的印象，我将眼神聚焦于外墙绿色的青苔与野草。我进入古阁，从吱呀作响的旧楼板中寻找一个年代留下的痕迹。对我而言，魁星阁最好永远是那么破落为好，因为只有那样，它的形象才像是一座历史的丰碑。

去年9月底，我经川藏公路，绕稻城去中甸，回程在昆明小住两日，又得到一次机会去魁星阁。这次幸得当地文管干部作陪，我乐不可支。如今，魁星阁的历史遗产价值被当地政府认识到了，县里将它列入文物保护范围，政府文物保护的第一个举动，便是拨出一笔款项用于维修古阁。那位文管干部显然是位有心人，他打开古阁的大门，带我进入。我眼睛一亮，见到古阁已成为一座纪念馆，四周布满照片和书籍，见证着社会学工作站的历史。我便顺着楼梯往上走，发现吱呀的响声不再，震惊中我得知，木头已全然换成新的了。我迅速爬上三楼，再冲下一楼，跑到外面，认真一看，那里的光景令我震惊：整座魁星阁已焕然一新，绿草与青苔完全没了，只有裸露的红砖和绿瓦在阳光下射出耀眼的光芒。我寻找古石，有几块被套进了墙。我心中痛骂："又一件文物被所谓文物保护毁于一旦！"我不敢将心声发出——毕竟，我与那位文管干部是初次见面，没有再了解情况，不宜装腔作势。我细声请求他，要他带我去寻访吴文藻与冰心的故居及清华大学国情研究所的旧址。那两处具有同等历史价值的建筑在当地党校围墙内。我们先去找吴先生与冰心的故居。到了地方，我问："在哪啊？"他指着一片被拆得片瓦不留、只剩支架的破楼说，"唉，那就是，县里又拨了钱整修呢。"我在那停顿片刻，心情极为深重。无奈中，要求去清华大学国情研究所陈达办公室旧址参观。不远处，我们找到了它，它原为县文庙，也是在西南联大时期成为一群知识分子的学术研讨场所的。在三处旧址中，只有这处还不完整地存留在那里，破落的文庙，木门吱哑作响，院里古树参天。尽管周边工地噪音巨大，但站在文庙前，庄严之感如旧，给予人美好的想象。我在那找了一个石板坐着，享受一下凉风与古气，而文管干部前来闲聊，他说："王教授，非常不好意思，这座我们还没修呢，保护得不好。"我此时觉得与他熟悉了起来，也就开始不客气了。我说："嘿，我看只有这文庙保护得最好！"他惊讶地问："这作何解释？"我说："其他两座建筑全被你们破坏了，好好的古物，被拆掉重建，就像是制造假文物。"他说："不对呀，王教授，我们当时还特别慎重，完全是参照故宫修旧如旧的文保政策做的，故宫不也是这样保护的吗？"我快要哑口无言之际，怒气也已冲到胸口，我说："如果故宫也是那么保护的，那么，那也就全错了，那等于是将真文物变成假文物，就像在发掘出来的器物上涂上崭新的涂料，或者更严重，将器物打碎，照它的模子造个新的。"他怔了一下，我顺势说："您今后最好建议县里保留这座文庙，我看这是贵县最后一座古建筑了……"我俩聊了许久，告别时，他谦虚地说："王教授，您让我大开眼界。"

事情过去快一年了，呈贡的文庙是否幸免于"修旧如旧"之难，我得找机会去了解。使我郁闷的是，我景仰的老魁星阁已一去不复返，我没心再次去"朝圣"，我不敢计算有多少比魁星阁重要的建筑毁于所谓的"保护"，我要询问：是否从国宝故宫，到小小魁星阁，都真的已是"修旧如旧"，成了伪文物了？我可能主观，可能错误，但如此"修旧如旧"，实在令我痛恨；我敢断言，如此"遗产保护"等于破坏。

（原载《广州日报》2006年6月28日）

五　动物园的公共性

"五一"前我去昆明讲课，后留在那里休假。在与朋友闲聊之间，我偶然得知昆明动物园即将由政府出卖。不久，我便在央视《共同关注》栏目看到有关报道和访谈，知道这已成为广受关注的事件。

昆明动物园于1953年创建，在原来的圆通公园基础上建成。动物园位于市区北隅螺峰山，半个世纪以来，动物园的几代管理和工作者辛勤努力，使动物笼舍、绿地、花卉树木与山形地貌形成和谐自然的关系，在23公顷的土地上辟出了动物饲养展出区、儿童游乐场、餐饮服务部、文物古迹点等区域，饲养有数百种珍稀野生动物和鱼类。据说，昆明动物园拥有240余名动植物专业技术人员和管理人员，他们在绿树、花香和鸟语中工作，长期从事大众服务和科普工作，还在对外交流与合作中，建立起能够重现云南"动物王国"景象的园地，使动物园的亚洲象、滇金丝猴、长臂猿、小熊猫、绿孔雀在人工条件下繁殖成小种群。昆明动物园还是一个与各大专院校、科研院所密切合作的动物学研究基地，这里的研究人员在野生物种人工饲养、繁殖、兽医防疫等技术的探索中获得值得称道的成就。

融国家公园和科研机构为一体的昆明动物园，即将被作价变卖给一家私人野生动物园，主持这项国有公共事业出卖计划的是政府机构。在接受央视的采访时，动物园主管昆明市园林绿化局副局长汪天祥说，"把动物园迁出城区既能增加城市绿地，又能让动物回归自然，是一举多得的好事。过去想做却苦于没有资金，现在天赐良机，浙江湖州金京集团愿意拿出一个多亿来投资，市政府对这件事全力支持"。

这个"官方"的观点，显然没有得到昆明动物园职工的支持。据说，买卖没有经过专家论证和建设局审批，更没有征求职工意见。

一些报道强调票价问题，说搬到野生动物园后，门票将从原来的10元大幅上涨。不过，认真想来，门票的变化可能还是一桩小事，因为其他的国有公园和博物馆票价也不低。大事恐怕是昆明动物园原副园长鲜汝伦所说的：这是令人震惊的国有资产流失事件。可能是因为这的确是一个大变局，昆明动物园现任主任李韵葵说，关于省市政府的这个"规划"，"不光员工想不通，就连他这个在作价转让动物的合同上签字的人也不情愿。但这是市政府的决定，作为基层单位只能服从"。

为什么政府要变卖掉昆明动物园？对于这个关键问题，我们得不到什么明确的解释。据鲜汝伦受访时所说，原因并不是昆明动物园管理不好，经营不善，效益低，"它是一个在经营管理和科研方面都搞得很好的动物园，曾经被评为全国十佳动物园"。此外，据说这个动物园每年还能给政府带来几百万元节余。那么，是什么原因推动了省市领导下这么大的一个决心？当记者问到作为上级的园林绿化局"为什么要卖掉一个效益很好，并且每年还能给自己上缴几百万元结余资金的动物园"时，市园林绿化局分管此事的副局长解释说，10年前，政府就"提过"动物园搬迁了，当时没有钱，所以没办成，现在有来自浙江的一个集团"愿意拿出一个多亿来投资"，"天赐良机"，便被当成昆明对外招商引资的重要项目批准了。他认为，"从城市的发展来看，实际上动物园的搬迁，应该说是大势所趋"。而至于为什么是"大势所趋"，他则又依据政府10年前的那个"规划"来解释。

显然，政府并没有对事件的原委给出一个公开圆满的解释。解读政府官员的这些"辩解"，我们也容易发现一些具有实质意义的问题。比如说，10年前政府的一个决定，能否被说成是10年后的"大势所趋"？上亿的资金是否就能与一个有历史意义的国民公共资产对等？招商引资是不是所有一切的理由？我还特别怀疑，地方政府是否享有将其"治下"的国有事业单位当成商品出售的权力？想出售动物园的政府，目光肯定不只盯着那一个多亿，市区的那片土地的价值也还是吸引人的。这其中包含的"理性经济人"的因素，等待着经济学家来解释。而无论如何，昆明动物园的具体主人应当算是生活在昆明的所有市民。拥有着这一"公共物品"的人，是"国民"而不是土司治下的部落民。从这个逻辑推演下去则可看出，大凡诸如昆明动物园这样的机构都应该算是"国立"的，至少它们属于国家"公共物品"的组成部分。要变卖这种机构，恐怕至少不仅需要国民支持，还需要合乎国家的社会利益才行。

几年前，我愤怒地看到东南沿海一座城市将所有41家国营企业以三个亿的低价出售给所谓"外商"的事件。一段时间以来，我走过了中国的更多地方。我在旅途中的一个"大发现"是：现在，被变卖的"物品"越来越多了。有的地方在利用诸如江河山脉这样的自然资源时，也对之实行"招商引资"，结果使群众利益受损，政府财政收入也没有因此提升。

私利对于涉及面至为广泛的"公共物品"的侵袭，或后者因为所谓"缺乏资金"而向前者"投降"，是中国改革中必须引起关注的问题。我们当中总有人以为，将所有本来应该是"不可交换"的"物品"变成"完全可以交换"的"商品"便是"现代化"了。其实，这种"现代化"的观念给我们带来的结果，毋宁说是社会现代性的自我削弱。社会理论家们已经耗费了一个多世纪来阐明：现代社会生活方式的特征之一，固然是"物品"的广泛可交换性；然而，这种社会要奠定自身的基础，却需要创造出神圣的、不可交换的"公共物品"，以维持社会自身的一体性和凝聚力。可能正是因此，大多数发达国家才在允许以至鼓励"财团法人"经营慈善和事业机构等"非政府组织"的同时，耗巨资营造和维持大量属于公民的公共空间——广场、公园、戏院、动物园、博物馆、学校、医院，等等。这些被界定为神圣不可侵犯的"公共物品"，被认为对于现代社会的正常生活至关重要。

总之，昆明动物园被变卖的事件不应被孤立看待。要在我们的社会中树立起"科学发展观"，我们急需严谨的理论探索，来帮助我们在"可交换"与"不可交换"的"物品"之间画出一条符合社会整体利益的界线。

（原载《经济观察报》2004年5月31日）

六 保住我们的"处女江"

报道称怒江六库水电站已破土动工了。怒江是我国"最后一条尚未开发的处女江"。这条大江发源于唐古拉山南麓，经西藏流入怒江傈僳族自治州境内，据说水电的"理论蕴藏量"有3 640万千瓦。而项目将涉及怒江中下游河段，预计开发装机容量达2 100万千瓦。水电站将设在六库，这是怒江傈僳族自治州的政府所在地，一座历史文化名镇。

怒江傈僳族自治州是云南西部边疆的屏障，境内海拔4 000

米以上的山峰达20多座，河流分属怒江、澜沧江、独龙江三大水系。怒江峡谷长310公里，平均深度为2 000米，据说仅次于美国科罗拉多大峡谷，乃是"世界第二大峡谷"。州府六库镇，总人口39.6万，以傈僳族为主体，亦有怒、独龙、普米、白、彝、藏、汉、纳西、傣、景颇、回、苗等民族。少数民族占总人口的91.46%，其中傈僳族占总人口的51.9%。一个以傈僳族为主、多民族共居的地方，其民族风情之浓郁实属罕见。而由于怒江地区濒临欧亚和印支两大板块的结合部，地质构造运动造就了怒江全境沟壑深切的壮丽景观，境内独龙江、怒江、澜沧江三条大江从西向东相间排列，由北往南纵贯流经的山脉，切割出三条悠长的大峡谷。加之，怒江州属亚热带山地季风气候，具有立体气候的特点，境内的"三江"峡谷地带，自峡谷到峰顶分布着多种多样的自然景观。无论是从文化多样性角度看，还是从地理—生物多样性角度看，这"最后一条尚未开发的处女江"流过之地，都可谓是一块宝地。

在怒江壮景之中矗立着数座水电站，均是地方政府的计划。电站规模巨大，其装机容量预计将达12.8万千瓦。水电站的价值，对于地方政府和开发商都是可以算计的。建立水电站言明之目的，在于解决怒江州电力供应不足和满足对缅甸东部地区的电力输出需要，同时也在于与国家电网相连，准备为"云电东送"做准备。地方政府反复强调水电站的经济效益，说开发这"最后一条尚未开发的处女江"，便能为怒江州地方政府带来大量的财政收入，以至于能够促进地方社会经济的变革。

对于怒江六库水电站项目，不是不存在争议。尽管国家"环评"报告还未出台，但有专家说，项目对于自然环境和生态无疑存在重大的负面影响，这事属确实无疑。从社会公平方面考察，项目如何在实施过程中平衡地方政府、开发商与百姓之间的利益关系，又是一个值得谨慎处理的问题。更有专家指出，这样的开发项目面临着财政收入与民族文化遗产保护之间的严重矛盾。固然，一如地方政府官员所辩解的，水电站的确能每年给怒江地区带来10个亿的财政收入，而这笔财政收入兴许也能有利于当地百姓。但是，从水电站建设中每年图得的这10个亿，能否抵消建设项目导致的环境和生态"消耗"？能否抵消它所影响的数十万百姓的生活？能否真的不毁坏怒江峡谷带丰富多彩的民族文化形态？问题没有得到令人满意的解答。

怒江六库水电站项目不是一个孤例。在中国的大地上，还剩下多少条幸免于"开发"的河谷？既然说怒江是"最后一条尚未开发的处女江"，那么，即使我们算上那些小溪小流，所剩的恐怕也是微乎其微了。去年我去走访四川平武白马人的村寨，白马寨子多分布于岷江河谷两边的山坡和山脊上。路上我看到县政府主持下的水电站建设项目也已动工，飞扬的尘土掩去了多少白马文化的壮景。现在，车还是沿着山谷底部行驶的，据说等水库竣工后，公路便要改道，从山脊上绕着水库走，而那些处于山谷间的老式白马山寨和它们的优美传统建筑，也将被大水淹没。为了兴修水库，地方政府正忙于组织白马寨民搬迁。路上我们恰巧遇到几位身着白马人服饰的壮汉正在与几个干部模样的人争吵，一问，居然是白马寨子的代表在与乡干部围绕拆迁的问题"讨价还价"。车子沿着弯曲的河道驶离，回望白马人的河谷，我不由得慨叹历史进程的残酷。

大人类学家列维-斯特劳斯说，"社会是由风俗和习惯构成的，如果将这些风俗和习惯放在理性的石磨下去磨，就会将建立在悠久传统之上的生活方式磨成粉末，使每个人沦为可以互换而且是不知其名的微粒……"在我们这个时代，诸如"财政收入"这样的"理性"石磨强大无比，它的计算公式常能使人兴奋，以至于它自身潜在地成为一种具有巨大"说服力"的"观念"和"心态"。"理性"时常有它的推动力，也时常在生发这种推动力的同时，使人产生"失忆症"——让我们彻底忘记无数"人与天斗"的故事中包含着的惨烈，让我们彻底忘记社会存在的基石正是被这种"理性"的石磨研磨着的文化。于是，倘若我还有声音，我还是要为了记忆而呼喊：保住我们这些所剩无几的（以至于可怜的）"处女江"。

（原载《经济观察报》2004年4月19日）

鸡足山与凉山

1943年初,费孝通与其师友潘光旦赴大理讲学,有机会攀登闻名遐迩的鸡足山,留下了名篇《鸡足朝山记》,优美的散文中暗藏着关于历史与神话之别的尖锐说法:

我总怀疑自己血液里太缺乏对历史的虔诚,因为我太贪听神话。美和真似乎不是孪生的,现实多少带着一些丑相,于是人创造了神话。神话是美的传说,并不一定是真的历史。我追慕希腊,因为它是个充满着神话的民族,我虽则也喜欢英国,但总嫌它过分着实了一些。我们中国呢,也许是太老太大了,对于幻想,对于神话,大概是已经遗忘了。何况近百年来考据之学披靡一时,连仅存的一些孟姜女寻夫,大禹治水等不太荒诞的故事也都历史化了。礼失求之野,除了边地，我们哪里还有动人的神话？[1]

费孝通是个幽默的人，他自嘲说，"我爱好神话也许有一部分原因是出于我本性的懒散。因为转述神话时可以不必过分认真，正不妨顺着自己的好恶，加以填补和剪裁。本来不在求实，依误传误，亦不致引人指责。神话之所以比历史更传播得广，也就靠这缺点"[2]。

希腊的神话，英国的实利主义，中国的历史，三个形象跃然纸上，而费孝通此处对神话显露出时常不怎么爱流露的热爱。也正是因其对神话的热爱，在鸡足山上，他对自己此前的社会科学生涯展开了反思："礼失求之野，除了边地，我们哪里还有动人的神话？"其时的费孝通决心已下，想在西陲"大干一场"（这是2003年某月某日他私下告诉我的原话）。

费孝通还别有一番心绪：

> 若是我敢于分析自己对于鸡足山所生的那种不满之感，不难找到在心底原是存着那一点对现代文化的畏惧，多少在想逃避。拖了这几年的雪橇，自以为已尝过了工作的鞭子，苛刻的报酬；深夜里，双耳在转动，哪里有我的野性在呼唤？也许，我这样自己和自己很秘密地说，在深山名寺里，

---

[1] 费孝通：《芳草茵茵——田野笔记选录》，济南：山东画报出版社，1999年，第135页。
[2] 同上。

人间的烦恼会失去它的威力，淡朴到没有了名利，自可不必在人前装点姿态，反正已不在台前，何须再顾及观众的喝彩。不去文化，人性难绝。拈花微笑，岂不就在此谛。我这一点愚妄被这老妪的长命鸡一声啼醒。[1]

用佛教的意境去反省自身，作为现代文化传播者的社会科学家费孝通透露了他暗藏的真诚。

1943年，费孝通的魁阁时代已过去。而此后数年，鸡足朝山时表露的反思，却又似未产生太大影响，他继续书写了大量乡土研究之作，同时也穿行于英美著名大学的校园里。

也是在1943年，他曾经的同学林耀华借暑假带领考察队进入川、康、滇偏僻的大小凉山地区，耗时87天，在彝区穿行，四年之后，写出了名篇《凉山彝家》。林耀华的著作是民族志式的，但被其民族志式的书写包括进去的内容，却来自一次"探险式"穿越。这次调查的空间跨度，就连时下人类学家为了自我表扬而设的"多点民族志"都比不上。

为了维持民族志式文本的科学性，《凉山彝家》一书的文字不能与费孝通的《鸡足朝山记》媲美。然而，其简朴练达却实为一种"内涵美"。

《凉山彝家》一书最诱人的部分，是关于"冤家"的那篇。如其所说，"任何人进入彝区，没有不感觉到彝人冤家打杀的普

---

[1] 费孝通:《芳草茵茵——田野笔记选录》，第141页。

遍现象。冤家的大小恒视敌对群体的大小而定，有家族与家族之间的冤家，有氏族村落间的冤家，也有氏族之间的冤家。凉山彝家没有一支完全和睦敦邻，不受四围冤家的牵制"[1]。凉山彝人结冤家的原因很复杂，有的属于"旧冤家"，怨恨由先辈结成，祖传于父，父传于子，子又传于孙，经数代或延长数十代，累世互相仇杀，不能和解；[2]有的是"新冤家"。而无论新旧，冤家的形成背后都有一个"社会原理"。在彝人当中，杀人必须偿命，如杀人者不赔偿，被杀者的血族即诉诸武力，杀人的团体团结抵抗，引起两族的血斗，渐渐扩大成为族之间的仇杀报复。[3]另外，娃子跑到另一家，也会引起两族仇怨，妇女遭受夫族虐待，回家哭诉，引起同情，母族则会倾族出动，为其伸冤。[4]打冤家属于"社会整体"现象，"并非单纯的战争或政治，也不是单纯的经济或法律。好像阶级制度一样，冤家是罗罗文化的一个重要枢纽……生活的各方面都是互相错综互相关系的连锁，无论生活上哪一点震动，都必影响社会全局"[5]。这牵扯到彝人的内外有别社会观："彝人在氏族亲属之内，勉励团结一致，共负集体的责任，因此族人不打冤家，若杀害族人，必须抵偿性命。若就族外关系而言，打冤家却是社会生活的一个重要机构，因有打冤家的战争模式，历代相

1　林耀华：《凉山彝家的巨变》，北京：商务印书馆，1995年，第81页。
2　同上。
3　同上，第82页。
4　同上。
5　同上，第89页。

沿，青年男子始则学习武艺，继之组织远征队，出击仇人冤家或半路截劫，至杀人愈多或劫掠愈甚之时，声明愈显著，地位亦增高，渐渐获得保头名目，而为政治上的领袖。"[1] 也便是说，冤家须在氏族亲属范围之外。与这个"外"打冤家，是氏族"内"团结促成的机制。而彝人首领也是在这个内外"冤家"关系中形成的，其对外的"暴力"程度高低决定其对内的受承认程度高低。

听来，打冤家是令人生畏的"械斗"，而在彝人当中，这种行动却具有高度的礼仪色彩。这种常被当作"战争"来研究的现象，如同仪式那样，分准备阶段、展示阶段、结束阶段。出征以前，勇士先要佩戴护身符，取些许小羊的毛，或虎须，或野人的头发，请毕摩念经画符，缝入贴身的衣服之内，隔离女色，此后，便相信它有21天"保护期"。[2] 临近出征，还得占卜，占卜方式有木卜、骨卜、打鸡、杀猪等。战争胜负不被认为与双方军事实力大小或战士的勇敢程度有关，而被认为是由神冥冥之中安排的。若是大型的打冤家，则牵涉到不同氏族的联盟，各族壮士还得举行联合盟誓之礼。展示阶段也富有戏剧色彩，偷袭是彝人战争的作风。战争不以彻底征服对方为宗旨，"彝人的战争，多不持久，往往死伤一二人多至三五人即行退却或暂时停止"[3]。这种"战争"，似与我们习惯所说的战争有巨大差别，它的理念不是死

---

1 林耀华：《凉山彝家的巨变》，第89页。
2 同上，第84页。
3 同上，第86页。

而是生，如林耀华所说，"罗罗不重杀戮，视人命很宝贵"[1]。更有兴味的是，打冤家程式中，常还包括一种另类展示：

> 当年罗罗械斗的时候，有黑彝妇女盛装出场，立于两方对阵之中，用以劝告两方停战和议。这等妇女与双方都有亲属关系，好比一方为母族，一方为夫族。彝例妇女出场，两方必皆罢兵，如果坚欲一战，妇女则脱裙裸体，羞辱自杀，这么一来，更将牵动亲属族支，扩大冤家的范围，争斗或至不可收拾的地步……[2]

议和是终止冤家关系的手段。而这种手段，也全然沉浸于当地社会关系体系中。亲戚与朋友，是议和的中间人。而要谈和，条件还是人命这种价值昂贵的东西。冤家的结怨，本已与人命有关，一个氏族中一人遭杀，等于是本族丧失了一份财产，如同娃子被抢到别的氏族里去一般。同样地，对于女性的伤害，也是对于人命这种财产的完整性的伤害。而要解冤家，一样也要进行以命抵命的交易。"冤家争斗如经几度抢杀，到和解之日即可用人命对抵。黑彝抵偿黑彝，白彝抵偿白彝，无法抵偿的人命，则出命价赔偿。"[3]

直到1949年，列维－斯特劳斯才开始基于汉学家葛兰言（Marcel

---

[1] 林耀华：《凉山彝家的巨变》，第86页。
[2] 同上。
[3] 同上，第88页。

Granet）的理论延伸出结构论。其时，中国人类学家们已无暇顾及海外人类学的巨变。此前数年，"东洋帝国"的入侵，又使他们沉浸于国族捍卫当中。也因此，毫不可怪地，林耀华分析彝人战争，只能固守拉德克利夫－布朗从涂尔干那里学来的"整体社会观"。[1] 然而，作为一个有高度知识良知的学者，他却充分尊重见闻中的事实，而在"冤家"这个章节里，竟为我们提供了论证结构交换论所需要的证据。

关于彝人的"战争"，林耀华的多数信息来自受访人说的故事。如其所言，20世纪初，因新武器的引进，富有礼仪色彩的"战争"已渐渐减少。我不以为故事与"事实"毫无关联，林耀华能将之梳理成民族志，说明故事至少在"社会意义"上实属真切。故事与"事实"在民族志中合一，形成了如同神话般的"思维结构"：

1. 在"冤家"背后，有个人命作为财富的生命伦理观。

2. 这个观念的存在，使彝人珍惜生命，且视之为可交换之"物"。生命之终结，被视为一种对于价值极高的集体财富的损害。因而，若不赔偿，便等同于对这个集体价值的彻底颠覆。

3. "械斗"乃一种维护集体价值的手段，因而，其性质不同于现代意义上的"战争"。其"巫术性"、展示性及得到极大限制的伤害程度都表明，其性质内涵为群体之间的关系互动。

---

[1] 林耀华早已于20世纪30年代运用拉德克利夫－布朗的理论解释了中国东南的宗族。见林耀华：《从书斋到田野》，北京：中央民族大学出版社，2000年，第156—170页。

4."冤家",是一种因伤害了人命而伤害了团体之间正常关系的关系,它并非绝对的"敌我",而是受到亲属制度的高度约束的关系。妇女在战斗过程中的表现,及亲戚、朋友在"战后"的活动,都属于这类约束。

* * *

在同一年里,费孝通与林耀华,一个在鸡足山,一个在大小凉山,一个表露着"那一点对现代文化的畏惧",一个铺陈着异族生活对于我们的启示。二者之间因个人关系微妙而未遥相呼应,但却在国家遭遇不幸的时刻,各自有如哲人,反省自身。在"他山"上,费孝通听说一段神话:"释迦有一件袈裟,藏在鸡足山,派他的大弟子迦叶在山守护。当释迦圆寂的时候,叮嘱迦叶说:'我要你守护这袈裟。从这袈裟上,你要引渡人间的信徒到西天佛国。可是,你得牢牢记着,惟有值得引渡的才配从这件袈裟上升天。'迦叶一直在鸡足山守着。人间很多想上西天的善男信女不断地上山来,可是并没有知道有多少人遇着了迦叶,登上袈裟,也不知道多少失望的人在深山里喂了豺狼。"[1]停步于人生的一个悲观阶段,费孝通没有叙说他在鸡足山上也见识到的中印文明之间那片广阔地带的缩影。而忘却佛国、依旧带着社会科学理想进入"他山"的林耀华,也无暇从那个被圈定的彝人分布区中走

---

[1] 费孝通:《芳草茵茵——田野笔记选录》,第136页。

出来，考究入山的前人之故事。

出于微妙的背景，"佛教化"的鸡足山，"彝人化"的大小凉山，一个被圈入"大理文化区"，一个被圈入"藏彝走廊"。尽管两个地区都与印度—东南亚—中国西南连续统有密切的关系，且大理文化区也一度被圈入凉山，但二者之间却还是有明显的不同。

《鸡足朝山记》与《凉山彝家》，不过是两个学术人物之间差异的反映。在凉山所处的"藏彝走廊"地带，林耀华笔下的别样战争传承着古代"生"与"财"的观念。这些观念兴许依旧解释着战争、礼仪—宗教、贸易的合一。只不过，"冤家"这个词汇，兴许表现了这一合一具有的接近于"暴力"的形貌。彝人是否也曾守护过释迦遗留下的袈裟？我一无所知；所能模糊知道的仅是，在其所处的同一个地带，那个关系的合一在藏传佛教中被表达为礼仪—宗教对于战争与贸易的涵盖，且随着这一文明的东进，深刻地影响了人们的居住与流动。费孝通、林耀华等汉人们的祖先们呢？开放的"华夏世界"早已使他们习惯了儒、道、释的"三教合一"。儒家的道德教诲本来自游学，到后来却渐渐衍化为"安土重迁"，将其"游"字让渡给道家的"逍遥游"及释家的"游方"。"三教合一"早已为祖先们所习以为常，以至景仰备至。在"华夏世界"中，彝人的战争、礼仪—宗教、贸易的关系次序，与藏人的礼仪—宗教、战争、贸易的关系次序，与"小资本主义"千年史里透露出来的贸易、礼仪—宗教、战争的关系次序，在历史中彼此消长、交替、混合，构成了其自身的特征。带着这样一种相对"混杂"的心态进入"藏彝走廊",费孝通、林耀华们的祖先们,大抵都会对在那里居住的人们表现出来的"人生观取向"深感不解,终于以之为"野",而未觉悟到,"野",恰为"华夏世界"的"另一半"。

(原载《读书》2008年第10期)

初入"藏彝走廊"记

> 峭壁阴森古木稠,
> 乱山深处指龙州。
> 猿啼鸦噪溪云暮,
> 不是愁人亦是愁。

宋人邵稽仲之《龙州》充满凄凉。如今去龙州(平武),情景绝非如此。"猿啼鸦噪"不再,而"峭壁"和"乱山"气氛虽依旧浓烈,但却给人不同以往的感受。

费孝通与白马人

不同的人去同一个地方,有不同的目的;我去平武(龙州故城),是去寻找一段旧事的起因。1978年9月1日那一天,构成了那段往事的起点。那天,"右派"帽子还没有摘掉的费孝通先生,得到一次机会在全国政协民族组做一次题为"关于我国民族的识别问题"[1]的发言。时年68岁的费先生,历尽沧桑而风华不减当年。他以其独特的平实语调,阐述了自己对于20世纪50年代民族识别工作遗留的三方面问题的看法:(1)台湾和西藏、华东南部尚没有条件进行实地调查的地区的少数民族;(2)一些"尚未作出结论的识别问题";(3)一些"已经识别过而需要重新审定的问题"。四川深山,费先生没怎么去,但他神游于那里的"平武藏人"中,用清晰的语言表达晦涩的意思:这个被识别为藏族的群体,在族属(即今日学者所谓的"族群性")方面存在着值得关注的学术认识问题。

谁是"平武藏人"?

翻开清道光版《龙安府志》,在卷二《舆地·图考》部分,我们从几幅地图上看到一个沟壑纵横的区域。地图之后列有一幅平武县图,描绘一座恢宏的城池,其内部秩序严整,土司衙门、学府、庙宇在大致南北坐向的城市内,把守着各自的空间。在城墙外面,地图在山脉的图像边上标出"火溪沟番地""白马路番地"等。[2]

所谓"番地",便是包括了费先生提到的白马人在内的少数

---

[1] 发言稿刊发于《中国社会科学》1980年第1期,引自费孝通:《费孝通文集》第七卷,第198—222页。
[2] 邓存咏等:《龙安府志》(道光版),曾维益整理,平武:平武县人民政府,1996年,第14—18页。

民族居住地。当时，白马人的人口约有数千人，除了生活在四川平武县的那些外，在甘肃文县也有他们的同胞。

历史上，平武白马人受土司、番官、头人的统治。1935年，红军长征经过他们的聚落，当地人民被误当"赤匪"惨遭屠杀。剩下的500余人，隐族埋名，依附于松潘藏族大部落，与附近其他一些少数民族一起被称为"西番"。1951年，川北行署派民族工作队访问该地，听该地上层说，他们是藏人，将之识别为藏族。1964年国庆，白马少女尼苏得到毛泽东接见，主席问她属于哪一族，她激动得说不出话，别人代答"是四川平武白马藏族"。从此"平武白马藏人"一说，成为这支族群的族称。[1]

关于白马人的族属，费先生说：

> 从祖辈传下来的史实和现实情况都说明他们既不同于阿坝州的藏族，又有别于茂汶的羌族。据最近调查，他们自称"贝"，语言和藏语之间的差别超过了藏语各方言之间的差别。在语法范畴及表达语法范畴的手段上有类似于羌、普米等语的地方。他们的宗教信仰也较原始，崇拜日月山川、土坡岩石，而无主神，虽部分地区有喇嘛教的渗透，但不成体系。[2]

费先生将白马人的族属问题，与他论述民族识别的两个一般

---

1 邓存咏等：《龙安府志》（道光版），第214—215页。
2 费孝通：《费孝通文集》第七卷，第215页。

性问题——即"尚未作出结论的识别问题",及"已经识别过而需要重新审定的问题"——联系起来。

费先生未曾亲自前往平武,但他的观点,显然与此前当地开始的民族识别努力有关。

1973年,平武县革命委员会提出重新识别白马人的请求,没有得到上级的明确反馈。

1978年8月5日,四川省民族事务委员会成立"四川省民委民族识别调查组",开始调查平武白马人聚居地白马、木座二乡。

费先生的发言发表以后,1979年7月27日至8月24日,该调查组又到松潘、南坪、文县调查。

语言学家孙宏开先生直接参与上述调查。他于1980年发表《论历史上的氐族和川甘地区的白马人——白马人族属初探》[1]一文,从语言学角度证实白马人并非藏族。白马语言的语音体系与羌、普米比较接近,不同于藏语,词汇与藏族语言同源27%多点,72%多点是土语,语法差异点多于相同点。语言方面与藏族相同的因素,是唐代吐蕃文化东进的产物。孙先生还对当地历史传说、生产方式、婚姻(一夫一妻制)、宗教信仰(自然崇拜)、习俗礼仪、物质文化等进行考察,提出一个猜想:白马人就是历史上一支氐族的后裔,而最大的可能是古史上白马氐的后裔。

费先生也将白马人与历史上的"白马氐"紧密联系起来,推测"白马藏人"是古代氐人的后裔。

---

[1] 孙宏开:《论历史上的氐族和川甘地区的白马人——白马人族属初探》,载《民族研究》1980年第2期。

氐

扑朔迷离的"白马藏人"之说，是引我去平武的"导游图"，而围绕着这一说建立起来的民族史叙述，是我游走中的发现。

白马人氐族说之外，还有藏族说、羌族说。[1]不过，氐族说引起我更多关注，这一说让人联想起中国民族史研究中的一个脉络。

早在1923年，人类学前辈李济先生完成其博士论文《中国民族的形成》，提到陕甘古代的氐、羌是中国的民族始祖，作为"同一族系的两个部族"，他们兴盛于黄河文明的起源地。[2]后来，氐在民族史的研究中一直颇受关注。如1934年出版的吕思勉《中国民族史》一书，在"羌族"一章中，引据《汉书》等文献，说古代氐羌生活在今之陕西、四川之间；秦汉时期，北方氐羌"盖皆服中国，同于编户"，但南方氐羌"则同化较迟"，在今之嘉陵江流域地区；[3]包括白马氐在内的古代氐人，曾建立过有王权的政体。

民族史学家赵卫邦在其《川北甘南氐族考略》一文中，将今之白马与《史记·西南夷列传》中说到的"氐类"之"白马"联系起来，又引用《汉书·地理志》，考证了氐族的地理分布，说刚氐道（平武、江油等地，涪江上游）、甸氐道（白水所出，甘肃文县以南，汉广汉郡）、湔氐道（岷江上游，今松潘西北，汉

---

[1] 曾维益编著：《白马藏族研究文集》，成都：四川省民族研究所，2002年，第208—224页。
[2] 李济：《中国民族的形成》，南京：江苏教育出版社，2005年，第288—289页。
[3] 吕思勉：《中国民族史》，上海：东方出版中心，1987年，第208—211页。

蜀郡境内)、氐道(东汉水发源地,甘肃天水、成县一带,汉武都郡)是古代氐族居住的地方。历史上,氐族的力量起落不定,秦汉时期居住于一个广阔的地域里。魏晋南北朝时期,这个可能包容多个族群的联盟向外扩张,形成势力强大的部族,后因内部互相攻杀而力量减弱。到了唐代,氐族受羌、吐蕃等势力的挤压,逐渐衰落。[1]

杨铭所著《氐族史》[2]也主张,氐族是历史上的一个大民族,从先秦至南北朝,分布在今甘肃、陕西、四川等省的交界处,集中于陇南地区。魏晋南北朝时期,以氐族为主,先后建立过仇池、前秦、后凉等政权。南北朝之后,氐族渐渐融合于其他民族(特别是汉民族)中。杨铭这部系统研究氐族史的著作,从先秦到汉魏,从汉魏到西晋,从前秦与后凉到仇池诸国的建立与衰亡,再到氐族的式微,生动地呈现了一个大民族的"弱小化进程"。

关于与氐人关系至为密切的仇池国,20多年前有李祖桓所著《仇池国志》[3]出版,著者广搜史料,论述了这个政权333年的历史。据该书,"仇池杨氏,恰当今天陕西省南部的汉中地区、甘肃省东南部的武都地区和四川省西北部的平武、广汉地区"[4],而川西北与甘肃武都,恰是白马人的居住地。李著还称,仇池国在古

---

[1] 赵卫邦:《川北甘南氐族考略》,载曾维益编著:《白马人族属研究文集》(辑刊之二),平武:平武县白马人族属研究会,1987年,第17—33页。

[2] 杨铭:《氐族史》,长春:吉林教育出版社,1991年。

[3] 李祖桓:《仇池国志》,北京:书目文献出版社,1986年。

[4] 同上,第1—2页。

代中国正史中一直被忽略。顾祖禹认为，仇池老是向其南北政权称臣，所以不能说是"国"。[1] 对于仇池国一直被史家忽略的原因，李氏列举几个解释，其中一个饶有兴味，他说，"由《晋书》开始，特别是南北朝各史，由于割据分裂的关系，所记史事问题很多，缺点不少，或见闻异词，或互相矛盾"[2]，从而使仇池政权的记载留下大量空白和缺环。

白马人是那个曾经建立自己政权（"国"）的民族的后裔吗？

白马人如果不是那个政权的"王室"的遗民，那么，可不可以说，他们是这个"王室"的臣民？

由于白马人的史料极少，而且不像我熟悉的华东南汉人社区那样各有族谱，因此，这两个问题要解答，几乎完全不可能。同时，在我们这个时代，痛骂民族史研究是虚构，恐怕已是学术时尚，硬要追问一个族群与一个地区内部曾经存在过的政权之间的关系，实在只能招来谴责。20年来，海内外人类学界围绕"族群认同"问题提出种种论说，使许多人相信，包括国族（nation）在内的各种"族体"，都是共同体的想象、虚构、制造的产物。在这样一个时代，重提白马人与一个古代的大族系之间的渊源关系，易于给人一种学术守旧主义的印象。我承认，后现代主义的"想象""虚构""制造"概念，确有助于消除民族或族群问题的迷雾，使我们有能力质疑诸如白马人氐族说之类时间跨度如此之

---

1 李祖桓：《仇池国志》，第2页。
2 同上，第2页。

大的历史猜想。然而,氐人与白马人历史之谜的引人入胜之处,却不断地萦绕我心:历史上,由今日看来属于地方政权的古代王国,衍变为"被识别的少数民族"的事例有不少;其中,大理国史便是一个重要范例;白马人是不是也与白族一样,有从"文明化"的政体主人衍变为一个"边缘化"少数民族的历史遭际?

总之,假如白马人真的是氐族后人,那么,他们便承载着一段悲壮的历史(这部历史显然是被埋没于"大历史"中了)。

所谓"藏彝走廊"

旧事之所以有价值,是因为我们带着它去旅行。

2003年8月,我去往平武寻找白马人。从北京飞到成都,从那里转乘汽车,走高速公路去绵阳,再从绵阳出发,经李白故里江油去平武。在平武,我先参观了"深山故宫"报恩寺,知晓深山里卧虎藏龙——正是建筑报恩寺的工匠,营造了北京故宫。接着,我寻找到白马人研究专家曾维益先生,与之一见如故。在他的引领下,驱车前往白马村寨,路经险峻的山路,去到白马十八寨,拜谒神山。次日,我们前去王朗自然保护区附近的村寨拜见做了数十年白马人"形象大使"的尼苏。

在白马村寨,我脑子里流动的,除了白马人之外,还有与之紧密相关的"藏彝走廊"一词。

费先生谈到"平武藏人",为的是说明这支族群的识别存在着值得研究的问题。行文时,费先生似要表明,他自身似乎是因

为要解决这个问题,才提出"藏彝走廊"这个概念的。他说:

> 要解决(白马人族属)这个问题需要扩大研究面,把北自甘肃、南到西藏西南的察隅、珞渝这一带地区全面联系起来,分析研究靠近藏族地区这个走廊的历史、地理、语言并和已经陆续暴露出来的民族识别问题结合起来。这个走廊正是汉藏、彝藏接触的边界,在不同历史时期出现过政治上拉锯的局面。而正是这个走廊在历史上是被称为羌、氐、戎等名称的民族活动的地区,并且出现过大小不等、久暂不同的地方政权。现在这个走廊东部已是汉族的聚居区,西部是藏族的聚居区。但是就是在这些藏族聚居区里发现了许多"藏人"所说的方言和现代西藏藏语不完全相同的现象。[1]

为追踪费先生的心路,我于1999年开始关注其魁阁时期,[2]意识到他提出的"藏彝走廊"概念对于开拓人类学区域研究的新视野具有重要价值。

费先生提出的"藏彝走廊"有其前身。1939年,人类学家陶云逵提出过相近的想法,后来方国瑜、任乃强等老一辈民族学家在长期的民族地区研究中,也形成了接近的思路,西南的地域纽带也曾引起海外研究者的重视。[3]"藏彝走廊"之说及其前身,都

---

1 费孝通:《费孝通文集》第七卷,第215页。
2 潘乃谷、王铭铭编:《重归"魁阁"》,北京:社会科学文献出版社,2005年。
3 石硕:《"藏彝走廊":一个独具价值的民族区域》,载石硕编:《藏彝走廊:历史与文化》,成都:四川人民出版社,2005年,第18—19页。

不能算是定义清晰的学术名词。与这个民族学的概念所指的地理范围重叠的，还有"六江流域""横断山脉""藏彝孔道"等自然地理与历史地理概念；[1]而近期参与推动西部旅行的有关专家用的"大香格里拉"概念，其形容的地区，实与藏彝走廊一致。[2]自然地理学、历史地理学、民族学及"流行地理学"对于同一地理区域赋予的不同解释与价值，值得我们从"表征"的角度给予揭示。从近年流行的"表征"之说看，费先生的"藏彝走廊"之说，可以说无非是对于一个地理区域的一种形容。我深深了解，借用一种"形容"，我们须慎之又慎。然而，我还是坚信，"藏彝走廊"一词，无论是否出自"形容"，都饶有兴味。

民族学一盘棋

> 我们以康定为中心向东和向南大体上划出了一条走廊，把这走廊中一向存在着的语言和历史上的疑难问题，一旦串联起来，有点像下围棋，一子相联，全盘皆活。这条走廊正处在彝藏之间，沉积着许多现在还活着的历史遗留，应当是历史与语言科学的一个宝贵的园地。[3]

多次阅读这段文字，我感到费先生通过"藏彝走廊"概念想

---

[1] 李绍明：《"藏彝走廊"研究与民族走廊学说》，载石硕编：《藏彝走廊：历史与文化》，第3—12页。
[2] 《大香格里拉专辑》，《中国国家地理》2004年第7期。
[3] 费孝通：《费孝通文集》第七卷，第216页。

表明的，既属于某个"经验事实"的层次，自身又预示着一个民族学区域研究的新视野即将生成。

在我的理解中，费先生的"藏彝走廊"概念隐含着几个具有丰富学术内涵的要点：

1. 地区性的民族学研究，不应将自身的视野局限于单个民族，若是那样做，便可能要重复论证单个民族的社会形态史；

2. 地区性的民族学研究，应关注历史与文化意义上的"围棋式串联"，将区域内部的流动关系（即"棋活"的含义）当作研究的关键；

3. 地区性的民族学研究应实行跨学科合作，考察民族间关系的复杂性与历史积淀。

白马人的族属问题，是费先生推出"棋盘研究法"的由头。他的"藏彝走廊"，则使我联想起几年前我在《社会人类学与中国研究》[1]中评价过的美国人类学家施坚雅的"市场空间结构"理论。费先生与施先生各自提出的理论之间恐还是有一定联系的，他们二者都关注区域研究，其主要的差别可能是：施氏将中国局限于汉族的区系格局；而费先生则承认，中国作为一个多民族国家，作为一个"多元一体格局"（即我所谓的"天下"），在文化内涵上远比西方汉学家眼中的中国丰富。

我学的主要是汉学人类学，对于民族问题上的"多元一体格局"体会不深。不过，比较费先生与施先生的区域理论，我能看

---

[1] 王铭铭：《社会人类学与中国研究》，桂林：广西师范大学出版社，2005年，第97—131页。

出二者之间存在着对于"中国"二字的不同理解。

对于一位深受西方民族国家观念影响的美国汉学家来说,"中国"无非包括汉族居住的几大区域;而于我看来,对于身在中国的费先生来说,博大之天下,才是"中国"的特征。费先生比施坚雅更敏锐地看到,传统中国长期存在王权多元与文化多元,他说,"这个走廊正是汉藏、彝藏接触的边界,在不同历史时期出现过政治上拉锯的局面。而正是这个走廊在历史上是被称为羌、氐、戎等名称的民族活动的地区,并且出现过大小不等、久暂不同的地方政权"[1]。

按我的理解[2],费先生从吴文藻先生那里继承了有关民族与国家的关系理论,将之与民族学与区域研究结合起来。提出"多元一体格局"的理论,这是"藏彝走廊"概念提出10年之后的事了。从这个角度看,"走廊"的概念,可以说是为"多元一体格局"理论所做的经验铺垫。[3]

费先生的论述别有魅力;在他看来,所谓"藏彝走廊",其核心特征不是别的,而是"流动"这个词所形容的所有历史过程。

在华东南的研究中,我已感受到"流动"这个词对于区域研究的重要性。以往人类学总是以"定居"来形容乡土中国。我们

---

1 费孝通:《费孝通文集》第七卷,第215页。
2 王铭铭:《西学"中国化"的历史困境》,桂林:广西师范大学出版社,2005年,第72—102页。
3 费孝通:《中华民族的多元一体格局》,载费孝通:《论人类学与文化自觉》,北京:华夏出版社,2004年,第121—152页。

不能将华东南排除在乡土中国之外，但我们应注意到，也是在这个地带内部的众多社区中，存在着不同于乡土性的巨大流动性。[1] 费先生的"藏彝走廊"，形容的恰也是"定居"与"流动"的双重组合。国内民族学将视野框定在固定化的民族上，海外汉学人类学将论述焦点集中于地域化的共同体（家族或地域崇拜）上，从不同角度造成我们对于"多元一体格局"下流动史的漠视。

从事民族研究的人类学家，怎样才能将个别族体的力量强弱之变与广大区域内部族间的关系联系起来？

民族地区的研究怎样才能更好地将纵深式的民族志地方性研究与空间上相对超然的历史想象力结合起来？

从东部汉人研究提炼出来的区系结构理论，如何能与从西部少数民族研究提炼出来的对等概念相联系，对于解释中国的"社会结构"提出具有整体启发的观点？

我决心以白马人为起点，求知这个广大的地理空间范围内人文世界的动态，寻找解答问题的可能方案。

一次学术研讨会

我匆匆结束了第一次平武之行。2003年11月，四川大学中国藏学研究所与西南民族研究学会主办"藏彝走廊：历史与文化学术讨论会"。会前，我去费先生家中，与他谈起要去开这个会。他欣然书写贺信，谈话间却对白马人研究委婉地表示遗憾，他

---

[1] 王铭铭：《西学"中国化"的历史困境》，第174—213页。

说,"白马人民族识别的机会已经失去了"。我揣摩不透他这话的含义,却早已深知我个人的平武之行,不该以族属研究为目的,而"藏彝走廊"会议,也不是为了恢复一个族群的"政治身份"而召开。在会上,我结识了这个地区民族学研究的专家。我听会,我学习,加深了对"走廊文化"的印象。从考古学发现的展示,到民族学的族际接触与融合的案例研究,四川的学者为我们提供了流动的文化史的生动说明。

我萌生了促成一次国际学术会议的念头。会后不久,我幸得机会在厦门与大学教过我的黄树民老师见面,提出联合召集的倡议。

黄先生为学务实,长期致力于农村社会研究。见面时,黄先生谈到他近些年来正在研究泰国北部的华裔社区。这个社区由1949年从云南进入泰国境内的移民成员组成,在异国他乡,经过努力,建立起自己的可持续经济模式。[1]我顺水推舟,建议他从泰国往北走,将东南亚与藏彝走廊连成一线。黄先生欣然答应共同召集一次学术研讨会。过后,他书写提案,向基金会申请资助,终于在2005年初获知其提案已得到美国国家科学基金会的支持。

2005年8月11日至17日,我们在四川大学科华苑宾馆召集了一次以藏彝走廊为主题的学术讨论会。务实的黄先生为会议拟定了以下三个议题:

---

[1] 见其后来发表的报告:Huang Shu-min, "Building a Sustainable Rural Livelihood in Banmai Nongbua: A Chinese Diaspora Community in Northern Thailand", in *Taiwan Journal of Anthropology*, Vol. 3, No. 2, 2005, pp. 1–22。

1. 藏彝走廊"地区文化生态学";

2. "走廊"地带的国家与社会关系;

3. "走廊"地带的"发展文化"。

"地区文化生态学"是广义的,要讨论"走廊"地带自然、文化与社会之间的历史关系,如生态人类学那样,将人与自然紧密关联起来。而这种关联,在"走廊"地带表现得特别明显。这个地带的许多族群仰赖大自然的恩赐生活,对于山川无限景仰,形成丰富的"自然崇拜"形式。如何将生态、社会生活与观念形态结合考察?我认为,这才是研究者需要考虑的主要问题。

至于民族地区的国家与地方社会的关系,近年来已得到不少学者重视。

会议本拟邀请研究西南中国的海外人类学家如郝瑞（Stevan Harrell）、沙因（Louisa Schein）、缪尔克（Erik Mueggler）等来参加。这几位都以研究文化认同与国家的关系著称,其中郝瑞本研究台湾,最近十几年里,一直在彝族地区从事田野工作,写了不少有关著作,以身作则,代表"华东南人类学的西行",著有新作 *Ways of Being Ethnic in Southwest China* [1]。沙因则长期在贵州调查苗族,著有 *Minority Rules: The Miao and the Feminine in China's Cultural Politics* [2]。缪尔克在云南调查彝族,因著有 *The Age of Wild*

---

[1] Stevan Harrell, *Ways of Being Ethnic in Southwest China,* Seattle: University of Washington Press, 2001.

[2] Louisa Schein, *Minority Rules: The Miao and the Feminine in China's Cultural Politics,* Durham: Duke University Press, 2000.

Ghosts: Memory, Violence, and Place in Southwest China[1]精彩之作一部,而名声大噪。几位学者事务繁忙,无法与会,实属憾事。

什么是"发展文化"?

它的确是指"发展",但又与"发展"的一般所指不同。这个概念的含义一方面指的是,所谓"发展",往往在世界各地有不同表现,其表现的不同与文化的不同有关;另一方面指的是,围绕着"发展"的观念,已形成某种类似于文化的"非理性"、象征性、政治性。"走廊"地带的"发展文化"在这两方面都有明显的案例。比如,这里的民族群体所理解的"发展",大抵与一般经济学或社会学理解的不同;而这个六江流域地带的水利开发,则表现出发展与象征和政治的密切关系。

与会的学者中,年轻一代对于上述三个话题比较容易理解,而有成就的民族学家,则多数对于历史更感兴趣。李绍明、冉光荣先生是赫赫有名的老一辈民族学家,在民族史与民族志研究方面经验丰富,他们的博学与开明堪称典范,他们的发言充分表露出对于历史的重视。而西南学者中,注重民族史的李星星、霍巍、石硕、杨福泉、李锦等,既继承老一辈的学术传统,也有不少创新,他们更重视民族之间的互动。同时,川大徐新建的"表征"研究,与西南民族大学民族学者杨正文、张建世等的"物质文化"研究,也都为会议增色不少。来自地方的马尔子、曾维益

---

[1] Erik Mueggler, *The Age of Wild Ghosts: Memory, Violence, and Place in Southwest China*, Berkeley: University of California Press, 2001.

积极参与，也提了许多深刻见解。

西南中国学术区

川大会议围绕着藏彝走廊研究该不该重视政治经济"效益"产生过热烈辩论。我自己倾向于主张将研究定义为学术性的，在总结发言中，建议藏彝走廊应是跨学科的综合研究区域。在同意黄先生的三个话题的同时，我主张侧重整体研究。结合研讨会议题与与会学者各自的专长，我建议，"走廊"研究应重视以下四个方面：

1. "走廊"的总体形象，包括地理、生态、民族、人文景观的资料搜集与制图；

2. 族群互动的历史、口述史、民族志考察，包括对于横向关系（族群间关系）与纵向关系（国家与地方社会的上下关系）的考察；

3. 物质文化研究，包括物品流动的文化史、民艺学、文化展示与遗产、旅游的综合考察；

4. 现代性与"发展文化"研究，包括地方政权史、教育、公共卫生、媒介、资源利用（森林、水等）的反思性研究。

作为一个跨学科学术研究课题，藏彝走廊研究应被界定为一个"学术区"。在这个区域，我们可以汇集海内外人才，推动与"浊大计划"类似的科际合作。

这个说法，又与一段历史有关。

1972至1973年，张光直先生在我国台湾"中研院"任客座研究员，主持了一项国际合作科研计划，课题全名是"台湾省浊水溪与大肚溪流域自然史与文化史科际研究计划"，对两溪流域的古今人地关系进行研究，参与学科包含考古、民族、地质、地形、土壤、动物和植物等，研究计划持续四年，取得了丰硕成果。[1]

张先生给计划的指导性意见是：

> 研究的主题当是人文的区域历史，及自然环境的变革在这部历史上所起的作用。作这样的研究，不但要牵涉到人文与自然诸科学，而且还需要将这些学科放在一个综合性的框架里面一起工作。[2]

"浊大计划"已是30多年前的事了，如今重复它的研究纲要，兴许让人觉得守旧。"浊大计划"在台湾的两条河谷展开，其地域范围相对横断山脉的六江流域要小得多，易于把握得多。而张先生提出的古今人地关系的研究，在今天看来，兴许也狭隘了一些。然而，依我看来，这项计划的精神是值得继承的。在我们这个时代，民族学与人类学的研究需要更广阔的视野。在民族研究与社区研究分别支配民族学与人类学数十年后的今天，我们的学科又需要在脚踏实地的田野工作的基础上，以区域为单位，综合

---

[1] 臧振华：《考古学》，载《中华民国史学述志》，台北：台北"国史"馆，1996年，第163页；罗泰：《追忆张光直》，载李力、孙晓林编：《四海为家：追念考古学家张光直》，北京：生活・读书・新知三联书店，2002年，第237—272页。

[2] 张光直：《中国考古学论文集》，北京：生活・读书・新知三联书店，1999年，第286页。

历史资料与现实观察，提高学术的解释水平。藏彝走廊为这一工作提供了地利。我们进一步需要的，可能是人和。而在这方面，西南民族研究领域的条件也可能是最好的。

会间，李绍明先生赠送给我两本书。

李先生曾领导西南民族研究学会，于1982年组织"六江流域民族综合科学考察"，对川、藏、滇结合地带横断山脉区的怒江、澜沧江、金沙江、雅砻江、大渡河、岷江六条由北南流的大江及其支流地带进行调查。这项考察工作，与中国科学院的自然科学综合科学考察队的工作相互配合，由李绍明先生任队长，童恩正、何耀华、平措次仁先生任副队长，结合四川省民族研究所、川大历史系、渡口市文化局、凉山彝族自治州博物馆、西南师范学院历史系、云南省民族研究所、云南大学历史研究所、复旦大学人类学研究室等单位的力量，动用民族学、民族史、民族语言、社会学、考古学、体质人类学等专业60多名专才，对雅砻江流域进行了试验考察。李先生赠送的两本书，便是先后于1983年及1985年发表的《雅砻江下游考察报告》[1]《雅砻江上游考察报告》[2]的考察报告集。从两本书看，李先生领导的学术团队已为藏彝走廊的考察做了良好的学术铺垫。而他亲自带动与参与的六江流域考察，可谓是中国西南"浊大计划"的开端。

---

1 李绍明、童恩正主编：《雅砻江下游考察报告》，中国西南民族研究学会编印，1983年。
2 李绍明、童恩正主编：《雅砻江上游考察报告》，中国西南民族研究学会、甘孜藏族自治州人民政府编印，1985年。

白马人小村

以"浊大计划"来激发藏彝走廊研究的思考,无意于舍弃民族志方法;我不过是想表明,田野中的研究者,若能在小地方时时思考区域问题,将眼光放得宽一点,那么,我们所谓"大社会的反映"便可以实现。区域性研究既以科际合作为方式,以建立学科间的对话与结合为目的,那么,个人式的民族志研究便无非是它需要结合的方法之一。作为人类学研究者,我所能做的,除了围绕区域的漫游与阅读之外,更重要的还是民族志。

我于2004年8月再度去平武,在曾维益先生的再次陪同下,带三位学生前去白马村寨实地调查,在那里住了短短的一周。

聚居于平武与文县的白马人人数不多,分布地域是狭隘的河谷山坡,生活空间比起其他大族群远为狭小。这使生活于此地的地方史专家(如曾先生)易于对其总体历史与社会生活形态形成比较全面的把握。而我们这些个外来人,只能在白马人村寨作短暂居留,到平武,已觉得那地方实在很大。按学科要求,我们即使能满足于研究一个村寨,至少也需要数月时间,而假如想做"大区域研究",那要投入的时间就更多了。

不过,我们的陌生人身份对研究也有益处——我能对当地形成比较鲜明而深刻的印象,能克服对当地事物"司空见惯"的心态。

我们一行五人,住进了白马藏族乡伊瓦岱惹村罗通坝组一个村民家中。我们是幸运的,就在我们在寨子里居住的那几天里,我们的住所边上、马路对面、夺补河边上，一栋新房屋被营造起来。刚进村，我们就看到河坝地里有工匠打着地基。两天后，新房子的地板都铺好了，恰好是白马人造屋的吉日，立山墙的工作开始。清晨，罗通坝的男人与女人全都忙碌起来。新房子是私人的，但这天却成为全寨的公共事务。新房主人派出拖拉机将村外的亲戚接了来，内外混杂，男女有别。女人将铁锅、米、馒头、蔬菜和菜油带了来，搬进寨子里的小学校大院子里，摆开阵势，准备炊事。男人们聚集于建筑工地，商量着立山墙的事宜。我们几个站在路对过的坡上观望，看着男人们劳动的号子一喊，一根根柱子立了起来。白马男人攀爬功夫了得，嘚嘚几下，爬上柱子，站在顶端，钉起房梁。他们不要外人掺和，更不许女人接触建筑材料，这些材料对他们来说，都像是神圣不可污染之物。女人们也要劳动，但在她们的炊事开始之前，都只能跟我们一道，站在坡地上观望。我离开人群，站在更远的地方，向建筑工地远望。此时的村庄，男女以公路为界，划分为两个组成部分，劳作的分工将全寨的成员与亲戚分成两个世界。属于私人的房屋成为男人力量的公共展示地，宅基地周围的女人，老的抽着长长的烟斗，中青年的抱着可爱的儿童，少年的虽充满活力，却不能参与工地的劳动……

对我而言，罗通坝这个小地方是一个完整的人文世界。村子位于一条溪流边上，建在山坡上，邻近就是闻名遐迩的白马神山。从村子往上看，蓝天与白云下，是一座森林密布的山。白马人将牦牛放到山顶的草场里，日常在山下耕作。他们不像汉族那样在庙里祭祀，大自然的山川就是他们的神圣空间。在这样一个地区生活，天、地、人的关系十分密切，而我们可以称这个关系的体系为"生态"。

白马人历史悠久。传说他们原来居住在江油蛮婆渡一带的平原地区。由于和诸葛亮经常交战，总是打不赢，后来诸葛亮和他们谈判，要他们让出一箭之地。诸葛亮欺骗他们，预先派人把箭插到平武一带的山里，白马人只好搬到山里去住，直到现在。

汉族的传说中，诸葛亮是值得景仰的智慧英雄，而在白马人的传说中，他被说得像是令人无奈、善于欺诈的阴险小人。传说隐含着一种对于当地人民与有政权的势力之间的"上下关系"的解释。权势之人的阴谋与白马人的无奈，叙说着这支族群的历史。其"神话结构"，从一个重要的局部解释着藏彝走廊的历史变迁。

清代，罗通坝称为"六洞寨"，有番牌2名，番民16户，男妇大小52丁口。这个村寨当时由两个头人管辖，人口规模不算太小，与岩利家（厄里）、水牛家（稿史脑）、祥述家一起并称为"白马四大寨"。

如今罗通坝共有19户，100多人，村子离从平武县前往九寨沟风景区的分岔路口只有1公里左右。

这些白马人是否真的是氐族的"剩余人口"？如今平武人为了增添自身的文化价值，已在境内的旅游胜地标出"氐人谷"的名号。然而，学者还是没有直接证据表明，他们真的是氐人的"嫡系"。

"氐人谷"意象的出现，显然是近年西部地区旅游开发的表现，从一个有趣的角度表明民族史探讨潜在的"被误读"的可能（这一点，我上面提到的几位海外人类学家都已借助"后现代理论"加以揭示）。

对我而言，更吸引人的，还是历史：我以为，即使白马人不是氐人，他们的历史，对于藏彝走廊区域的族间关系之解释，也蕴涵着重要启发。

我带着曾维益先生所著《龙安土司》[1]一书，在村寨里完成了对它的第二次阅读。

《龙安土司》书写一段常被人类学家忘却的历史。

阅读它以前，如同其他关注族群问题的人类学者，我更熟悉台湾历史人类学家王明珂先生的作品。[2] 我欣赏王先生将古史与口述史糅合为一体的方法。而在阅读中我也发现，为了指明文献"表征"与口述"表征"之间的鸿沟，王先生有意无意地忽略了流动于古史空间与口述空间之间的其他文献。

曾先生的著作参考文献的注释方法，因袭古代文人的方式，可能使以西方社会科学规范注释为时尚的学者对其嗤之以鼻。然而，也就是在这样的"不规范"中，曾先生引据相当直接的证

---
[1] 曾维益：《龙安土司》，成都：四川省民族研究所，2000年。
[2] 王明珂：《华夏边缘》，台北：允晨文化实业股份有限公司，1997年。

据表明，平武白马人自南宋到1956年，有一段历史实有根据地存在过。这些"番人"一直处在土司的统治之下。土司经元、明、清、民国，身份与政治权力历有变动，有时相对独立，有时相对更多地受朝廷摆布（如明代"改土归流"），然而他们的存在表明，朝廷对于地方上的"少数民族"实行的是"间接统治"。这种"间接统治"，使地方治理者具有相对独立的权力，而奇妙的是，正是因为如此，他们才特别地热衷于传播朝廷崇尚的教化。教化可能是土司将自身区分于"番"的手法，也可能是他们治理"番"的手法。这种东西给平武的"番区"带去一种对于人群实行分类治理的方式，无须朝廷的直接插手，即可将地方上的事摆平。直到1949年以后的数年，以"藏族自治委员会"为名，土司、番官、头人制仍然得到保留。1956年10月"民主改革"结束，这种制度终于退出历史舞台。

曾先生家风严谨，其女穷石师从四川大学民族史学家石硕教授，于2005年5月完成硕士论文《汉藏边缘的土司政治——13—16世纪龙州地方与中央的互动》，深入地考察了管辖白马人的土司那一介于中央与地方之间的微妙地位的形态变迁。

上文提到，从事藏彝走廊研究，要关注族群互动的历史、口述史、民族志考察。我特别提到，这种考察须涉及横向关系（族群间关系）与纵向关系（国家与地方社会的上下关系）。横向关系方面，在白马村寨里搜集有关白马人之间，白马人与邻近汉族、其他藏族、羌族人民之间的"互通有无"与宗教仪式关系，是核心。纵向关系方面，这支族群从费先生所说的"地方政权"

（实际可能是有自己王权的政体）衍变为村寨，从偏远的村寨衍变为受土司"间接统治"的社区，其过程中蕴涵着丰富的内涵。过去的中国民族关系史研究，过于重视民族之间的横向关系，即使是在解释纵向关系时，也力求采取民族平等的观念，将本来纵向的关系"横向化"。

在罗通坝阅读历史，使我对于民族关系史的纵向部分产生浓厚兴趣。梳理这部分历史使我们更清晰地看到，族际与更宽广视野中的强弱关系、等级关系，不能生硬地区分开来。

相比于汉学人类学的"核心区"华东南，藏彝走廊与朝廷的关系的确相对疏远。特别是在宋以后，当经济文化中心南移之后，华东南成为中华的核心区。而同一时期，西南边陲却明显地属于"化外"。然而，从白马人的历史经验中我们获得一个启示：华东南的"核心化"进程，可能恰与西部地区核心地位的边缘化进程同步。此前，在这个广大的地带活跃着相对独立的政体（即费先生所说的"地方政权"），而到了宋以后，这些相对独立的政体已纷纷解体，围绕其政体存在的周边"核心群体"，变成受朝廷委任的土司、番官、头人所间接治理的"边缘群体"，失去了政体主人的地位。

假如这个说法符合"客观历史"的基本线索，那么，作为"主观历史"的传说又怎么叙述白马人的过去？

在罗通坝，三位同学挨家挨户地进行亲属制度调查。当问及当地寨民的家族史时，令我们困惑的事情发生了：当地的民众只能记忆三代前的祖先，不像华东南的村民，能将自己的历史上溯到数百年，以至上千年前。经过艰辛劳作，学生们还是基本摸出了当地家族史与聚落史的线索。不过，我们应当承认，这样的亲属制度调查，若不是有多次"诱导"，其成果一定不大。当地人民对于祖先似存在"制度性健忘"，这使我想了很多。在汉文的记述中，这个区域的历史得到了编年史的反映。白马人自己叙说历史时，可能将时间推得比汉文方志记载的年代古老得多，但他们的传说缺少编年，"过去""古代"这些抽象的概念是他们将衍变的历史拢括为传说的技艺。

这种"无时间感"也并非缺憾，恰是这一感觉，使我们更易于切近他们的社会生活。我们聆听他们的歌谣、观望他们造屋、访问他们的祭司、观察他们的仪式、询问他们关于爱情与婚姻的态度。在所有一切贴近他们的生活的努力中，我们发现，他们生活中的物，包括自然的山水、星辰、日月、树木与人造的家具、火塘、磨坊、工具等，都如同精灵般地活跃，与人生紧密相连。物质文化研究者能从他们那里发现"民艺学"的素材，文化史研究者能从他们那里发现其他地方也能发现的物件，一点一点地串联起来，形成一个文化区域。在文化区域之下，又可能发现这些蕴涵着文化精神的物件如何与当地生活结合起来，成为人与物关系的表达形式。

从土司制度到地方的直接行政的转变，早已将白马人的世界"对外开放"，而这些年来的"发展文化"，又给当地增添了更多异乡之物。山寨度假村与水电站，是"发展文化"的两大"图腾"。

罗通坝位于涪江支流火溪沟北岸山脚山坡上，数百米外有白马神山，那是白马十八寨共同祭祀的。这十八寨古时并没有共同的门户。可是，近年"文化搭台，经济唱戏"，神山旁边立起寨门。寨门有双重功用，一是显示白马文化的"奇异"，二是将十八寨区隔出来，作为民族文化旅游的胜地。进入寨门，游客被引向新建的度假村。这些建筑实为客栈，多为木制楼房，雕花刻画，远比一般白马民居耀眼，实为适应旅游业需要的"伪民居"。

走访白马村寨，能发现平武县也正在修建水电站。离白马神山不远处，就能看到一座水电站。这座水电站附近还建有成排的别墅，据说将与旅游业结合。水电站是火溪河梯级电站项目的组成部分，按设计规划，这个水能资源开发项目分为四级（包括自一里、水牛家、木座、阴坪电站），总投资28亿元，其中华能涪江水电有限责任公司投资70%，平武县投资30%，工程将于六年内完成。县政府特别看好这个水能开发项目，期待着每年从项目分利7 000万元，作为地方财政收入。

之所以说诸如此类的开发项目是"发展文化"，原因并不复杂：开发项目并不一定能真正给其宣称的受益者带来利益，地方即使是真的从中获益，其收入的金钱数字，也是象征性的（它是政府官员"表现"好坏的象征，也是现代国家符号体系的组成部分）。

天与人

在罗通坝考察，在矗立起来的寨门、度假村、水电站的新风景线上，我们想象一段历史，这段历史是白马的山水与文化成为他人的资源的过程。在新编《平武县志》[1]有关伐木史的篇章里，我们看到了火溪沟河谷的森林成为资源的历史：

森林开发早已于清道光十八年（1838年）开始，到民国年间，一直以建筑木材的生产为主业；

到20世纪50年代初，平武森林覆盖面积仍有52%以上，林地面积31万公顷；

1950至1952年，川北伐木公司江油伐木队进入羌族地区，在平通河沿岸伐木，为铁路建设开采枕木用料，大印、豆叩等八乡半山以下成材杂木被砍光；

1952年5月，川北伐木公司对白马河（火溪沟）原始森林进行踏勘，同年10月，批准砍伐；

1953年初，西南森林工业局成立川北分局，修建县城至王朗的骡马驮运干线及三条林区支线，在林区建立局机关、伐木场、工段等工棚房舍，进入4 000多伐木工人，对森林进行大规模砍伐；

1958年7月，成立平武伐木厂，开始在王坝楚、胡家磨、王朗等地伐木；

1959年大炼钢铁，用木炭做燃料，全县建土高炉，木炭不足，

---

1 平武县县志编辑委员会编：《平武县志》，成都：四川科技出版社，1997年。

发明"烧结炼铁新技术",烧木材为碳,一年间,100万立方米木材化为灰烬;

1961年大办农业,追求粮食生产,毁林开地,至1979年全县毁林926公顷。[1]

平武毁林史,时间与鸦片战争以来中国近代化的时间,几乎完全一致。这种一致性具体到底如何形成,还需要研究;但是,有一点是肯定的:它不是偶然的。另外,近年对于文化资源的旅游开发及对于水能资源的利用,也无非是这段历史的某种延续——它们同属于现代性将当地生态—文化体系碾磨成粉末的过程。目睹这个过程,也就是目睹白马神话世界向历史世界转化的历史。

在白马人的创世神话中,有如下一则:

> 天也有了,地也有了,动物、植物都有了,就是没有人住在中间。
>
> 天老爷派来了"一寸人"。一寸人长得太小了。老鹰要叼他,乌鸦要啄他,土耗子要咬他,连小蚂蚁也要欺侮他。一寸人太软弱,庄稼也种不出来,后来慢慢就死绝了。
>
> 天老爷又派来了"立目人"。立目人太懒惰,不会种庄稼,又不学,天天坐起吃喝。身边能吃的东西都吃光了,立

---

[1] 平武县县志编辑委员会编:《平武县志》,第515—522页。

目人也渐渐饿死了。

天老爷又派下来"八尺人"。八尺人身高力大,食量也大得吓人。种的庄稼,三年的收成还不够他一年吃。开始他还能捕野兽、禽鸟和采野果添着吃;后来这些都吃光了,八尺人没有充足的食物,知道自己只有死了,于是不断地哭,也逐渐灭亡了。

天老爷没有办法,最后才派来了我们现在的"人"。[1]

白马人将自己当成天的造物,与世界万物同为天老爷的作品。关于人与资源之间的关系,神话采取一种"中庸主义"态度,将人自身定义为既不过于弱小、懒惰,又不过于强大的物种。神话说过于弱小的一寸人死光了,过于懒惰的立目人死光了,过于强大、消耗资源过量的八尺人死光了,天老爷才派来我们这些现在还活着的人。

神话中的"生态道德"意味深长,以其自身的方式将人定义为来自天的创造、能够生存于万物之中而不至于耗尽万物的"能量"的生灵。在其罗列的四种人中,我们这些现代化的人更像是企图吃人的物种。我们"身高力大,食量也大得吓人",将世界万物当作资源,将我们自己当作必须消耗这些资源的世界主人。这种类似于八尺人的人,是现代性的人的观念,其所创造的历

---

[1] 曾维益编著:《白马人族属研究文集》(辑刊之二),第111页。

史，特点与神话完全相反，它的时间不断向前、空间不断膨胀，而人自身永远是一切的"主体"。我们的人类中心主义，与白马人传统神话中的万物中心主义及将人类视作天地中介的观念，形成巨大反差。这一反差，使我们从一个漫长的古代分离出来，成为不断"创造历史""消灭历史"的世界主人。

白马村寨蕴藏着无数细节，如我上面说到的，无非是极其有限的局部。但是，这些事情已能充分显示出藏彝走廊地带区域性综合研究所能带来的总体启发。

我们对"走廊"地理、生态、民族、人文景观进行研究，对族群互动的历史进行文献、口述史与民族志考察，强调横向关系（族群间关系）与纵向关系（国家与地方社会的上下关系）的交错，对当地物质文化研究进行分析，对现代性与"发展文化"的地方影响展开反思性探索，最终必定会为我们呈现出一个比较完整的历史图景。

这个图景时空交错，其空间是横断山脉六江流域的山水与文化，其时间是漫长的神话向短促的历史"前进"的进程。

在空间与时间交错的图景中思考，我们不再局限于"民族识别工作"。

基于这项工作对于各民族人文价值的承认，我们形成了一个新的出发点，以我们的时代为背景，深入沟壑纵横的藏彝走廊中，在那里发现一个不同于我们的人文世界的世界，感知这个世界面临的挑战。我们可以将那个世界当作复原历史的技艺，当作反观自身的镜子。

走廊内外

在寻找藏彝走廊的日子里，我反复察看四川地图。地图上广阔的平原与起伏的山地的"二元对立"，类似原始图腾，相互映照着对方。广阔的平原富饶，历来易于被纳入行政制度的治理范围，里社、驿站密布，城乡之别鲜明。起伏的山地一样富饶，但历来的治理须得仰赖土司的"间接统治"。山的险峻，河的纵深，给人一种交通不便的印象。然而，也正是这个里社制度难以建立的"番区"，历来交通发达。自古以来，山脊上走过无以计数的"原始人"；河谷边的山腰上，漫步多少马帮。费先生所说的"流动""串联"不是我们的发明，而是生活于险峻的山谷里的"原始人"的创造。基于这些创造，自横断山脉东出，人们进入富饶的汉区；西行，迈进藏人的世界；北进，目睹甘青的多元文化，经此连接于北方丝绸之路；南走，从高原下达大理，跨越山岭，进入东南亚。

2005年，我的身心绕着"走廊"行走：

1月20日，自北京去兰州，找到宁卧庄暂住，夜间在黄河边上的一家酒吧度过美好的几个小时。次日，前往天水，参观伏羲庙。23日出发去礼县，过夜之后，前往著名的拉卜楞寺。25日，从夏河经临夏，回兰州去西宁。27日，去贵德。28日去唐蕃古道上的日月亭，下午到扎藏寺。29日参观西宁东关清真大寺。30日乘火车去银川，参观西夏王陵。

2月20日，在元宵节期间，我飞抵闽南故乡，与一群历史人类学家会合，相聚于会议室。在研讨会中，朋友们专心读碑，而我兴奋地讲述着藏彝走廊的故事。我说，历史人类学将在那个被我们误认为封闭的区域发现流动。

4月9日，在北京大学英杰中心第三会议室主持"西南田野的当地经验讲座会"，聆听张锡禄先生（云南大理学院）"重构大理古代社会的重要途径——云南大理白族地区田野调查之我见"、曾维益先生（四川平武县方志办）"多元视角下的白马（氐人）文化"及马尔子先生（四川省凉山州民族研究所）"民族学研究的经验与困惑"讲座。

6月2日，自北京飞抵成都，入住蜀汉宾馆，次日到西南民族大学西南民族研究院讲述我的人类学观。6月7日，自成都飞往昆明，与友人聚会二日后，前往中甸参观赛马节。五天后，又乘车前往大理，在大理学院讲课。6月16日，从大理回到昆明，下榻于翠湖边的一家小旅馆。

8月初，从新加坡回到厦门，与大学同学聚会后，再次飞往成都，于8月11日开始参与藏彝走廊的学术研讨会。会后，我自成都飞往西宁，重访塔尔寺。

9月29日，自北京飞往成都。次日，上午乘车前往康定，当天抵达。10月1日去理塘。10月2日参观科尔寺，后去稻城。从那里去乡城，经德荣，往中甸走，路经金沙江。10月5日，又去大理，在古城住下，次日前往多种宗教并存的鸡足山，后到楚雄过夜（在彝家厨房美餐一顿）。

在藏彝走廊的南北端口处徘徊，险峻的地势已令我这个"平原人"畏惧，而贴近山水，却足以使我意识到山脊与沟壑的交通价值。

去甘肃，我本是为了寻找传说曾是氐人国的仇池山。大雪封山，我在它的周边漫游，在甘肃领略了藏彝走廊的风度。藏彝走廊中的川甘交通，巍巍壮观。

古道上的礼仪与军事

据历史地理学家李孝聪所言，四川与甘肃之间的交通道路从渭水上游翻越秦岭西段和岷山，沿白龙江河谷而下。仇池道从甘肃天水南逾秦岭，经成县、武都、文县，与阴平道相接，再经四川的青川、江油，进入四川盆地，抵达成都。除了仇池道与阴平道，还有川甘宛道，此道或走兰州南下临洮、岷县、若尔盖、红原草原，经松潘、茂汶，从灌县进入四川盆地，或从天水南下至成县，东转徽县、两当、凤州，经迦车道、连云栈与褒斜道相接。[1]

从成都经汶川、茂县，通松潘，去西北的道路也曾连接川甘与青海。这些古道起初主要供军事活动或民间商旅所用，并非官道，但历史可追溯到先秦。魏晋南北朝时期，中原和河西为十六国和北朝所控制。从江南到西域，不能再走传统的丝绸之路干

---

1 李孝聪：《中国区域历史地理》，北京：北京大学出版社，2004年，第98页。

线。于是，四川地区便成为东晋南朝与西域来往的主要通道。唐宋时期，这条古道被称作"西山道"，成为剑南与陇右地区间的主要交通线。古道到达松州（今松潘县）分途，一支向西北经叠州（今甘肃迭部县）、洮州（今甘肃临潭县）通河湟，与丝绸之路相连，曾是吐谷浑、吐蕃、党项各族与唐宋的茶马贸易通道。另一支折向东北，经扶州（旧南坪，今九寨沟县）、文州（今甘肃文县）、武州（今甘肃武都县）、成州（今甘肃成县），至凤州（今陕西凤县）与成都去长安的故道相衔，沿路官寨相应。[1]

关于元朝以来的古道，李孝聪说：

> 元朝平南宋，因争夺秦岭大散关、汉水襄阳府城久战不利，乃遣偏师由河州（今甘肃临夏）循西山"藏彝孔道"经忒剌（今松潘）绕过四川盆地，先取云南大理。为蒙古军队承担沿途后勤辎重补给任务的是色目人，他们或许是来到四川西部地区的第一批回回人。明朝立国之初，四川都有司即遣人修灌县以西的西山路，洪武二十四年（1391）开始在修治桥道的同时沿松茂驿路建造驿站关堡，派兵驻防，并多次用兵转输粮饷。清朝裁并驿站代之以邮递交通机构的塘铺，间隔十里或数十里设一铺，由铺司一人管理铺务，以铺夫、铺兵递送往来文书。松潘以上设塘，每塘设军塘夫接递文书。明清官方机构的增设应当是汉式聚落建筑大量出现的主

---

[1] 李孝聪：《中国区域历史地理》，第98—99页。

要原因。明清两代西山松茂驿路运往阿坝地区的边茶曾达七八千担。另一方面,由于此道通川、甘、青、新,虽然路途艰险,却远离官方大路,故又为私贩烟土的商人所看重。为此松茂驿路又必然应运而生许多为商人行旅提供食宿的服务机构。千百年来松茂驿路承担了四川盆地与川西北和西北地区各族人民经济文化交流的重要任务。[1]

经常"流窜"于藏彝走廊的民族学家李星星先生,在论及藏彝走廊时指出,横断山脉的"通道",是由若干山川构成的"自然通道",其大致样貌是:北起今甘青交界的湟水和洮河流域,经川西北岷山、岷江流域,沿岷江、大渡河及两侧山脉向南,经川西和川西南山地,接金沙江、雅砻江及安宁河流域,再向南延伸,直入滇西。他将通道的历史追溯到史前时代,指出通道的存在早于文献对它的记载。数千年来,通道为包括氐、羌、夷在内的古代民族所使用,这些民族是如今操藏缅语的藏、彝、羌语支民族的先民。通道与著名的古代南方国际商道"西南丝绸之路"连接。[2]

想象藏彝走廊的古道,也能想象它们与古代贸易与军事之间的关系,它们即使不能说是后者的产物,也可以说与之共生。而明清时期官道与私道的分离,官道与驿站、铺司、朝贡体系设置

---

[1] 李孝聪:《中国区域历史地理》,第100页。
[2] 李星星:《论藏彝走廊》,载石硕主编:《藏彝走廊:历史与文化》,第32—68页。

的紧密结合,及私道与茶、盐、马等物品在汉番之间的互易,则可以说是以定式化的行政—教化—朝贡制度为特征的治理,与以流动化的民间组织(如马帮)为特征的互易并存的典型表现。

藏彝走廊涉及的这些形形色色的行政地理与经济地理概念,使我联想起明清时期华东南地方行政区位制度与海上丝绸之路的并存状态:对于华东南而言,土地与海的"二元结构",是其文化的双重特征;而对于藏彝走廊而言,构成"二元结构"的,是土地与山。如同海上丝绸之路,横断山脉的孔道也可以具有朝贡与私商贸易的双重性。

2005年9月底至10月上旬,我经康定、理塘、稻城、乡城、德荣,去中甸和大理,一路想起"茶马古道"这个概念。

1990年夏天,木霁弘、陈保亚、王晓松、李林等一批云南青年才俊追随马帮的足迹,踏上山谷里的古道,"经过了雪山峡谷,激流险滩,人迹罕见的荒原草地,野兽出没的原始森林"[1],完成了"茶马古道"探险,写就《滇藏川"大三角"文化探秘》[2]一书。什么是"茶马古道"?木霁弘在后来写的一本书里说,"茶马古道以马帮运茶为主要特征……茶马古道上的马帮把汉地的茶,吐蕃的马、骡、羊毛、羊牛皮、麝香、药材等互换,运输方式是人赶着马在高山峡谷中跋涉"[3]。特别是在滇藏川的所谓"大三角"中,马

---

1 木霁弘:《茶马古道上的民族文化》,昆明:云南民族出版社,2004年,第4页。
2 木霁弘、陈保亚、王晓松、李林:《滇藏川"大三角"文化探秘》,昆明:云南大学出版社,1992年。
3 木霁弘:《茶马古道上的民族文化》,第27页。

帮络绎不绝,以运茶为主。将马帮踏出的古道叫作"茶马古道"是否能完整包括运输的货物的所有类型?马帮运输的还有香料、盐等其他互换品,因而,古道也可以用其他名称来形容。然而,"茶马古道"代表的那个意象,已相当生动地形容了藏彝走廊物品流动的特征。这些古道,既有帝王的朝廷与"地方政权"交易的痕迹,又有相对超脱于朝贡政治的私商贸易,如同河西走廊、唐蕃古道与海上丝绸之路,形成内外与上下关系的网络。如同历史地理学家所谓之"藏彝孔道","茶马古道"也可以用于征战与抵抗,其存在生动地展现着民族关系史中"礼"与"戎"这两种往来方式,共同成为国之大事的方式。

在谈到藏彝走廊时,费先生说,"这个走廊正是汉藏、彝藏接触的边界,在不同历史时期出现过政治上拉锯的局面"[1]。

什么是"政治上拉锯的局面"?

将费先生的论述与历史再度联系起来,我看出,这一"局面"实为汉、藏、彝之间长期存在的"礼"与"戎"的关系。这类关系有自身的内涵,而关系造就的所谓"局面",则可能将这三个民族之外的其他民族(如羌、氐)当作各自的"边缘"席卷于"局面"之内,使之出现台湾历史人类学家王明珂先生在《羌在藏汉之间》一书[2]中所展示的面貌。王先生将这个局面的形成原因归结为族间资源竞争,[3] 是有一定依据的。然而,用"资源竞

---

[1] 费孝通:《费孝通文集》第七卷,第215页。
[2] 王明珂:《羌在汉藏之间》,台北:联经出版事业股份有限公司,2003年。
[3] 同上,第410—411页。

争"这一来自资本主义市场经济的概念来描绘古老的民族史，似又掩盖了古道上两种"往来"（礼尚往来及市场交换意义上的物品互换与政治意义上的征战—抵抗）的真相。

在藏彝走廊上，不同宗教、不同物品、不同势力的分离与交织，为我们研究文化接触、冲突与并存，造就了一个内容丰富的"文化区"。

藏彝走廊的研究者进入具体研究时，要分工才能合作，他们中一些人可以集中探讨"走廊"的地理、生态、民族、人文景观的面貌；另一些，则可以集中探讨这个地带族群互动的历史、口述史、民族志，可以搜集这里丰富的物质文化研究，可以对这个地区现代性"发展文化"的地方影响加以关注。

然而，我们不能放弃在这个地区寻找思想启发。

作为个人爱好，我关注藏彝走廊，试图从中感受它的历史意味。我认定，在文化史得到内容上的丰富之后，我们将能找到文化的"族间性"及这一"族间性"的等级内涵与对等追求的共生空间；而在这一空间中，宗教、物质文化与势力的多元并存与交错，可以用"礼"与"戎"这两个字形容的两种关系方式来总结，在具体的历史中，二者有时相互替换，有时同时出场。

第三方记忆

在罗通坝，我住在索珠塔家，那是一栋建在路边的二层木楼，像干栏式。索珠塔有一位太太和两个美丽的女儿，老大结婚生子了，老二曾到城里打工，当时在家等着去亲戚在县城开的餐厅工作。索珠塔眼睛有神，鼻梁笔直，脸色红润，据说儿时很得妈妈疼爱（传说他到14岁还吃着奶）。而他日常无甚作为，习惯一早喝酒，常提着酒瓶子，跟跄地沿着公路走去王坝楚买酒。幸亏我带去了一箱酒，不然与他同乐的机会就不多了。一天夜里，我掏出自己的酒，与他喝了点，想跟他学几首酒歌，他兴高采烈。我们坐在二楼栏杆上，他哼起了白马人的调子。一首完了，我一句没学会，他接着说再教一首，这样，教我数十首，我没有一首学会。他的父亲是当地歌王，索珠塔有父亲的遗传，却没有被民族音乐家发现。

后来，我查阅了肖常纬所写的《平武白马藏人民间音乐考察录》，兴奋地读到一段话，文章说：

> 酒歌的内容非常丰富，远至唱苦难的族史、颂扬祖先、叙述族规族法，近至欢庆团聚、丰收、年节，或为亲朋洗尘送行；有的则带有知识性与娱乐性。[1]

索珠塔到底教了我哪些歌，我无法记清，唯一相对有点印象的一首，内容大致是这样的：

> 夜已深，人已静，月亮高高挂山岭；

---

[1] 肖常纬：《平武白马藏人民间音乐考察录》，载曾维益编著：《白马人族属研究文集》（辑刊之二），第107页。

> 白白的月亮照人影，照见我们在一起。
> ……

从许多文章里，还能见到另一首歌：

> 藏人从西方高原撵我们，
> 汉人从东方坝地撵我们。
> 肥美的草地被藏人占去了，
> 良田水地被汉人抢去了。
> 我们像小树一样不能直立，
> 像一潭死水找不到出路。[1]

索珠塔没唱这首，而民族学家却早已发现这首白马民歌令人兴奋，他们认为它表明的历史意味深长：白马人生存于藏汉之间的夹缝里，这个夹缝，就是我们所说的藏彝走廊。

在夹缝中生存，白马人不会因此丧失幸福。他们也还是跟我们一样，是有喜怒哀乐的人。他们的酒歌有悲调，也有团聚与欢欣，如同他们的生活一样。对于这一点，我毫不怀疑。

白马人既然也是与我们一样的人，那他们在何种意义上值得我们为了"民族识别"而去从事民族学的研究？

2003年，我初访罗通坝，在村路上撞见几名刚放学的儿童，

---

[1] 肖常纬：《平武白马藏人民间音乐考察录》。

我向欢快地聊着天的他们询问他们到底说的是什么语言。不假思索，他们用流利的汉语说："是藏语！"

民族语言学家的定论是，白马人的语言里有70%是本民族土语，藏语的因素有，但占的比重很小。为什么小孩子们都将白马语言说成是藏族语言？

解释只能是，50多年前的"民族识别工作"已在他们身上打下深刻的烙印。

然而，从白马孩子们漫不经心的语调中，我也感受到另外一种可能，即，所谓"民族身份认同"，对他们而言，并没有民族学家想象的那么沉重，那么具有"压抑性"或"抵抗性"。他们语调里表现出来的既明晰又混乱的态度使我坚信：到藏彝走廊地带调查，人类学家首先要做的，并非是重复"族群理论"的种种叙说，而是将他们当成与我们同样的人来研究。

试着以我在华东南汉人社区用过的方法来贴近白马人的生活，我相信，对于任何群体而言，公共生活与私人生活都一样重要，二者缺一不可。只有私人生活的人，在这个世界上是难以存在的，只有公共生活的人，则易于陷入"无私"带来的种种困境。那么，什么是白马人的公共生活？什么是他们的私人生活？白马人的家庭模式其实与汉人差不太多。所不同的是，他们的私家，并没有如同汉族一样，膨胀成公共化的家族，而与近代西方的"核心家庭"更为接近。那么，白马人的公共生活面貌又是怎样的？华东南的经验告诉我，对于一个汉人乡村社区而言，公共生活要么表现在祠堂上，要么表现在村庙里，要么祠堂与村庙合一，要么表现在地方政治领域。如今白马人也在村委会与村民小组的组织下，土司制度取消以后，其地方政治领域出现了自上而下的直接政治关系。这一历史遭际与华东南社区一样。不过，白马人并没有祠堂与村庙。

这是否意味着他们比起华东南的汉人社区来说，公共生活相对淡漠？

并非如此。传统样式的公共生活在华东南表现为祠堂与庙宇，而在罗通坝，则表现为打粮食的场地、磨坊、山神祭祀的场所、跳面具（当地称"曹盖"）仪式的空间等等。一个家庭的房屋内部，火塘也是公共生活的焦点，人们在那里招待客人，谈天说地。寻找白马人的神圣空间，我发现，天上的星星、太阳、月亮、云彩，地上的山脉、水流、树木，就是他们的祠堂与庙宇。民族学家将对于这些东西的景仰形容为"自然崇拜"，相当妥帖。白马人也正因为身处偏僻的山谷，生存于夹缝之中，而保留了其与自然界的亲密关系，保留了对于自然的崇敬之心。他们不像我们汉人那样，已通过将我们人自己的形象强加在大自然身上，创造出对祖先与神灵的信仰。

白马人的仪式专家与巫师合为一身，是具有特殊风度的文化精英，他们以藏式文字书写着自己的语言，实践着所有与"巫"相通的职业。学者可以将他们与古代西藏"原始宗教"本波教联系起来，也可以将他们与汉人的"法师"联系起来。无论怎样，他们无非是些用自己的身心浓缩白马人"自然崇拜"所有内容的人。生存在藏汉之间的他们，对于山岳的景仰，可比汉族对神与藏族对佛的信仰。传说中有形象的山神，对于他们来说，无非是自然的化身。从他们身上，我们看到了藏彝走廊研究的另一种可能：搁置族群理论，我们看到，恰是在所谓"大民族"的夹缝之中，一种接近于"原始"的文化形态有着自身的特殊生命力。这种被人类学家形容为"冷社会"的文化，将自身疏离于"政治上的拉锯局面"之外，在与世无争中丧失了自己的竞争力。根本原因在于他们未能将交换、祭祀与战争结合为礼与戎合一的文明体系，而只是在日常生活与礼之间找到了一种持久平衡，使自己的文化有别于藏彝走廊上频繁交换、战斗与相互排挤的双方，成为第三方。

我们看第三方，也是在看第一、第二方。这兴许解释了为什么费孝通先生在提出藏彝走廊概念时，不断地想起白马人。

*　*　*

《龙州》表露出来的忧愁，难说有什么深刻的内涵；即使有，那也可能主要与作者个人的特定遭际相关。然而，这首兴许是出于偶然的诗篇，使人感悟到一位汉人在抵达一座被"番地"包围的城池时产生的"文化震撼"。

藏彝走廊上，守卫边地的城、堡、铺、卫广泛地分布在"汉番杂处"的地带。

在藏文明东进的路上，寺院与城墙也相互辉映，显露出文明的力量。

在以家支为"种姓"的彝族地区，人们之间的社会身份严整区隔，造就一种无须集权制度便能将一个社会维持下来的国度。

研究藏彝走廊，就要研究这些空间的"节骨眼"及其内部的组织形态。然而，这些空间之外文明的"夹缝"，又是我们要着重呈现的。在其中，白马人并非是孤例。在横断山脉地带，处处可以找到近似的例子，白马人的"核心家庭"与摩梭人的"母系家族"，无非是这个地带南北两端两个形成鲜明对比的事例；在它们之间，存在着种种形态各异的"在地性知识"。这些形式，令古代文化为之忧愁，它们有的与凶险的山岳与湍急的河流结合得如此紧密，以至于连爱好山水画的古代汉族文人都无法理解其神秘的实质；它们有的则存在于人口稀少的偏远湖岸，山岳与河流就是他们的城池，这样一个自然的守卫线，使古代文人无法感受到"大人物"之所以伟大的缘由……民族学家若到这些地方寻找"民族问题研究的棋盘"，那也定然要发出古代文人式的感叹。因为这些形式，及被它们涵括在内的内容，或许是恰因没有成为"棋子"，才得以保留至今。

我感到幸运，因为在这个激进"现代化"的时代里，我依旧能在偏僻的山间河谷目睹古老生活世界的影子。

（原载王铭铭：《中间圈："藏彝走廊"与人类学的再构思》，北京：社会科学文献出版社，2008年，第1—33页）

土司与边政

迟至1978年,"藏彝走廊"概念才被正式提出,而在此之前,这个地带早已接纳过文明的书写者。从周边文明进入"蛮地"的文人、宗教实践者、官员、军人早已有之,他们留下了难以计数的文本。而自18世纪开始,其西部的青藏高原,也早已迎来有志于各自"事业"的欧美人士。到了19世纪之后,在"藏彝走廊"这个后发的概念划出的那个地带穿梭的探险家、传教士、军人、东方学家、植物学家、动物学家则越来越多。20世纪初期,险峻的山谷更曾有欧洲军人到访,他们能安然出山者即属幸运,而因有个别被杀于山内,山地的惊险一时既使人畏惧不前,又徒增了不少诱惑力。20世纪30年代末,生活在上海的俄罗斯人顾彼得(Pote Gullart)在沦陷的东部都市生活"枯燥乏味","感到了窒息与沉闷",渴望脱离这个"国际蜂巢",于是决定去中国人眼中的"西域""呼吸新鲜的空气"。1939年底,他乘坐传教士们的卡车进入西康。在此后穿越凉山的行程中,他碰见了不少人和事。[1]在慕里,土司让他明白,"真正的彝族是贵族的彝族,或者就像他自己所标榜的,是其黑骨头的贵族,就像英国贵族自以为是蓝色血液的贵族一样"[2]。土司在其与清末治边之臣之间的战争中胜利时,"脸上光彩焕发",重申自己的领地没有随着时间的推移变弱,且"在未来的世界中,我们将扮演一个重要的角色"[3]。慕里土司有他的世界观,但这个世界观与近代世界流行的观点不同。如其解释的,"对彝人所占领地的认识不应该与一个独立国家在外交上的认识混淆起来",在彝人首领看来,其领地,不过是"对彝族进行战争的延期偿付";"黑骨头的贵族并没有像缅甸和泰国那样形成一个国家,这里没有国王也没有中央集权,许多家支之间常常进行战争。这里没有城市,更说不上拥有被中央征服称之为首都的地方。在十分紧急的情况下,当整个种族到了生死存亡的关头,这时才会召开所有彝族贵族的大会"[4]。

土司是贵族,但没有王权、首府,这已是"历史常识"。当地的领地上进行的征战与政治活动,不过表达了"土著"对一个更高层次的权威之授权的期盼。而这个更高层次的权威,对于土司的领地,却又不维持恒久的"直接监视"。于是,在华夏人眼中的"治"与"乱"之间的摆动,乃为土司领地的常态——恰如

---

[1] 顾彼得:《彝人首领》,和铹宇译,成都:四川文艺出版社,2004年,第1—3页。
[2] 同上,第112页。
[3] 同上,第113页。
[4] 同上,第113—114页。

任乃强关于大渡河西土司咱里土千户的简短介绍所展示的：

> 咱里土千户，即古代长河西土司也。元以前，大渡河东有六土部，谓之"六番"，大渡河以西有三土部，自冷竹关以下，至磨西面，湾东，曰长河西。冷竹关以上，鱼通，打箭炉地方曰鱼通。折多山以外嘎达、木雅等处曰宁远。元时始合河西三部为一土司，曰长河西鱼通宁民宣抚司。明清因之。唯传袭既久，土司势衰，各部渐复有小头人崛起，演成分化之局。清初遂悉为青海和硕特部所并，归打箭炉营官管治。土司悋系清廷所赐封，不受青海营官铃辖，被营官杀毙。是为"西炉番乱"。其时咱里土酋权势已降，避营官威势，自甘为民。康熙自平西炉，求得各土酋，复其封爵，统辖于明正土司，一固西鄙。[1]

也在同一时期进入川西北的民族学家于式玉，对黑水的"政局"则有如下描绘：

> 黑水是帝制时代，是梭磨土司的属地。后来梭磨土司绝嗣，中央实行改土归流。名义上虽如此，而实际则认为边荒蛮野，从来没有人掌理政权，黑水自然也少有人来过问。土司时代治下的许多大小头目既失去了上层势力的统治，乃自

---

1 任乃强：《泸定考察记》，载任乃强：《川大史学·任乃强卷》，成都：四川大学出版社，2006年，第396—397页。

相争长。[1]

这似乎是说,梭磨土司治下出现的"乱",纯是清代"改土归流"这个以增强中央在土司区的直接统治为目的的"运动"的"意外后果"。但试想,帝国"治下"的"乱",在土司区的哪些年代不存在?

费孝通关于"藏彝走廊"的论述使人隐约感到,在这个叫作"走廊"的地带上,顾彼得所描述的缺乏王权与首府的"社会",与任乃强、于式玉等中国民族学家笔下大小头目"自相争长"的局面,都是历史的常态,也因此构成这个地带总特征的第一个方面。就帝制晚期元、明、清三代而论,此方面的特征,乃是政治家为了更好地"治边"而设计出来的。帝制时代王朝相继运用的羁縻政策、土司制度、"改土归流"是一连串的统治政策。如果说改土归流都难造就一个"治"的局面,那么,也就可以说,羁縻政策、土司制度的时代,"分治"与"相长"的空间就更大了。

顾彼得的疑惑、任乃强的考证及于式玉的评论都有其历史背景。顾彼得的疑惑,背景大抵还是他个人的欧洲出身。在欧洲,王权是一个完整的民族成立的必备条件,而在彝人当中,他既看到了犹如欧洲那样的贵族血统制(而这在他的祖国俄罗斯,早已于此前20年被布尔什维克消灭了),又看到了比东南亚国家都松

---

[1] 于式玉:《麻窝衙门》,载李安宅、于式玉:《李安宅—于式玉藏学文论选》,北京:中国藏学出版社,2002年,第469页。

散的政体。而任乃强的考证、于式玉的评论，无疑也与其处境有关。其时，学者生存于四川，既要学有所成，又要在省地方军人政权与国民党中央之间寻找生存空间。而无论如何，二者对于国族建设都给予了发自内心的关注。1936年西康建省，任乃强被推荐为建省委员，1940年担任西康省通志馆筹备主任，以四川地方为角度，注重有利于国族的西康"行省化"；而于式玉在《记黑水旅行》的日记中则更直接地表白说，作为学者，她应"站在国家的立场，更宜为了建设边疆，提高边民的文化水准而做些事"[1]。

20世纪上半叶，国族建设进入关键时期，持续处在内外交困的局面中，内部军人政权的"分治"，外部帝国主义的侵略，使"边疆问题"成为人文学与社会科学研究的重点。[2] 历史地理学与

---

[1] 于式玉：《记黑水旅行》，载李安宅、于式玉：《李安宅—于式玉藏学文论选》，第485页。
[2] 此类研究早已于20世纪20年代开始出现，与中央研究院历史语言研究所密切相关。如王明珂所言，"在'民族'概念下，一民族被认为是有共同语言、体质（血统）、文化，而在历史中延续的人群。语言学、体质学、民族学被用来考察民族的范畴与民族间的区分，历史学则被用来追溯'过去'，以说明此民族范畴与区分的由来。历史语言研究所成立之初的三个主要分支部门——历史、语言、考古与民族，也反映此旨趣。历史、语言、考古与民族，在中国国族建构中不只是塑造、凝聚国族而已，它们还被用来在国族内部区分核心与边缘。这是由于，虽然在国族主义下传统'中国'与其边缘'四裔'合而为一，但对汉族来说，以'四裔蛮夷'衬托'中国人'的传统华夏中心主义仍然没有改变。以此而言，'少数民族'历史文化的探索与建构有双重意义：一方面借此衬托核心'汉族'，另一方面，可以使包纳汉与非汉的'中华民族'概念更具体，内涵更灿烂。因而，当时学术研究的重要课题之一，便是透过调查语言、体质、文化的异同，来探求中国国族中究竟有多少'民族'，各民族间的区分界线何在，并由考古与历史学来说明导致这些民族的存在与区分的历史过程"（王明珂：《〈川西民俗调查记录1929〉导读》，载黎光明、王元辉：《川西民俗调查记录1929》，台北："中央研究院"历史语言研究所，2004年，第14页）。

民族学应和着国民政府的政治需要，展开了"边政学研究"。[1] 作为羁縻政策之"后续"的"土司制度"，得到学界的关注。在"藏彝走廊"地带，在"土司"之前存在过费孝通所说的"系属不同的集团曾在这里建立过一个或几个强大的政治势力"[2]（指吐蕃、南诏、大理等几大政权）。元朝建立之后，这些政权的势力大大削弱，曾经被融合进他们的"集团"当中的小集团，被纳入了"土司制度"之下。民国期间，"边疆"地区"强大的政治势力"已不存在，但土司治下的领地之"一盘散沙"问题强烈刺激着国族政治家与知识分子。这些分散领地上的头人，摇摆于"中央"与后来被称为"军阀"的地区军人集团（他们也有国族的观念，只不过与中央有所不同）之间，甚至摇摆于"中外"之间，寻找自身的定位。到"国难当头"的第二次世界大战期间，则越来越与国族边界意识格格不入。

"藩镇迟撤，边患日亟"[3]，是当时学者的沉重感受，而如吴定

---

[1] 如胡鸿保等人指出的，抗战期间，西南地区因人类学研究机构和研究者的集中，人类学田野调查盛况空前。根据其实施主体之差异，田野调查可分四类：（1）专业学术研究机构及其派出的学者进行的调查；（2）由政府和相关社会团体组织的考察团，考察重点往往放在与少数民族事务有关的各种问题上，如赈济委员会的滇西考察团、教育部的西南边疆教育考察团、中英庚款董事会组织的川康科学考察团、四川省政府组织的四川边区施教团，以及行政院组织的康昌旅行团和青康旅行团等；（3）有关部门的官员或受专门派遣，或在从政之余进行的调查访问，这类考察主要探讨如何管理边疆少数民族的问题；（4）西迁的院校学生利用暑期进行的边疆服务和调查工作。（胡鸿保主编：《中国人类学史》，北京：中国人民大学出版社，2006年，第83页）

[2] 费孝通：《民族社会学研究的尝试》，载费孝通：《费孝通民族研究文集新编》上卷，北京：中央民族大学出版社，2006年，第439页。

[3] 柯象峰：《中国边疆研究方法之商榷》，载《边政公论》1941年第1卷第1期，第47页。

良所言："际此世界烽烟紧急，战云密布之今日，民族自觉之呼声正高，欧美诸先进国家，对此种基本问题，早已注意并作大规模之调查与研究……诚以此诸问题，对于国家整个民族与边疆政策，有切肤之关系也。"[1]带着国族的理想去认识危机问题，促使20世纪20至40年代的大批历史地理学家与民族学家进入包括"藏彝走廊"在内的"边疆"。关于土司的描述，早已在20世纪20至30年代的民族志中出现。但到了40年代，经过一定积累，关于土司的制度史与个案性的著作大批涌现。无论是史学界佘贻泽的《中国土司制度》[2]，还是民族学家凌纯声的《中国边政之土司制度》[3]，都以制度史为框架梳理土司史。而当时的人类学家如江应樑、林耀华等，也结合个案与整体解释，对土司展开研究。

土司头人借助"非正式的纽带"，如与有实力的家族之女性联姻，而增强自身的势力与属地范围，是当年民族学家敏锐地观察到的事实，而于式玉便是一例。[4]此外，为了以浓厚的笔墨书写边疆的政局，民族学家还集中关注诸如土司衙门这样的"法权"机构的随意性。在于式玉笔下，麻窝的建筑内部，"法权空间"与"生活空间""宗教空间"并存，头人判案、起居、待客、娱乐、祭祀，都在一座建筑里进行，"来打官司的人，即便是杀人

---

1 吴定良：《边政人类学调查法》，载《民族学研究集刊》1944年第6辑，第6页。
2 佘贻泽：《中国土司制度》，重庆：正中书局，1944年。
3 凌纯声：《中国边政之土司制度》，载《边政公论》1943年第2卷第11、12期，1944年第3卷第1、2期。
4 于式玉：《麻窝衙门》，第470—472页。

凶犯，衙门里也不加以拘留，由他们自由出入"，头人"无事即在廊下或平台上立一会儿，看看女娃子们编制腰带"。[1]

正是在充满"感叹"的描述完成后10年，"民族问题"成为国家直接处理的问题，土司这样的"古代政策对象"之"废除"，如同爱国是至高无上的道德准则一样，成为一种"必然性"。土司这一中间性政体一时不易彻底消除，其变体总是能以替代的方式，代表"当地"在新的政体下获得新生。[2]而对于一个从帝制转向国族的大国而言，政体过渡的困境，也让旧式的"民族治理术"获得了某种现代参考价值。无论顾彼得、任乃强、于式玉等人物当年对此有无预期，最终，这一制度都已被作为"真实的历史"载入"民族政策史"[3]及"边疆经略史"[4]。

学者并不一定特别关注政治，他们可能不过是时常要借"政治关怀"为陶冶情操寻找理由和机会，但其制作的文本的"真实性"与"预见性"，却也可能为历史的走势开辟道路。1943年，不满足于改土归流的直接化统治，中国民族学的先驱之一凌纯声说了一段预示着后来的变迁线索的话：

改革土司制度初步，应将土司政治列入边政范围。盖因

---

[1] 于式玉：《麻窝衙门》，第480页。

[2] 如龚荫指出的，这些土司制度研究，在20世纪的后50年里并未停顿，而是出现了更多成果与讨论。（龚荫：《民族史考辨》，昆明：云南大学出版社，2004年，第351—372页）

[3] 龚荫：《中国民族政策史》，成都：四川人民出版社，2006年。

[4] 马大正主编：《中国边疆经略史》，郑州：中州古籍出版社，2000年。

> 土司之官为世职及其分配土地统治人民之制度，异于内政而同于盟旗或政教制度，且其所在地域，亦多远处边陲。应以土司划归边省与中央专管边政机关直辖，使土官不得借口为土司而自出于法外。[1]

一切历史都是"当代史"，不能不"以古论今"。19世纪出现的"新史学"更是如此。此后，"史学家秉持的反理论姿态，一旦同来自国家和有教养的公共舆论的社会压力结合在一起，便推动他们主要地去写本民族（国族）的历史，而'民族'一词的界定或多或少要以一个国家的地理边界为准，已经存在或正在确立的国家边疆目前所占有的空间范围也从时间上被回溯至过去"[2]。同样地，土司制度史、民族政策史、边疆经略史都可谓是西式的国族史叙事"中国化"的产物。也因此，我们可以说，国族的历史便借"以古论今"实现"以今论古"。

"边政学"的"边疆政治"、民族政策史的"古代民族政策"、边疆经略史的"边疆"概念都是国族时代的产物，它们固然也反映历史上的实际面貌，却不免总是给人一种"隔着一层"的感觉。尤其是当学者将这些概念放到"藏彝走廊"中时，问题便更明显地显露出来了。"边政学"时代，不少民族学家是研究"藏彝走廊"地带的区域的。在这些区域居住的民族到底是否是"边

---

[1] 凌纯声：《中国边政之土司制度》。
[2] 华勒斯坦等：《开放社会科学》，刘锋译，北京：生活·读书·新知三联书店，1997年，第18—19页。

民",如今恐极为难说。而当时,学界却一致以"边民"二字待之。如柯象峰即说,"西南各省,文化不同之民众,虽不尽在边疆,而与汉族相对极其错综复杂,且时时发生冲突,引起边患,隐忧堪虞,其主要者,如川西北之羌戎,川西西康之西番,川西南云贵之罗罗,川南湘西云贵之苗,云南西南之摆夷,广西之猺,海南岛之黎人等族,合计为数亦不下二千万人,研究边疆者,固不容忽视者也"[1]。将偌大的华南、西南、中南都纳入"西南",将居住于"藏彝走廊""岭南走廊"流动区的民族都归并为"边患"的根源,在当下看来都不再符合历史的实际了。不应否认,西部少数民族易于形成一种相对于"中心"的"边疆感"。然而,"藏彝走廊"概念之所以别有价值,正是因为它没有将少数民族通常所处的地区称作"边疆"。

(原载王铭铭:《中间圈:"藏彝走廊"与人类学的再构思》,北京:社会科学文献出版社,2008年,第158—166页)

---

[1] 柯象峰:《中国边疆研究方法之商榷》,第47—48页。

《心与物游》自序

知识分子已不游学,我们为凝固了的机构工作。告别游学的艰辛与浪漫,我们吃着"皇粮",住着公寓,用着设备和经费……我们算计智慧的价格,建筑课题的大厦,营造报告的穹隆,争先恐后地想挤进超级市场化的"国际学术圈",唯恐丢失夸富宴的入场券("夸富宴",potlatch,是从美洲印第安原住民文化中发掘而来的概念,却实在可以用于形容学术会议)。我们人潮涌动,冲走众多眼巴巴的人。无心顾及统计出局之人的数量,我们只知从自己"这里"看着他们"那里",对照二者之间信息的不对称和地位的不对等。喜出望外中,我们以自己为标准衡量这个世界,让它变为一个"差序格局":以己为中心,"像石子一般投入水中……像水的波纹一样,一圈圈推出去,愈推愈远……"[1]

---

[1] 费孝通:《乡土中国》,第25页。

我们以不甚赏心悦目之方式,"推己及人""推人及己",在自我与他者之间衡量得失。

偏见一旦形成,便极难消除,而且害处与日俱增;幸亏我们中有不少人在工作之余还热衷于以身体的宣言去旅行。我们有时良心发现,意识到从自己这个中心向"边缘"投出"遥远的目光"万般重要。于是,我们郑重宣布,要跨越时空,走近"他者",去寻找可充作精神家园(而非行政区划)的"香格里拉"。

我无非是个凡人,一样地身陷于"差序格局"的图圈,一样也有这种超脱己身的愿望。业内时间,我工作,而当业余时间多起来的时候,我挪动那笨拙的身体,企图通过成为游人来融入那个地理范围迅速缩小的"香格里拉"。然而,我绝非合格的旅行家。我没有像旅行家那样,感到旅行值得献身,并且,我深知它有可恨之处。我总是不能忘记,列维-斯特劳斯在其《忧郁的热带》开头便说:"我讨厌旅行,我恨探险家。"[1] 我时常也有同感。我不是要攀附老列。他对于旅行与探险心存恶感,必定出于非凡深刻的思想。我与他的所谓"同感",却无非是出于自知的无能,无非是在对有能力穿越险境之人心存妒忌的同时,尖酸却又真诚地怀疑:在走向"他者"时,我们的行为导致的后果,会不会与我们的良苦用心相差太远?我们会不会使那带引号的"香格里拉"在遭受游客的踩踏之后,又平添了我们所谓"智慧人"

---

[1] 列维-斯特劳斯:《忧郁的热带》,王志明译,北京:生活·读书·新知三联书店,2000年,第3页。

的双脚带去的污泥？人不可能不存在自相矛盾。我有憎恨旅行的一面，却也有景仰这种散漫而不固定的方式的心态。另外，去那片被我们想象为精神家园的地域，有时确实还是赏心悦目。高原风光令人流连忘返，而我们在旅行中，也可能有令人为之一振的偶然发现。比如，某年某天，我欣赏完自己不能抵达的遥遥险峰归来之后，走进一家书店淘书，在装帧精美的书堆里，一本粗陋的小册子脱颖而出。我当时未敢忘怀：许多书的"现实意义"在于它们能充当书架的点缀和支撑理论的"砖块"（现在许多学者用这个词汇来形容自己书写的巨著），而这本小册子显然无此功能。可知识分子生活的座右铭，并没有让我放弃难得的发现。在犹豫于买或不买之间时，我意识到小册子存在非同凡响的方面：它因有装帧美学上的种种缺憾，而如同我们想象中的"香格里拉"，令人耳目一新。我出于好奇而打开那书浏览时，无华的书果然让我振奋——我见识了一位来自我们想象的精神家园的真正智者。

书的封面印刷的第一作者乃是口述者，而非书写者。那是一位生于1914年的彝族老人，身为祭司，他的名字叫吉克·尔达·则伙（名字蛮"别扭"，既不同于我们自己的，又不同于我们平常熟悉的西方大师的）。吉克·尔达·则伙让人向往，他的精彩之处，包括了对我们伶牙俐嘴一族而言的"笨拙"。如介绍者所言，他能讲述无数的神话、传说及寓言，但奇怪的是，他非但不能用我们的语言来表达，而且还得等到酒（并非茶）余饭后才愿张口。吉克·尔达·则伙的"古怪"，迫使为了将他的故事转化为学术素材的民族学家，不得已在他那儿熬了一段相当长的时间，等待着被日常生活割裂的段段酒余饭后，还得借助吉克·尔达·则伙的同族晚辈的翻译，才摸清故事的脉络与内容。

这些日子，我一直在为自己能从那片极少有书店的高原买到一本这样的书感到振奋。我坚信，即使是书中的个别内容，也足以构成对我们的挑战。怎么说？请允许我费点口舌。

首先要重申，以"吉克·尔达·则伙"的名字署名的书，绝对不是他自己用文字整理而成的，它只是记载了20年前他口述的一些事儿（遗憾的是，它被整理得像是一本平常的神话传说文献，要是民族学家与祭司之间的对话能被保留，那该有多美妙）。虽则如此，无聊之时，我还是常将他的故事当作字典来"找碴儿"。近日困扰着我的是"智慧"一词，于是，我在那装帧粗陋的书中搜索，终于得到一个"词条"。我兴奋不已，抄录下来，还觉得完全没有浪费笔墨：

> 传说，自"武武三祖"之后，人类繁衍，万物俱兴。惹得天王恩体古兹家非常讨厌，想办法酿制了一种迷惑动物的"智傻液"。喝到智液就聪明，喝到傻液就傻哑。恩体古兹家召集所有动物到凸尔波尼（意喜马拉雅山腰）喝智慧液。动物中最聪明的蛙却走得最慢，它只好悄悄地向人透露：恩体古兹家的计谋一定是傻液装精美器具，摆放上位，智液装粗孬器，摆放在下面；请你选择最孬的坛装、最粗糙的杯盛的并摆放在最下面的喝，并希望人能记住并留点给它喝。人到

凸尔波尼时,动物们已成群结队地接踵而至,各个争先恐后选智傻液。场面和蛙所料的一模一样:上位的放着精美的金坛金杯;中间摆着仅次于金的银坛银杯;粗糙笨重的土坛木杯放在最下边,并且内里只装有一勺液。人把土坛里的那勺智傻液一饮而尽,正是唯一的智液。蛙赶到时,坛里杯里已滴液不留了,只好失望地舔了一下,所以蛙今天还是会看天气变化,能有水陆两生的一点本领。

从那以后,只有人才一代比一代聪明,其他动物都"傻哑"了,并且永远停滞在祖先的水平上。[1]

吉克·尔达·则伙的故事太简单,也缺乏修辞的悬念与情节的转折,这使大家可以找到借口将他的"词条"永远拒之于字典门户之外。不过,我们如此轻率地忽略他的故事,却不主要是因为大家有此口实;深层的原因,乃在于他的解释本身贬低了我们赖以生存的智慧。可对于智慧,我们自己一般做何解释?我们大多不信上帝,但要是上帝对我们真的有好处,我们也许还是会相信他的存在。比如,当下我们要为自己被重视不够的智慧做出解释,我们便说这个词汇和它的"所指",都来自上帝他老人家。智慧对于我们来说,是维持我们知识分子人格一致性的素质和能力,而这是上帝赠送给我们的"礼物"(我们用了英文的

---

[1] 吉克·尔达·则伙口述:《我在神鬼之间——一个彝族祭司的自述》,吉克·则伙·史伙记录,刘尧汉整理,昆明:云南人民出版社,1990年,第196页。

"gift")。并且，由于智慧最好是与生俱来，方为辉煌，因而，我们便铭记法国社会学年鉴学派的教导，咬定这一非凡的"礼物"便是"神圣之超然"，当它被用来形容有天分的人时，可变成"gifted"。"gift"这个词在被我们如今过度敬奉的西文里，确实既形容人与人、人与神之间交流与交换的媒介，又形容"天赋"。所谓"天赋""天资""天命"及"天之馈赠"，意思都差不多，因为都是老天爷赠送的——不管老天爷是以人的形象出现，还是以模糊的混沌形象出现……总而言之，对于我们来说，合格的词典应当将智慧解释为智慧本身，而不能是别的；智慧还必须被理解为如同神灵一般，具有绝对意义与绝对价值。按说我们有时也谴责自己同义反复，为了避免反复，我们挖空心思寻找种种不同于智慧的词汇来解释智慧。有哲学家说，要解释一件事物，最好的方法是用指代相反之物的词汇。我们赶忙用愚蠢来注解智慧，我们有时说智慧是与愚蠢相对立的那种"知识面貌"。

我之所以说，我为发现吉克·尔达·则伙的《我在神鬼之间》感到振奋，原因在于：让我们中不少人怀恨在心的是，这位祭司虽非伶牙俐嘴，却能以寓言和隐喻，对于我们的解释给予不留情面的"解构"。他的厉害之处在于，使大家听完他的故事后便紧急地提出质疑："这个住在四川偏僻地方的老头，居然擅自对于我们珍惜的智慧妄加揣摩！"的确，他将我们心向往之的老天爷、上帝等，都改称为古怪的"天王恩体古兹家"，他还"戏称"，若智慧真的来自天命，那么，所谓"命"乃是"天王恩体古兹家"对于我们的戏弄。呜呼！倘若心存丝毫知识分子的"自尊"，我们又如何能同意他的说法？倘若知识分子还有智慧，我们又如何不能轻易地猜想出他的故事的"恶毒"？

被学术熏醉过的人，都有上述质疑中蕴涵的"自尊"与"识别力"。对于吉克·尔达·则伙的说法，我也觉得只能用对待神话的方式来对待，将信将疑。然而，我是人类学这门古怪学科的产物，我心存一种不合时宜的"迷信"。我不顾所有其他一切真理而公然相信，吉克·尔达·则伙对智慧的"误读"，存在着不可低估的超级精彩之处。我顽固不化。在兴奋中，我模仿列维－斯特劳斯，欲求如他一样，将解惑和去蔽的方法规定为"把它（神话）的故事打碎成尽可能短的句子"[1]：

一、远古时代，不存在智慧与愚蠢之别，只存在勃发的生命；

二、天王恩体古兹家生怕所有生命都衍生出智慧，于是设计了阴谋，诱使生物去喝"智傻液"，以便让少数生物有智慧，多数生物傻哑；

三、青蛙本来比人聪明，虽争得慢，却早已知道天王恩体古兹家的诡计，是他告诉人这个阴谋的内幕；

四、人从青蛙那里获益，选择了智慧液，而拥有智慧。

"智慧"一词的"土著诠释"浮现出来：智慧，乃是世上本无的东西，世界的管理者（天王）为了压抑勃发的生机而欲将万

---

[1] 列维－斯特劳斯：《结构人类学》，谢维扬、俞宣孟译，上海：上海译文出版社，1995年，第226—227页。

物分化为不同的种类,他发觉最好的方法是将它(他)们分化为有智慧者与愚蠢者;在他(或它)的阴谋里,智慧本也不属于人,而可能属于任何物,无非是青蛙为了自己的安全,让渡出来一点利益,才使人成为不同于其余生物的有智慧者。

　　无论是否可悲,无论是否可叹,事实如此:在生活中,我们确有大段的时光和结块的片刻,被用来追随青蛙的暗示,去在天王设下的圈套里寻找自己的归宿。作为这样的人,我们通常争取坚持"少反省"这个基本原则,但却时常失败——我自己便是如此。我在知晓对智慧还存在诸如祭司吉克·尔达·则伙之类人物的另类解释之后,便变得更加"迷信"起来。我变得佩服他们和结构人类学家列维-斯特劳斯,我认定二者对我们的启示分别如下:

　　一、前者告诉我们智慧的相对性;

　　二、后者告诉我们"神话思想中的那种逻辑与现代科学中的逻辑是一样严格的"[1]。

　　采用后者的科学论断,我们绝对可以从吉克·尔达·则伙的生动故事中抽象出一个理论:围绕着智慧,天下二分,万物被区分为有智慧者与傻哑者(即有智慧者的对立类);而若是一定要参考英国新结构人类学家利奇(Edmund Leach,他喜欢补充列维-斯特劳斯的理论),我们便又必定发现,智慧与愚蠢二者之间,如同所有语言结构那样,还存在着第三元——此处为作为半

---

[1] 列维-斯特劳斯:《结构人类学》,第248页。

知半解者的青蛙。[1]列维-斯特劳斯与吉克·尔达·则伙虽然生活在相去遥远的不同地方、不同处境（一个在巴黎，一个在四川山里；一个写许多外文书，一个连普通话都不会），但是，他们似乎心灵相通，遥相呼应，对于智慧表现出惊人的一致态度。列维-斯特劳斯对于世界围绕"开化/智慧"与"蒙昧/愚蠢"形成的"天下二分面貌"表现出极度的忧患，他看到文明如何踩踏地球，并将它所有的角落纳入自己的领地，毁之再毁，便陷入"忧郁的热带"丛林，想在蒙昧的"土著"那里发现神话，反思历史（列维-斯特劳斯《忧郁的热带》）；而吉克·尔达·则伙的故事及他的古怪脾性中，也隐藏着这种忧患意识，只不过因为他住在高地，所以他的忧郁可能最好被形容为"远山的叹息"。与热带无缘，吉克·尔达·则伙向热带的列维-斯特劳斯们投去遥远的目光，他们光线交叉，照射着智慧背后的阴影。

若将天王改称为"自然之本原"，则这一显然是自古老年代便开始传播的神话，与近代才被发现的进化论思想完全一致：我们人类的智慧不是自己创造的，而是源于自然的偶然选择（比如，雷击引起森林灾难，猿人不得已逃到地面上，成为耳听八方、眼观四面的人）；而若将之联系于"后现代主义"，则又可能使人惊叹：早在山地里的古老传说中，人已具备"后现代主义反思能力"，人们已通过讲述神话传说，将自己的智慧联系于远古

---

[1] 若有兴趣，可参见利奇：《列维-斯特劳斯》，王庆仁译，北京：生活·读书·新知三联书店，1985年。

时代中的一刻——在那一刻,万物的分类与等级将一个一体的世界分成"物与人",知识分子无非是从青蛙那里获得启示的一族,他们在这一天王的分类中谋生。

我为吉克·尔达·则伙对于"智慧"的解释感到振奋,并非因为我是进化论者,也并非因为我要以"后现代主义者"自居。原因可能很简单:作为现代人,我还是被给予了对事物加以感叹的"人权"。我自言自语:在领教了吉克·尔达·则伙的教诲之后,我深感这一从远古走来的故事,不仅如同现代主义的科学和后现代主义的反科学那样,具有解释智愚之分的力量,而且如同闪电或闪光灯,具有曝光我们当下知识阴影的能量。这并非是要宣布我要"痛改前非",模仿道家的"绝圣弃智",放弃"儒者生涯"——若是我真有这个图谋,那我就太愚蠢了。因为我没有放弃的权利和本事,而即使有,也不可能达到"绝圣弃智"这一吾人难以抵达的境界。我的意图,无非出自心虚。基于心虚的感受,我想有反思地借助于此稍发心声,以便在知识分子的夸富宴式丰裕与吉克·尔达·则伙的万般匮乏(他似乎只要有点小酒喝喝就故事连篇)之间做"跨文化比较"。而若是除了这个以外还有什么可说,那便必定是隐藏在心中已久的一个疑惑:缘何诸如吉克·尔达·则伙的"土著"有如此丰厚的智慧,以至于能轻易在不经意的酒余饭后,以行将进入"历史垃圾箱"的灿烂形式,对智慧之缘起做如此精彩的"知识考古学揭示"(据知识分子称,"知识考古学"为后现代主义先锋、法国思想家福柯所创)?我在自己那一极其有限的知识库存里搜寻解释,在列维-斯特劳斯的"分句法"里找到理解"土著"的方法。接着，于意料之外，在我不一定赞赏的福柯那里找到一点有关知识的反思，并以为这一反思能与吉克·尔达·则伙契合，成为有关智慧由来的妥善解释。

现代生活恶也好，善也好，其本质特征归根结底在于人使语言臣服于我们自己的存在。福柯以不规范的史学研究得出精彩结论：尽管语言似乎是人所共有的特点，但语言并不能从一开始存在就具有如今这一特点，因为"只有语言通过把自己分成小块，才能摆脱表象时，人才能被建构起来：人在一种成片断的语言的空隙中构成了自己的形象"[1]，而这只是从18世纪的欧洲才开始发生的。"语言近代化"为知识分子成为一群把持事物分类权力的人提供条件，使他们能够通过把持语言来造就自己的身份，赢得自己的"丰裕"，成为定式化的、无以回归万物的、只关心人自身的"人文科学家"（若我记忆还没有错乱，福柯还曾以令科学家愤怒的方式表示过，在他看来，所有的物都在近代史中被人化了。这样一来，自然科学便无非是哲学人类学的一个小小分支）。福柯让我们心烦，他似乎把我们当作近代欧洲交响乐的小小变奏。然而，他又使我们欣喜——从他那里，我们似乎能再度发现"神话思想家"的存在价值。吉克·尔达·则伙之所以有不同凡响的魅力，不正是因为他的语言仍没有成为人自身的财富，

---

[1] 福柯：《词与物：人文科学考古学》，莫伟民译，上海：上海三联书店，2001年，第505页。

而深藏于物——如酒——的世界中？不正是因为他能以一种"前现代"的、"不假思索"的方式，"傻哑"地从物的世界（即神话中万物生机勃发的世界）中涌现出来吗？令我振奋的是，用吉克·尔达·则伙的语言来注解福柯的"知识考古学"，能获得这样一种认识：在人还是与万物一般"傻哑"的漫长年代里，人物不分，世界万般表现终归一体，语言无非是万物的内涵而非表现与实质。由于远古年代的人与物之间没有区别，人们不可能如现代人那样，将所谓"主体"（人）当成能说会道的言说者，也不可能将物当成是无言的、被谈论的"客体"。一方面，人的"傻哑"使人沉浸于万物中；而另一方面，物与人一样能言说（如天的信息与青蛙的话语），因而，物通过自己的流动讲述着世界的故事。

去吉克·尔达·则伙的故事里寻找知识考古学，路上我不断想起人类学为了复兴整体主义世界观而做出的努力。[1]人类学告诉我们：现代知识论有一个倾向，即，将物当成等待着人及人的言词来激活的无生之存在；而在传统社会中，人们并没有将物分离于自身及言词之外，在他们看来，物充满着人的生命，而人的生命也以物的流动来表达。人类学的这一观点来自西方，但与我们古代的思想十分接近，试举庄子在其《齐物论》中说的一席话为例：

---

1 路易·迪蒙：《论个体主义——对现代意识形态的人类学观点》，谷方译，上海：上海人民出版社，2003年。

古之人，其知有所至矣。恶乎至？有以为未始有物者，至矣，尽矣，不可以加矣。其次以为有物矣，而未始有封也。其次以为有封焉，而未始有是非也。是非之彰也，道之所以亏也。道之所以亏，爱之所以成。

庄子对智慧的不同境界做了等级划分。他说，古人中有人能认识到，世界初始不存在具体事物。他认为这样的认识尽善尽美，是智慧的最高境界。有智慧者的第二等，能认识到世界初始存在事物，但万事万物融为一体难以区分，没有所谓"分类"。有智慧者的第三等，能认识到万事万物虽可分类，但分类的本质无是与非之别。庄子感叹说，到他的年代，是非之别显露自身，人们对于世界万物的理解出现亏损和缺陷，私心形成，而这些恰是第四等"智慧人"所能认识到的一切。[1]

道家庄子的言论让我又产生一种欲望，想到儒家的先师孔子那里看看，对于我们的生活影响至深的这派与道家那派究竟有何不同。以《齐物论》中的"物"字为线索寻找《论语》中的词汇，我发现二者之间竟存在天壤之别——《庄子》一书涉及"物"字的地方众多，而《论语》则只有一处：

子曰："予欲无言。"子贡曰："子如不言，则小子何述焉？"子曰："天何言哉？四时行焉，百物生焉，天何言哉？"

---

[1] 郭庆藩：《庄子集释》上卷，北京：中华书局，1961年，第74—78页。

出乎意料,《论语》这部教诲了多少后人的严肃哲学著作中,还有如此幽默的故事。有一天孔子不知怎么,说:"我不想说话了。"子贡急了,问:"老师您要是不说话。那么我们怎么办啊?我们就没什么好传述的了。"孔子回答说:"天说了什么呢?四季照样运行,万物照样生长,天说了什么呢?"[1]孔孟不同于老庄,但孔子至少在那一刻也表现出一种神通物性的倾向,他至少在那一刻跟子贡表达过作为万物本原的"天"的沉寂与语言的"傻哑"的对应,值得景仰。

我于是认定,"智慧人"若名副其实,则都应如吉克·尔达·则伙那样,知晓词的"傻哑"对称于物的沉寂,及生活的"活生生状"对称于物的声音。这两种"对称",对于我们回归世界有着至关重要的意义。关于"傻哑",我已说够了,而什么是物的声音?所有的神话都在解释物的声音。吉克·尔达·则伙关于"智慧"的神话解释也是如此,它形容了一个人物不分的世界中物的多彩言词。而庄子的《齐物论》开篇,更是借南郭子綦之口,表白了他对于天籁、地籁、人籁(万物的种种声音)的理解:

> 南郭子綦隐机而坐,仰天而嘘,苔焉似丧其耦。颜成子游立侍乎前,曰:"何居乎?形固可使如槁木,而心固可使如死灰乎?今之隐机者,非昔之隐机者也。"
>
> 子綦曰:"偃,不亦善乎,而问之也?今者吾丧我,汝知

---

1 杨伯峻译注:《论语译注》,北京:中华书局,1980年,第187—188页。

之乎？女闻人籁，而未闻地籁，女闻地籁，而未闻天籁夫！"

子游曰："敢问其方。"

子綦曰："夫大块噫气，其名为风，是唯无作，作则万窍怒呺，而独不闻之翏翏乎？山林之畏佳，大木百围之窍穴，似鼻，似口，似耳，似枅，似圈，似臼，似洼者，似污者。激者，謞者，叱者，吸者，叫者，譹者，宎者，咬者，前者唱于而随者唱喁。泠风则小和，飘风则大和，厉风济则众窍为虚。而独不见之调调之刁刁乎？"

子游曰："地籁则众窍是已，人籁则比竹是已，敢问天籁。"

子綦曰："夫吹万不同，而使其自己也，咸其自取，怒者其谁邪？"

……

总之，对于真正的旅行家而言，旅行的过程陶冶性情，旅行的结束造就游记。我不是一个合格的旅行家，原因除了前面解释的之外，还有一点：我的散乱旅行向来没有结晶为合格的游记。我不是没有理由来为自己的无能开脱罪过，我总感觉，旅行所要抵达的境界，背后还有一个地方——在那里，我们能寻找到反观自身的镜子，使我们在陶冶性情时，如同两千年前的南郭子綦一样"形如槁木""心如死灰"。我所说的那些令人振奋的偶然发现之所以令人惊喜，恰因它们令我如此心灰意懒，使我意识到，应引起沉思的，本非我们自己的生活遭际，而应是一个如此简单的事实：世界是由活生生的、风情万种的、音韵万般的物（包括人)组成的,而我们因太躁动着欲求扮演世界认识"主体"的角色,而无法真正面对有生命、形态和音韵的世界。与庄子虚拟的南郭子綦一样,吉克·尔达·则伙对于我们有刺激,原因也很简单——他具有一只能通达物自身的祭司眼(在世界的相当大部分民族当中,此眼为第三只眼),所以,他真的有别于我们这些有——在不少情况下,是"只有"——脸面的"智慧人"……"身未动,心已远",我主观地将旅行当成心朝向他们这类人的朝圣——这本书代表的"旅行",更是如此。

吉克·尔达·则伙开始讲故事、扮演祭司角色时,时间之河远远还未流到我的生日(他与费孝通一样,是我的爷爷辈);等到他的故事被翻译成我们的文字并出版时,我已上研究生了;再等到我自己的零星文章结成这本不像样的集子时,他已超过92岁(不知他是否还健在)。我比他幸运,但这幸运使自己更显无能:我的文字不能如同他的神话那样"傻哑"般从万物之中涌出,也不能模仿万物的声响——这一直是我引以自责的毛病。我在写这些文字前浏览——而没有耳闻——他的故事,又以默念为礼仪,拜谒他的心灵之境。然而,我在企图以他为出发点时,仍然感到一种无名的无力。"江山易改,禀性难移。"我还是带着文明给予的一切,想去"涵盖"那个身易抵达而心难切近的古老世界。我自知努力可能要终归徒劳。但我没敢放弃,我意识到,那个世界不是个别的特例,它在许多所谓的"角落"(可以是空间意义上的,也可以是时间意义上的)无限延展。在我们的心灵深处,亦是如此。因此,切近于它的努力,无论是否会归于徒劳,都属于一桩美差。

吉克·尔达·则伙如同书写《山海经》的祭司，他们这类没有学历和职称的智者，自古以来对于天象、方位、万物、人都没有给予过于鲜明的区分，像所有的神话、传说、史诗的诵唱者，也如同一些伟大的哲人（无论中西），其叙事表露出一个漫长的年代里人类共同拥有的心境。恰是他们这类人讲述的故事，能起到推助想象飞翔的作用。它们能带我们飞翔于广阔的原野上空，给我们灌注智慧之液，引导我们用早已脱离于万物本原的文字（我们常在它与智慧之间画等号，但这完全出自错觉），来实验回归于万物的表述。兴许恰是为此，我才在此罗列出些许"非正式文本"。

如此散乱的文章绝无资格——也绝无计划——获得知识监察机构的表扬（尽管有几篇是在"核心期刊"刊登的，编辑同人出于善意和错爱，特地为之开设"随笔"栏目）：它们内容芜杂，行文懒散，不着边际，迷失在混乱之中。散乱的文章怎么能拥有一个妥帖的书名？

迷惑间，我有幸在书架上重见一本20多年前一位好同学赠送的书《文心雕龙》。[1]《文心雕龙》中有《神思篇》，提出"思理为妙，神与物游"的观点。[2] 这个观点意在以文字贯通物我，论述间刘勰因言"物沿耳目，而辞令管其枢机"，而貌似有"辞令中心主义"之嫌，然其"神与物游"之主张，实接近于神话思维方式。我不敢自比"神与物游"，却有心在这一旅行的模式面前低

---

1 刘勰：《文心雕龙译注》，赵仲邑译注，桂林：漓江出版社，1982年。
2 同上，第243页。

头,选择用它来涵盖我这些不着边际的文字。我知道自己最多只有心,难得有"神",于是擅自将它改为"心与物游"。反正什么事儿都算是"物",而"物"无论乱还是不乱,其存在,其衍生,其变异,其终了,总可以说有一定的流动线索,如同我们的人生、感受及思想。能为自己的缺憾开脱罪过的兴许是,这么些年来,自己还费了时间试着将"物"放置于历史的生命感中论说,并使之回归于自身的流动。因而,"心与物游",也像一种恰当的形容。最后,我还该说,我们很幸运,我们传承的汉字自有它们的妙处,它们中有些个体潜藏着将万物包罗殆尽的力量。譬如"物"这个字,古文字学家说它原本指的是牛,"牛为大物,天地之数起于牵牛。故从牛,勿声"(《说文·牛部》)。牛与世间万物比,还是世间万物大。然而,古人以为,杂色牛是人饲养的动物中个体巨大无比的一类,便用它们来祭祀山川,还认定"天地之数"起源于牛。古人用"牛"来形容一切事物,用"勿"来为它标音,使"物"这个字包含了万物、人物关系(通过祭祀来表现)及世界分类。因为老祖宗给予文化上的这种庇荫,所以我才能想出一个既不准确又准确的书名……至为可叹。

(原载王铭铭:《心与物游》,桂林:广西师范大学出版社,2006年,第1—17页)

川行三题

一 "远山的呼唤"

在旅行于四川的茫茫人海中时,我曾听到一位智者在感叹,他说"四川就是中国的克隆"。穿过四川的"胡焕庸线",缩写了中国东部和西部的差异。四川东部经济发达,聚居的人口大多为汉族,西部横断山脉纵贯,主要是聚落少数民族村寨。而这一差异,自古以来便已存在。从数千年前起,平原上的三星堆、金沙分布的青铜文化,与横断山脉上长期延续的细石器和制陶文化,犹如热烈的历史与冷漠的神话,形成鲜明的文化反差,与今日的"二元对立结构"相辉映,烘托着那条区分东西的线。

一位人类学家曾发出"忧郁的感叹",说文明正在消磨自身存在的基石,在热动的变迁中忘却了"未开化的野蛮人"正是我们的老祖。这句话难成为普遍适用的真理,但四川却可以说是它的例证。出没于成都的茶馆，漫步于青城山的道观，在山里探望那些"边缘族群"，对于这一"忧郁的感叹"，我的同情之心油然而生。然而，话说回来，四川更易为人感知到的，是她的东西两部之间流动着的人。若是你在假期访问成都，你便不难见到成队的巴士运载着游人自平原上山，到那个蛮荒的古老领地里去领略"他者"存在的价值。若是你上山，从白马人的民居到羌族的"东方古堡"，从茶马古道到巍巍冰山，经过探访和追问，你便能发现，这些被人类学家羡慕的人其实大多企图下山，到成都，到绵阳，到重庆，到任何发达都市谋得比山上好的生活。对于四川的百姓来说，好生活似乎也是沿着地理学家胡焕庸先生画出的那条界线而获得定义的。川东的人在工作日勤奋地劳作，到了周末，他们期待得到的好日子，似乎就是响应"远山的呼唤"，驱车进山走一趟；川西的人日夜地盼着他人自川东上山莅临他们的穷乡僻野，通过一种新型的消费，来为他们"下山"进入"近土"提供基本的条件。交流的欢娱使人类学家那一"忧郁的感叹"与川东人无缘，与川西人更是失之交臂。

"四川就是中国的克隆"，这句话说得一点也不过分。不过，如果这句话在其他地方寻不到佐证，那就等于白说。幸而，8月初，我从成都飞回北京，打开电视，听到节目预告，说过几天将有关于中国最后的狩猎部落"下山"的直播报道。被报道的这个部落，即为内蒙古根河市敖古鲁雅鄂温克猎民。央视报道说，到8月10日，他们将迎来一次"历史性的跨越"。鄂温克人的"下山"让我意识到，"远山"与"近土"之间的结构性关系或许有它的普遍性，对这一点这里有必要给点交代。

那一天，央视直播了11户32名鄂温克猎民下山的过程，直播中采访了猎民代表、乡干部和学者。猎民牵着260头驯鹿，鸣枪祈祷，向大山告别。进入"现代社会"，他们怀着的心情是什么样的？答案恐怕还要来自人类学家以后进行的追踪调查。而央视的那个节目，给我留下的只是些许零星的印象。我的一位同行、多年从事鄂温克研究的白兰和当地乡干部接受了央视记者的访谈。我没有当场笔录，但却能记得白兰在电视上说，这个事件让她感到悲哀，因为自此以后，她在茫茫的都市人海中再也找不到她的部落了。那位也是女性的乡干部，与白兰没有展开面对面的交锋，言语却极具针对性。她的言论显示出她对费孝通先生所谓的"三级两跳"略有所知，她质疑说，"既然汉族在原始社会也是经过狩猎阶段进入农业社会，再由农业社会进入近代工业社会的，那么，为什么汉族有这样的权利接受这样的历史跨越而鄂温克人不被赋予这个权利？"当记者将镜头推回白兰面前时，我只见到这位敬业的人类学家流下了悲伤的眼泪……

鄂温克的森林与全中国之间构成的反差，绝对不能轻易地用"川东"与"川西"的区别来形容。多数人类学者相信，尽管鄂温克人面对着的压力同样也存在于其他地方，但他们因是猎人，而具有比"川西"更重要的说明意义。大量的资料表明，若人类史有三百万年，那么，在其中99%以上的时间里，人类都生活在鄂温克人式的猎民状态之中。世界上现存的猎民人数如今已极少。作为人类史上的丰碑，下山前的鄂温克部落为我们记忆祖先的生活方式提供了不可多得的参考。于是，人类学家有理由认为，他们的"下山"本身意味着一座历史丰碑的自我摧毁。然而，令人类学家感到遗憾的是，据说"公投"下山时只有一位猎民投了反对票。看来，这个猎民群体的下山，是得到当事人的广泛支持的。因而，我武断地猜想，对于下山的猎民来说，做这样的选择之所以是可以理解的，恰是因为山下的那个人海茫茫的世界与森林一样置身于他们的聚落之外，无非是他们谋求生存的另一片"森林"——若不是另一片更棒的"森林"的话。

至今有多少来自都市的游人已前去鄂温克人的故地游览？四川双向流动的概念母体上是否能"克隆"出鄂温克式的都市/森林连续体？对此，我没有调查，便没有发言权。但我模糊意识到，鄂温克人告别大山是一件值得热烈讨论的事件。要是想理解这一事件及与之相关的"胡焕庸线"的重要性，我们便不能不将它与整个中国近一个世纪以来的剧变联系起来。20世纪以来的中国，在趋近现代文明的过程中先是体悟出了一个世界性的二元对立结构，企求使自己的文化从"落后"流向"先进"、从"传统"流向"现代"，基于进化人类学的"文明"与"野蛮"区分来确立自己的文化在世界上众多"他人的文化"中的地位。接着，在中华民族内部自我开发的过程中，我们刻画出一对对"都市人"与"农民"、"工业人"与"猎民"的形象。就现实的面貌而言，对立的文化板块之间的双向流动是存在的。然而，社会的主流观念却一直将"山野"到"市井"的流动看成是正当的。

花了更多的时间去四川西部走动之后，我渐渐地发觉，那里的族群创造的传统，与都市的世俗生活的接近程度令人惊讶。在偏远的羌族村寨，我能在羌人办的西式酒吧里品尝洋酒的滋味；在远离我们文明中心的白马人中，我能见识"洋妞"的蜡像成为白马人传统服饰的模特……而为了表明他们还是独特的族群，为了不断喊出"远山的呼唤"，已有不少寨子正在从远近不一的他人那里学习"自己民族的文化"，如，从青海的藏族中请来舞蹈家教授自己民族的舞蹈。而这绝对不是孤例。整个中国在走向现代化的同时，不也常常感到需要在所有可能的历史见证中寻求文化的表征吗？！

（原载《经济观察报》2003年12月22日）

二　在那遥远的地方，有个使教授尴尬的村子

在成都碰见华裔美籍人类学者彭文斌老友，每次他都唠叨着要我去李庄。他说，那个古朴的小村是中国建筑学的圣地，也是中国人类学的圣地。抗战八年，中国学术进入了一个从都市"逃"往乡野的时代。恰是在那个国难当头的艰苦年代，前辈学者创造出了卓绝的成就，培养出了一代精英。北大、清华、南开到云南形成"西南联大"，在遥远的边陲，造就出了一大批人才。当时还风华正茂的费孝通避居于昆明呈贡，在一间小庙里创办了"魁阁社会学工作站"，参照伦敦经济学院的"席明纳"制度，召集研讨会，组织实地考察，取得了开创性的成就。于我，魁阁是

中国社会科学的一个圣地，我颂扬"魁阁精神"。而彭兄辩曰：李庄的学术地位，绝对不亚于魁阁。这个位于长江边上的村庄，在同济大学、中国营造学社及中央研究院历史语言研究所找不到接纳自己的地方时，将村庄的所有公共空间让出，让辉煌的村落古庙宇群成为一代学人的工作场所。曾在李庄工作和生活的傅斯年、梁思成等大师，已是大家熟知的；而中国人类学先驱李济先生与李庄的缘分，知道的人则不多。

上个月，我终于借开会之便去了李庄。

村里正在将李庄营造成为名胜。我们的车从村口进去，见到过去20多年来新建的一排排丑陋建筑。而当我们一进入村庄，光景已全然不同——老房子、老街道、老店铺、老馆子……一切都使人想到时间的停滞。我们在导游小张的引领下，重点去了我们景仰的大师们的故居与办公地点。

小张给我留下深刻印象。这个女孩没上过大学，中学毕业后便在村广播站工作。约在三年前，李庄被学术界"重新发现"，在媒体的广泛传播下，小村成了一个名胜。为了服务旅游业，村里招聘导游，小张抱着试试看的态度报了名，"没想到，真的考上"（她的话）。小张已是李庄资历最老的两位导游之一。她曾将有关家乡的书籍翻了个遍。与李庄相关的文献，除了古代地方志之外，最主要的，恐怕还是学人故事。小张天天接触这些故事，能脱口而出，生动地讲出足以让我目瞪口呆的几段。比如，说到李济，她说，她特别喜欢这位老先生。我问："为什么？"她说："张光直先生说过，今天中国的考古学，还没有达到李先生当年的水平。"接着她又说:"这个老先生两个女儿病逝,他极其痛苦……他是个有感情的人。"在李济筹办博物馆的办公地点,我们几位坐在入门处的小凳子上聊天,我问她对于学术有什么看法,小张居然说:"凡是有价值的学问,都比较深奥,学术书最不好读了,我了解不多。"学问深奥,学术书难读,这话当下许多人也说。然而,小张说的前面一句("凡是有价值的学问,都比较深奥"),却不是别人能轻易说出的。如今,都市中的人似已形成一种"阅读时尚",一般不喜欢读深奥的学术书,且因不喜欢,而开始一面批评这类书,一面将半吊子推戴为"大众情人";如小张那样,承认自己不懂,同时又承认学术有自身价值的人,在我们这个社会(包括学术界)中,实在是少数。

从李庄回来,我与研究生们聚会;谈笑间,我突然提了个"挑战":"李济是谁?知道的同学请举手!"十几个人中,只有三两个动作迟缓地举起手,多数哑口无言。

一个没有上过大学的小导游,地位与机遇都完全比不上这群身在中国最高学府的博士、硕士生,而两类人之间存在的"知识结构"差异,实在令人感慨。

小张在李庄靠导游吃饭,她透彻把握家乡的典故,为的是生计。我无意于过度诠释她这个例子。不过,小张的确引起我的深思。

我指导的学生,居然有那么多人不知道他们所学专业的先驱!责怪自己时,我也想到其他问题:为了"提高学术水平",以"大跃进"方式营造所谓"世界一流大学"的中国高等学府,在教学上太注重对学生灌输所谓"前沿知识"（可疑的是，这种知识总是来自西方）；我们没有意识到，为学生展示中国学术在一个非常时期中的艰苦卓绝，对于培养他们，对于让他们具备学术激情，重要性实在是太大了。

"山不在高，有仙则名；水不在深，有龙则灵。"李庄就是这么座小山、这么条小河。李庄让我这个教授感到尴尬……我反思良久；有鉴于自己在教学方面存在的缺憾，我计划在不远的将来，带学生去趟李庄，给他们补上一堂课；同时，我建议，待李庄完成其遗产维修工作之后，自称"一流"的大学都组织教授访问团去那里朝圣，使被科研项目套得死死的教授们，有机会自由地接受往事的教诲。

（原载《广州日报》2006年7月31日）

三　华西协和大学的植物学与人类学

在我认识的年轻学人当中，给我留下的印象尤为深刻的，如东是一位。他生长于"西南夷"之地，本学历史学，2009年进入了人类学领域。在一个新的知识领地，他不可能如入无人之境，而需一番拼搏，以求"翻身"。在这个过程中，如东有过一些困惑，受过一些煎熬。从史学到人类学，从过去主义到当下主义，从经验主义到解释至上，从"文字主义"到"原始主义"，种种跨越费去了如东大量心神。然而，最终，如东"熬"过了这些，在历史人类学、学科史、区域（西北和内亚）社会与文化研究诸学术空间之间，下足深功夫，找到了立足点，完成了几项值得称道的研究。

本书呈现的，是他的研究的第一项。

研究的核心内容，为两次世界大战之间华西协和大学（West China Union University）的植物学与人类学。

这所英美教会学校于1904年创办于成都华西坝上，是一所在华西式现代大学。在那里，1910年起便有传教士学者从事自然与人文研究。1920年起，在博物学和民族学的学科框架中，此类研究得以在西部（尤其是四川西部）集中开展。从它们之中，生长出了大量博物学知识。这些博物学知识，多数关涉到今日所谓的"民族地区"，由是，时常也兼有民族学的内容。无论是出于偶然还是计划，这些知识从一个别致的角度为人文世界的研究奠定了深厚的基础。

华西坝上的这件往事，深深吸引了我。

如东在学之时，国外人类学先进国家的一些学者们，有的正致力于赋予人类学以自然与人文的双重属性，有的正试图开拓全新的人伦—宇宙论视野，以破除启蒙以来支配思想和科学的自然—文化、物质—精神、客观—主观二元对立主义。在缺乏"天人合一"思想的国度中生活和工作，这些学者们刻苦努力，取得了重要成就：一方面有包含生物人类学、博物馆学在内的人类学院系在英国这个重社会人类学的国度建成，另一方面则有"本体论人类学"（ontological anthropology）的流行。

洋人学界好标新立异,这有时让人受益,有时却并不如此,尤其是这些有关自然—人文"双系"的人类学、"本体论人类学"叙述,样样倒让我想起数十年前人类学的情状。华西坝上的人类学家在学术机构和田野地点之间的活动,便构成这类情状的样本。

在20世纪30年代末之前,华西坝上那些被我们今天称作"人类学家"的学者,若不是出身博物学,就是在大学里频繁与博物学家打交道的学者。在所谓"田野"里,他们中的民族学家们,不只是要观察"土著人"的生活、习俗,探知他们的观念;面对围绕人文世界的大山大川,他们也自觉或不自觉地考察"田野"周边的万物万灵。作为传教士学者,他们不可能不带着基督教现代主义的自然与人文观点来看待华西的草木与风俗。不过,其求索,却早已有了不同于自然—文化二元对立主义的"本体论人类学"因素。可以认为,他们早已在赋予博物学和人类学某种优越的"模糊性格"。

饭桌聊天间,我多次跟如东谈及这个印象。

对学科史有浓厚兴趣的如东,欣然接受了研究华西坝上人类学的这一"模糊性格"的任务。在硕士研究生阶段,他便开始了相关研究工作。他整理了1920至1937年间华西协和大学传教士学者博物学活动的有关文献,选择以植物学为焦点,追溯华西人类学与其之间的密切关系,借此考据一个历史时期人文科学中的博物学因素及其蜕变。

无论是博物学还是民族学(人类学),无疑都是近代西方知识帝国雄心的内在组成部分。然而，反复揭示这些学派与西式"帝统"之间的话语纠葛，易于使我们忽视这些学科的内在理路和"微观社会学纹理"。为了避免批判的负面效应，如东将注意力集中在知识观念与其他各种社会要素之间的关系上，着重分析观念生成和传播的社会语境。在其硕士论文中，如东指出，传教士在华西建立起来的社会网络，是其博物学活动得以展开的情景，故而，当年这些博物学活动若说有什么"路线图"的话，那么，这些"路线图"之格局，便与传教士社会活动的网络大致叠合。另外，当年从事植物学研究的传教士学者，始终与华西的人文—自然世界保持着频繁互动，这使这个阶段的"自然科学"和"人文科学"形成难解难分的关系。在各种关系互动中展开的华西大学人类学（民族学）研究，凸显出了其以博物学为底色的特征。

本书是如东基于其硕士论文写就的。

书分五章，在导论章之后（第二章），如东呈现了作为区域的华西之自然—人文地理特征、区域权力网络特征（尤其是绅士、军阀、袍哥、传教士并存互动的面貌），及在这个大背景下出现的教会大学和华西边疆研究学会的概貌。在第三章，如东把焦点放在植物学研究的知识社会学分析上，考察了"科学"宇宙观下传教士博物学活动的展开、其与传教网络的关系，及当时留下的有关植物采集之旅的遭遇与见闻的记录。在该章中，如东还集中考察了华西坝上植物学家对植物分类、"本土知识"、植物功用、作物的引进与培植、园艺等方面的研究；进而，又集中考察了这些研究的人文科学倾向，尤其是对于自然与宗教、自然与文化之间的关系做出论述。在第四章中，如东在知识与不同思想传统、政治势力、"身份政治"之间的动态关系中，考察了华西传教士植物学慢慢转向"民族主义植物学"的历程，尤其揭示了在这个阶段中，传教士植物学在遭遇边疆研究"中央化"的过程中式微的结局。

本书的核心部分带有学术史的浓厚特征。然而，书的导论和结论却赋予了这部学术史以人类学意涵。在导论中，如东梳理了国内外人类学有关人文视野的自然视野基础的论述；在结论中，他则对华西人类学的博物学底色进行了阐释。

20世纪30年代悄然发生着人类学现代社会科学化之转变，对于这场转变，如东也特别重视。在第四章中，如东已概述了这场转变的因由与途径。为了对之加以进一步说明，他在附论中收录其毕业后所著《华西的社会学与人类学（1942—1945年）：以〈学思〉杂志为例》一文。该文基于对《学思》杂志的个案研究，分析了抗战期间汇聚于华西坝上的中国学者之学术研究，指出，此时这些研究重在考察边疆和社会问题，在"抗日救亡"的时局下，形成了以"中国史"为主线的学术叙述风格。正是在这个过程中，那种以相对散漫的方式跨越自然与人文的植物学和民族学，让位于社会科学化的"社会学"。

这些年，因缘际会，如东转入穆斯林社会与文化研究。在这个专业方向转换的过程中，如东必须暂时放下其在学术史、历史人类学、"自然"人类学诸领域的研究工作。几个月前，如东来京，告知他已完成了这本有关华西协和大学植物学与人类学之关系的研究著作，这让我喜出望外。

我相信，这部著作对于那些在西南从事人类学研究的学者特别重要。直接而言，它有助于我们重新理解该区域人类学研究的学术史，有助于我们在实地考察和文献研究工作中捡起被不慎扔进"历史垃圾箱"的宝贝，借之还原西南生活世界的自然—人文双重属性；间接而言，它也有助于我们以一个更为冷峻的态度，观察学科关切转变的时局与问题，更为切实地"在田野中"领悟人文世界的"模糊性格"。

我认为，这一点对于如东新开展的"西北民族研究"也一样重要。

（原文为李如东《地方知识与自然阶序：
华西的植物研究与人类学（1920—1937年）》
［北京：社会科学文献出版社，2018年］一书"序"）

复合的仪式、人物与交换

《文化复合性》是一部人类学专题研究文集，它由13篇西南民族志研究论文构成；我们将文章组织成三个部分。

第一部分由六篇论文组成，它们的切入点，都是仪式。

杨渝东的论文聚焦于西南山地苗族的历史感。论文指出，这一历史感充满着迁徙与安土重迁的对反，但迁徙不只是苗族历史感对立统一体的一面，它自身还演变为苗族信仰中的秩序和"内"与"外"之间的辩证关系，对于苗族之神圣性的建构具有重要意义。山地苗族依靠一种永远走不出去的"内部"边界，把"外"与"分离"消解为暂时的、局部的、缺乏根本性的，从而始终保证"内部"的秩序性和神圣性。而这种信仰的表达，分层次地体现在个体生命的循环、家族的分离与再聚、族群的离散与重合的仪式当中。

汤芸的文章以多族交互共生关系的仪式景观——贵州黔中地

区半边山河谷的"跳花场"——为例,再现仪式中"互补性分化"与"对称性分化"的社会机制,揭示出存在于西南的神圣灵力之"他性"与"不可让渡"的文化逻辑。

受结构理论启发,舒瑜的论文指出,长期以来,丰产仪式的研究视角仅仅局限在社区或族群内部,被视为本社区、本族群对自我繁衍、人物丰旺的祈求。这种内部视角缺乏对族群间关系的关注,往往忽视丰产仪式中所追求的"外部的丰产"或者说"邻人的丰产"。该文对云南诺邓盐井历史上并存的两套丰产仪式的细致分析表明,建立在内—外、自我—他者交换关系之上的丰产仪式追求"整体丰产",整体丰产使得社会共同体之间的互惠成为可能。

杨清媚借西双版纳勐混镇的个案研究,呈现出佛教和以勐神祭祀为核心的"巫"这双重宗教体系影响下的当地社会的历史。佛与巫两种宗教具有截然不同的时间观念,其对立和角力关系构成了当地社会年度周期的仪式钟摆,而西双版纳社会摆动在整体主义的等级社会和个体主义的平权社会两极之间,长期处在中间状态。

张原关注的是夹在汉藏两大文明体之间的嘉绒地区。此地的神山和房屋在空间象征上具有深层次的同构性,而这种同构关系是在关系繁复的历史过程中被形塑的。嘉绒的神山创造了一种从"山上"来的文明形态,山岳不仅是文化自我界定的他者,也是社会秩序的源泉。

汤芸的另一篇论文《从神判看西南中国的"礼治秩序"——

以一个黔中屯堡村寨的降乩仪式为例》，分析1912至1914年之间发生于贵州黔中地区一个屯堡村寨内为平息家族祖坟争端而举行的一系列降乩仪式，对神判与官司之间的同构互为关系进行说明，从而指出"礼治秩序"中礼、法、俗相掺杂的状态。这篇论文揭示了西南与"礼仪"之复合形态。

第二部分由四篇论文构成，集中于"人物类型"研究，揭示南诏—大理王权形态的关系内涵、平武白马土司与明朝官僚政治的关系、德钦地方"大人物"错综复杂的命运，及清代士人与西南土司的关系面貌。

梁永佳的论文对南诏—大理的王权模式加以分析。他指出，此地王权概念研究者呈现过"陌生人—王"和"宇宙统治"两种模式，但其具体存在形式有所不同。陌生人—王是一个反社会的姻亲和客人，宇宙统治者是一个超社会的血亲和主人，两者"人物类型"在结构上相反，在历史上则互为补充。从南诏—大理的王权模式来看，"宇宙统治"是一种不同于"陌生人—王"的王权模式，应该被作为一个分析概念纳入对西南政治文化的讨论中。

曾穷石的文章考察15世纪龙州（今四川省绵阳市平武县）土司修建寺庙报恩寺所引起的纷争，以此探讨土司政治的区域运作形式。文章认为，土司修建寺庙，表达汉籍土司对官僚政治的向往。围绕修建寺庙，龙州土司与龙州当地土司集团、士大夫阶层交游往来，同时又通过与远在千里之外的中央王朝高级官员的交际，取得外在于土司政权的力量支持，并利用朝廷宦官专权的契机，投宦官王振佞佛所好，获得了明英宗的授权，完成了"不可为之事"。报恩寺的修建，是土司政治与帝国官僚政治角力的产物，反映了龙州这一偏远的地方社会与帝国的权力核心之间的互动。

刘琪借助历史文献与口述史，对云南德钦一个地方的"大人物"之死展开研究。他指出，过往的分析并没有重视对超越结构的人物的研究。刘琪的论文表明，对人生史展开研究，使我们能够更好地展现西南地区民族与文化的多样性与混杂性，更好地理解这一区域独特的历史与文化图景。

李金花的论文分析清代士人顾彩所写的游记文本《容美纪游》，侧重于该文本所记述的山川景观。顾彩对容美土司区有"蛮夷之地""桃花源"与"仙境地"等多重印象，顾彩眼中容美土司所居的武陵山区，既是"蛮夷"之所在的山川，又是神灵之所在的山川。对顾彩来说，容美土司这一人物类型则是此二者的结合体。对顾彩的"容美意象"进行的这项研究一方面表明，古代中国士人的书写中是存在接近于民族志的文类和情结的，另一方面也表明，对于"华夏文明"的承载者而言，身处"蛮夷之地"的土司是一种复合性的政治文化能动体。

第三部分收录三篇论文，都涉及"交换与物质文化"专题。

郑少雄的文章聚焦康定地区特有的交换方式——锅庄贸易，基于制度经济史和经济人类学的"贸易港"概念，从三个方面讨论了康定锅庄贸易所体现出来的贸易港特征。但他同时指出，康定与波兰尼的贸易港又存在重要的区别。这些区别反映出晚期帝国的特殊性，也成为我们今天理解民族关系的一个参照点。以土司社会（锅庄是其内部最重要的组织要素之一）为中介，汉藏之间存在着包括生态、交通、贸易、族群、宗教等众多面向在内的有机政治联系，这种有机政治联系使得汉藏文明成为一个不可分割的连续统。

尹韬的论文围绕西南地区一个汉族寨子婚礼中"酒"的种种场景，指出不管是"通神"还是"事人"，都需要通过"酒"来达到一种"其乐融融"而又"彼此有别"的场面。他进一步区分了"礼仪之酒"和"游戏之酒"两种形式，认为礼仪对人并非是简单的"控制"，它也给了人"释放"。在"释放"与"控制"之间，文化要达到一种"夫礼以制中"的目的。

舒瑜的另一篇文章《关系中的"物"——一个盐井村落中的盐》，同样是以"物"为视角的研究。该文分析交换体系和献祭体系中的"盐"，从"盐"的角色考察云南诺邓盐井所处的"上下""内外"关系情景。她强调指出，处在关系结构中的"盐"，在交换和献祭两套体系中展现出同构性。在作者看来，交换与献祭构成"一横一纵"的关系结构，构筑了诺邓人理解的人文世界。

* * *

文集收录的论文各有不同侧重点，但从大的方面而言，其相互之间存在着深刻的联系。

论文的作者都在21世纪最初的10多年先后前往西南地区，在那里展开各自的研究。其成果可谓构成若干年前出版的《重归"魁阁"》[1]的续篇。《重归"魁阁"》已收录张宏明、梁永佳、褚建芳等自1999年开始在云南展开的几项研究的报告。[2]这组报告展露了一批新生代中国人类学研究者的新关怀。此后,又有一批年轻学子(除了本文集诸论文的作者之外,先后还有陈波、陈乃华、伍婷婷、刘雪婷、罗杨、张帆、张亚辉、梁中桂、徐振燕、夏希原、吴银玲、高瑜、翟淑平、黄雅雯等;由于技术原因,此处没有收录他们的论文)参与到西南研究中来。他们在云、贵、川等地问道求知,在此过程中,形成了置身于具体时空坐落而做概念辨析的习惯,相互之间形成密切的学术互动关系。他们不拘泥于所在区域的既有立论,而致力于反思地继承内在于西南但有更广泛意义的区域知识。[3]

我们用"文化复合性"概念来概括这组研究所呈现的西南人文世界之面貌。文化复合性的意思是,不同社会共同体"你中有

---

1 潘乃谷、王铭铭编:《重归"魁阁"》,北京:社会科学文献出版社,2005年。
2 他们的专著也被列入社会学人类学论丛"魁阁系列",于2005年由社会科学文献出版社出版。参见张宏明:《土地象征:禄村再研究》,北京:社会科学文献出版社,2005年;梁永佳:《地域的等级:一个大理村镇的仪式与文化》,北京:社会科学文献出版社,2005年;褚建芳:《人神之间:云南芒市一个傣族村寨的仪式生活、经济伦理与等级秩序》,北京:社会科学文献出版社,2005年。
3 我们这部文集,也可以说是几年前发表的一系列有关20世纪前期民族与文明叙述的述评的民族志类续篇。在那些述评中,我们部分表达了从历史和民族志观点重新审视中国在世界中的地位的主张,部分触及了本书论述的文化复合性概念。参见王铭铭主编,杨清媚、张亚辉副主编:《民族、文明与新世界:20世纪前期的中国叙述》,北京:世界图书出版公司,2010年。

我，我中有你"[1]，其内部结构生成于与外在社会实体的相互联系，其文化呈杂糅状态。文化复合性有的生成于某一方位内不同社会共同体的互动，有的则在民族志地点周边的诸文明体系交错影响之下产生，是文化交往互动的结果。文化复合性是自我与他者关系的结构化形式，表现为同一文化内部的多元性或多重性格。这种结构的存在表明，没有一种文化是自生、自成的孤立单体，而总是处在与其他文化的不断接触与互动之中，即使有些文化相对于其他文化"封闭"，但其现实存在避免不了"外面的世界"的"内部化"。

文化复合性亦可被理解为一种"复杂性"；这里，"复杂性"与过往人类学者探究过的、不同于原始"简单社会"的文明"复杂社会"有关，[2]但也有着自身的特殊含义。它意味着，无论是"简单"还是"复杂"社会，文化均形成于一种结构化的自我与他者、内部与外部的关系之中，使他者和外部也内在于"我者"。我们以"内外上下关系"[3]来认识文化复合性的构成。所谓"内外"，即指社会共同体与文化界线两边的联动；所谓"上下"，则

---

1 对于这一观点的形成，费孝通先生有关"中华民族"和"文化自觉"的论述（参见费孝通：《论人类学与文化自觉》），及萨林斯有关跨文化政治的论述（萨林斯：《整体与变迁的跨文化政治》，刘永华译，载王铭铭主编：《中国人类学评论》第9辑，北京：世界图书出版公司，2009年；萨林斯、王铭铭：《我们是彼此的一部分——萨林斯、王铭铭对谈录》，载王铭铭主编：《中国人类学评论》第12辑，北京：世界图书出版公司，2009年)，都有着重要贡献。

2 Robert Redfield, *Peasant Society and Culture*, Chicago: University of Chicago Press, 1956.

3 王铭铭：《民族志与"四对关系"》，载王铭铭：《人类学讲义稿》，北京：世界图书出版公司，2011年，第375—382页。

是指由于历史中的社会共同体与文化通常存在规模与影响不一或"尊卑"不等的"差序",因此,跨社会或跨文化关系通常也具有深刻的等级内涵。而关系及其形成过程,都存在主观和客观两面,且主/客之间的界线不易划定,杂糅着我者与他者之间关系的实际状态与观念形态。我们既以"文化"来形容社会共同体的组织形态,又以之来形容关系与过程的主/客杂糅状态。我们认为,倘若将"内外"形容为横向关系,"上下"形容为纵向关系,那么,实际存在于历史中的关系都是纵横交错的,表现为"内/外"与"上/下"的不可分割。

我们又以"居与游"的双重性[1]来领悟文化复合性。我们认为,无论是单以"栖居"来形容人的存在,还是单以"流动"来形容人的存在,都不足以说明人的存在的本质特征。我们以"居"来表达存在的"栖居性",以"游"来表达存在的"流动性",认为,人、社会共同体、文化的存在,都构成"居/游"的复合。以上所说的"内外上下关系",一面是局内与局外、"上级"与"下级"的区分,另一面是与社会共同体相伴生的流动。作为"居/游"双重关系的展开及其生成结果的文化复合性,其动力学类型大约可以概括为贸易、宗教传播、行政制度建制、移

---

[1] 向上和向外流动,是"乡土中国"的内在构成因素(参见王铭铭:《居与游:侨乡研究对"乡土中国"人类学的挑战》,载王铭铭:《西学"中国化"的历史困境》,第174—213页)。我们认为,这一结论虽来自东南研究,但对于我们认识西南文化复合性也有意义。相比通过海洋与海外长期频繁交流的东南,西南给人的印象是相对封闭。然而,对这个地区的民族志论述却使我们认识到,与东南一样,"对外交流"也是其区域文化活力的源泉。

民迁徙等。

  文集收录的论文,有的侧重从横向关系入手,有的侧重从纵向关系入手,但所有的论文,都致力于呈现两种关系方式的同时性与关联性。

(摘自王铭铭、舒瑜主编:《文化复合性:西南地区的仪式、人物与交换》"导论",北京:北京联合出版公司,2015年,第5—31页)

从古代巴人到土家族

带着对于过往学者旧事的向往,我曾游于西南,去过潘光旦先生在昆明郊区的战时故居,访问过费孝通先生的"魁阁"及当时的"田野地点"禄村、喜洲、那目寨,[1]还进入"藏彝走廊",[2]游荡于平武、甘孜、阿坝、陇南、青海、凉山、滇西北等地。我也到过李庄,惊叹幽灵犹在的"中央研究院"历史语言研究所、"中央博物院"筹备部、中国营造学社、同济大学战时所在地……到2007年5月,我终于有机会带着《潘光旦民族研究文集》,赴湖北恩施参与土家族确认50年暨土家族研究学术研讨会。2010年5月,同一本书再度成为我湘西之行的伴侣,我以它为向导,在潘先生去过的地方摸索。

---

1 潘乃谷、王铭铭编:《重归"魁阁"》,北京:社会科学文献出版社,2005年。
2 王铭铭:《中间圈:"藏彝走廊"与人类学的再构思》,北京:社会科学文献出版社,2008年。

将这些脚步串联起来的，是数十年前不同学派的学术旧梦，而我的"停靠站"，则是现实之网的若干历史节点……

一

1953年9月，研究部派出了调查组，考虑到潘光旦腿残不便行走（他在清华学校上学时，因运动致腿伤，后来由于结核菌侵入膝盖而不得不锯去一条腿），未同意他参加这次调查，调查组由汪明瑀（曾是潘光旦的学生）带队。负责土家族民族识别任务的潘光旦先生，在此期间主要进行汉文献研究。

潘先生一生爱书，从20世纪20年代起，稍有余钱就用于购书，到50年代初，已积累了大量书籍。调中央民族学院后，他搬到民院宿舍居住，家里容不下那么多书。学校给予特殊照顾，在研究楼中专给他一间屋作书房，但书架太长放不进去，暂存过道中一度被人瓜分。书架在屋里绕墙摆也摆不过来，只得再往里边摆，最后只剩屋子中央一小块地方放一张红木书桌。[1]

潘先生正是在这间小书房里展开了他的土家族源研究。他于1955年11月写出《湘西北的"土家"与古代的巴人》，将该文发表于《民族研究》第4辑。[2]

---

1 潘乃穆等：《回忆父亲潘光旦先生》，载《中国优生与遗传杂志》1999年第4期，第50页。
2 在当时研究部出版的权威性学术期刊《民族研究》第4辑中，亦可见语言学家王静如先生的《关于湘西土家语言的初步意见》、汪明瑀的《湘西土家概况》，加上潘先生的长论《湘西北的"土家"与古代的巴人》，一组科研报告分别从土家文化的诸方面——历史、语言、风俗习惯信仰、社会经济状况等——呈现作为一个单一民族的土家族的风貌。

《湘西北的"土家"与古代的巴人》一文，在学术旨趣上已与民国民族学大相径庭。

如果说民国民族学对于"自然民族"存在着既承认又不承认的矛盾心态的话，身处新中国初成立时期的民族研究者，相比而言则更真切地从政治上承认"自然民族"的原来身份。这一点从潘文对于凌纯声、芮逸夫湘西调查的评论中可见一斑：

> 凌纯声、芮逸夫合著的《湘西苗族调查报告（页二二）根据了法国人拉古伯瑞（T. de Lacouperre）《汉语形成以前的中国语言》一书中的话，说：永顺保靖等县的土人语言，属于泰掸语系，而藏缅化了的，因此，他们或者是古代"僚族"的逸民。"藏缅化"云云，像是说着了一些，因为"土家"与彝语有接近之处，但应知"土家"语本属藏缅系统，而不是"化"成的。仡佬语尚在研究中，以前有人以为属于侗台语系，现在看来颇有问题，如果终于证明为没有问题，则这话正可以说明"土家"与"僚"杂居已久，语言中不可能没有"僚"语的影响，但也只是影响而已，有些"泰掸化"而已，不能据此便以为"土家"语属于所谓泰掸语系……凌芮二氏，在这段讨论的上下文里，倒是把"土家"与苗划分清楚了的，到此却又把"土家"与"僚"纠缠在一起了，中南民族成分的难以识别，于此可见一斑。[1]

---

1 潘光旦：《湘西北的"土家"与古代的巴人》，载潘光旦：《潘光旦民族研究文集》，北京：民族出版社，1995年，第180页。

二

《湘西北的"土家"与古代的巴人》[1]一文长达14万字,基于传说、历史文献与实地考察所获资料,对古代巴人衍化为土家的历史进行了综合研究,为历史民族学的典范之作。潘先生广搜正史,及有关巴人、蛮与土家的史籍、地志、野史资料,摘抄资料卡片数以万计,共征引史籍50部、地志52部、野史杂记30部、其他文献50多部。他除了考辨历史文献中有关土家的记录之外,还对土家自己的传说加以分析,同时,对于严学宭、汪明瑀等人的湘西调研报告善加利用。

潘先生文章的正文部分分前论与本论两大部分,有"引语",文后附"直接参考与征引书目"。在"引语"中,潘先生明确表明,他的论文意在从不同的方面来说明巴人与土家之间的渊源关系,"巴人的历史就是'土家'的古代史"[2]。

澄清土家的"族源"是潘先生研究巴人历史的主要目的,但这绝不是他在文章中所做的唯一工作。在"引语"中,潘先生指出,从巴人到土家的演变史本身表明,"族类之间接触、交流与融合的过程是从没有间断过的进行着,发展着"[3],而土家的生成史,"就是祖国的历史"[4],也即中国整体历史的一个缩影。在前论

---

[1] 潘光旦:《湘西北的"土家"与古代的巴人》,第160—330页。
[2] 同上,第164页。
[3] 同上,第166页。
[4] 同上,第166页。

中，潘先生概述了在他展开研究之前关于土家由来的诸种说法，明确表示，在他看来，土家"是另一群非汉族的人民"。不过，这群"非汉族的人民"，既不是绝大部分史料中所说的瑶或苗，也不是近代民族学家所说的"僚"，而自有其自身的历史与认同。在本论中，潘先生从自然地理、民族分布的地理特征、传说、历史事实、自称、民间信仰、语言、姓氏等诸多方面说明巴人与土家之间的源流关系。

本论是文章的核心，该部分共包括10节。其前2节探究巴人的起源与初期发展及地理分布，第3、第4节则集中考察了巴人进入湘西北的历史过程。

在潘先生笔下，巴人历史悠久，可以追溯到夏代。后来，巴人从西北不断向东南迁徙，到夏代与中原有了政治上的联系。西周初年建了巴子国，春秋战国时期与中原诸侯国和族类多有接触。巴子国灭后，巴人以鄂西川东为根据地，向四方散布。巴人迁入湘西北后，直到唐末，有些融入汉族，有些一直保留自己的生活方式与认同，文献上对此有直接说明。但是，"唐代以后，从五代起，巴人不见了。至少我们不再见到用'巴人'称呼的记载，只剩下一些气息仅属的传说，代之而起的，在完全同一地区以内，却是被派作'土'司，应募当'土'兵，与被称为'土人'或'土家'的一群人"[1]。

"巴与'土'是完全不相干的两群人么？还是前后名称有了

---

[1] 潘光旦：《湘西北的"土家"与古代的巴人》，第209页。

不同的一个人群呢?"这成为本论后面5节要回答的问题。

从第5到第9节,潘先生分别举了五方面的证据来说明土家是巴人的后裔。证据一相关于土家的自称。土家自称"比兹卡",其中,"卡"的意思是"族"或"家",而"比兹"则是特殊称谓,与古代巴人的称呼相近。古代的"巴"也有"比"的音节,这反映于巴人曾活动过的区域内的地名。证据二,是"虎与生活"。潘先生认为,巴人和土家族都生活在多虎的环境里,故有白虎神崇拜,这在大量古籍中有记述。证据三延续证据二,涉及白虎神崇拜。巴人自称"白虎后裔",早已有了白虎神崇拜,而《后汉书》与《华阳国志》有廪君死魂魄化为白虎之说及"白虎复夷"之说等。潘先生认为,虎在巴人与土家的生活中占有很高地位。巴人以虎皮衣木盾,用虎取名,铸虎于器物上。崇虎的结果,导致了虎与人之间可以互换。在潘先生看来,巴人的虎信仰的演变脉络为:廪君→白虎神崇拜→白帝崇拜→白帝天王崇拜。他认为,"从白虎神到白帝天王是一个整的发展过程,贯串着巴人与'土家'的信仰生活前后至少已有两三千年之久"[1]。在研究白虎崇拜的演变时,潘先生举出了方志记载的四川、湖北、贵州、湖南白帝寺、帝主宫及天王庙的分布情况,并对这些庙宇奉祀的诸神加以考证。[2] 证据四是"语言中的两个名词"——虎称"李",鱼称"娵隅"。潘先生说,巴人和土家族语言中有相同的词汇,二者都将虎称为"李",将鱼称为"娵隅"。证据五,是姓氏。巴

---

[1] 潘光旦:《湘西北的"土家"与古代的巴人》,第261页。
[2] 同上,第255—261页。

人和土家姓氏相近。潘先生考证了巴人五姓与七姓，并将之与土家大姓比较，发现了它们之间的相似性与连续性。

民族自称、图腾与生态、民间信仰（宗教）、语言、姓氏，是潘先生追溯土家与古代巴人之间关系的五个角度。这五个角度固然是符合20世纪50年代新政府采用的民族定义的，但它们同时都来自历史本身。

潘先生的土家研究并不旨在提供一项民族志范例，他的研究具有浓厚的历史民族学色彩，核心内容与"源流"的探寻紧密相关。然而，就是这样一份具有考据学色彩的民族研究文献，有极其强烈的民族志色彩。它的研究不是对一个横切面的"时空坐落"的民族志平面化描述，而是对一个人群的"纵向"的历史演变的追溯。但这个"纵向"的历史所起到的作用，恰又是对土家文化富有意义的描述。

潘先生文本的最后一节题为"湘西北巴人成了'土家'"。它衔接以上的考证，基于更为具体的文献与传说研究，提出了土家为古代巴人后裔的看法。潘先生认为，土家的自称"比兹卡"是古代巴人自称的延续，而作为他称，"土家"则与唐以后中国历史的演变有密切的关系。巴人的自称与土家这个他称之间，存在一种名称上的断裂，但两个名称所指的人群只有一个。如果说土家这个族称是对巴人这个族称的"机械性的衔接"的话，那么，这个"机械性的衔接却把人群本身的有机性的绵续给遮蔽了"[1]。

1　潘光旦：《湘西北的"土家"与古代的巴人》，第209页。

是什么造成这个"机械性的衔接"？为了解惑，潘先生对五代史中的"夷夏关系"进行了分析。

唐代与唐代以前，生活在湘西北的巴人无论是自称或他称都是巴人，但这个称谓到了五代则消失了，代之而起的是与"土"字相关的称谓，如土兵、土丁、土人、土军。[1] 潘先生认为这个变化不是偶然的，而是与五代期间从江西前来的彭氏势力有关。关于湘西彭氏的来源，史学家谭其骧先生提出过"土著说"，他认为彭氏为土家本族人。[2] 潘光旦先生不同意这一看法，他指出，彭氏可能源于江西一带的"蛮"（如畲族），但即使是如此，也早已汉化。他们是吉州庐陵吉水一带的土豪，本想在江西与湖南之间"造成一个局面"，后来江西一方面不行了，投奔了当时称了"楚王"的马氏（五代十国时期十国之一的楚国，史称"马楚""南楚""马楚国""马楚政权"，以长沙府为王都，辖地湖南全境及广东、广西和贵州部分地区，公元907年建国，公元951年南唐乘马楚内乱，派军占领长沙，楚灭），以"培植力量，待机而动"[3]。经一番经略，彭氏在湘西地区获得了支配地位，对内称土王，对外称刺史。

为了巩固自己对于巴人的统治，彭氏采取了一些手法，例如，对当地的大家族表示"好感"，将其领导人纳入自己的统治机构中。另外，彭氏还从正反两面造作一套"土龙地主"的传

---

[1] 潘光旦：《湘西北的"土家"与古代的巴人》，第311页。
[2] 同上，第312页。
[3] 同上，第300页。

说。他们一面将自己宣扬为"土龙地主",把巴人说成是"土龙"的子孙,一面对巴人的虎崇拜进行了"修正"。"首先,彭士愁想把自己安排进这个传统,说他自己是传说中的铜老虎,而他的兄弟,彭士全,是铁老虎……这一类硬套的作法失败以后,他就更进一步的想摧毁这传统,而代之以他自己,作为一个汉人,或接受充分汉化的人,所习惯的传统,就是龙换虎"[1],将本为巴人图腾的虎说成是有害于人的东西,致使后来的土家地区巫师法术中有了"赶白虎"的仪式。[2]

借用结构-历史人类学的术语,这个"土换巴""龙换虎"的权力与象征的转换过程,可谓是"陌生人—王"生成的过程。[3]这个过程本身是有两面性的,它一方面是潘先生所阐述的外来的势力到巴人地区称王、塑造自己的"土王"身份的过程,而另一方面,则亦可能如后来的人类学家所指出的,是一个"土著"主动接受外来之"王"的过程。

然而,彭氏对内称"土王",对外称"刺史",这一统治权的内外之别还含有另一层意义:"刺史"是个大大低于"王"的"级别"。彭氏是对马氏的楚王国称臣的,而马氏政权不过是偌大的天下"乱世"的一个组成部分。从这一点看,彭氏是深知自己虽为"土人"的"陌生人—王",除了其统治领域,便只不过是个

---

[1] 潘光旦:《湘西北的"土家"与古代的巴人》,第307页。
[2] 同上,第308—309页。
[3] 萨林斯:《陌生人—王,或者说,政治生活的基本形式》,刘琪译,黄剑波校,载王铭铭主编:《中国人类学评论》第9辑,第117—126页。

"刺史"罢了。

彭氏在政治权威上的双重性,形成于整体中国的一个大历史背景中。[1]潘先生指出,中国的各个少数民族在和中原族类发生接触之前,各有自己的政治组织与领导关系。而因参与组织与处于领导地位的,本都是"他们自己的人"[2],因而可以认为,其权威是单层的、本土的。到了"夷夏"有了接触之后,"中原的统治者开始把自己的权力伸展到他们中间去",此后,权威形态才产生了变化。

在唐宋时期的羁縻制度下有了土官,这种权威人物依旧是旧有的土生土长的上层人,只不过加上了一些名号,其余是原封不动的。

在滥觞于元代、完成于明清两代的土司制度下,中原统治者对周边民族加强了干涉与控制,对领导人物的产生办法和继承制度也加以干涉,这就使权威形态加进了更多的中原因素。

清雍正年间开始改土归流,在民族地区设流官,"目的在把少数民族成分的人变成汉人",把他们中"一部分已接受了中原族类的一些经济与文化影响的分子"视同汉人,一体管理。

从土官到土司,再从土司到改土归流,并没有在所有少数民族地区实行,但在土家地区,则先后都适用过。宋及宋以前,这里任命过土官;元代到清初,湘西北有永顺、保靖两个宣慰司;

---

[1] 冈田宏二:《中国华南民族社会史研究》,赵令志、李德龙译,北京:民族出版社,2002年,第276—447页。

[2] 潘光旦:《湘西北的"土家"与古代的巴人》,第206页。

清初到1949年以前，这里设过流官。

潘先生认为，土家这个他称，形成于出现土官的阶段。就中原与少数民族成分之间的关系史的大历史来看，以上三个阶段的变迁，确是大的线索。不过，各阶段、各地区都有其特殊的复杂性。就土官阶段来说，上述由本地人担任土官的情况，只是多种情况中的一种。除此之外，还有其他三种情况。其中一种是中原族类的人进入少数民族地区，接受他们的语言与风俗习惯，而成为土官；一种是由中原直接派去；再一种是经过征伐之后留在少数民族地区的小部分军官与士兵，成为当地实际发号施令的人。在以上这些情况中，中原族类的人"大抵起初都未尝不想'用夏变夷'，但终于成为'用夷变夏'的对象"[1]。因此，诸种情况各别，但实质都为土官制度的变异。

唐代末年江西彭氏"入侵"，对内称王，对外称刺史、宣慰使等，一直持续到清初，前后维持了八百多年，是巴人地区继周代派子爵、东晋派官吏之后的又一种权威形态。这种形态与中国大历史中分治阶段的特殊性有关。潘先生说：

> 当中原干戈扰攘、封建秩序暂时发生混乱的时候，方疆官吏或地方豪绅纠合武力，打进少数民族地区，把领导权劫夺到手，终于成为当地的直接统治者，但为了缓和反抗，同时也接受了当地主要族类的语言风俗，日久也就与土著的土

---

[1] 潘光旦：《湘西北的"土家"与古代的巴人》，第206页。

官分不清楚,终于和他们成为同一族类的人。[1]

为解析彭氏的权威形态,潘先生对溪州铜柱进行了研究。溪州铜柱是后晋天福五年(公元940年)楚王马希范与溪州刺史彭士愁战后议和所立,镌刻着双方盟词。潘先生根据盟词透露出的有关湘西土家的风俗、权威形态、族类关系、政治组织、土地所有制、兵役劳役、赋税、司法等方面的信息,提炼出了一种有关土家地区上下内外关系的观点。在潘先生看来,在溪州铜柱竖立之前,彭氏与楚王马氏之间早已有联姻与政治结盟关系,而被统治的土家则不甘接受这种双重的外来统治。到了彭士愁的年代,外来之"王"与"土著"之间的矛盾愈发激烈,于是爆发了战争。彭氏与马氏打仗,是打给"土著"看的,"从彭氏说来,是准备失败的,失败了,才可以教当地人死心塌地的接受他的统治,战争的失败就是彭氏的成功"[2]。潘先生认为,这次战争"是为了达成铜柱上的这份'盟约'而布置出来的一出双簧……彭氏的统治,从此以后,成了铁案"[3]。铜柱的"盟约",一面把彭氏与楚王之间的关系拉得更近了些,一面又将彭氏带领"土著"对外作战的事迹镌刻于"土著"的内心中,使其接受了"陌生人—王"的统治。而由于彭氏这个权威群体此时已介于我们所称的"内外"(即"土著"与其"外部")和"上下"(即超出"土著"范围的

---

[1] 潘光旦:《湘西北的"土家"与古代的巴人》,第297页。
[2] 同上,第306页。
[3] 同上,第306页。

等级关系)之间,其统治得到了长期延续。

三

《湘西北的"土家"与古代的巴人》梳理了土家族的形成史。在该文中,潘先生指出,土家族有一个"古代史",有个未有"土家"这一他称之前的巴人(或巴子国)史。唐末以前的巴人,虽亦从异地迁徙而来,但有其自主的政治组织与社会生活形态。当时的巴人,更接近于"自然民族"的情形;到了彭氏进入湘西北地区之后,土家族就渐渐形成了。此时,土家不再是一群与世隔绝的"土著",不再是不受人为政治干预的人群;相反,如果说巴人的"古代史"后面又出现了个"土家族",那么,这个民族是具有某种复合性的。

写作《湘西北的"土家"与古代的巴人》一文时,潘先生承担着民族识别的任务,但他并没有因为有这个政治上的使命而舍弃学者本有的学术天职。

为了实现比"旧社会"更平等的民族关系,潘先生认为,土家这个民族确应被认可为一个"单一民族",而为了承认其"单一民族"的属性,我们有必要对于"土家"的"土"字出现以前更为"原始""自主"的巴人史加以研究,说明土家人的祖先在那个阶段有自己的自称、聚居地、信仰、姓氏及政治组织。但与此同时,潘先生指出,在承认其民族的"单一性"时,我们却又不应忘记,"历史上绝大部分的巴人,今日湘西北'土家'人的一部分祖先也不例外，在发展过程中，变成了各种不同程度的汉人，终与汉人完全一样，成了汉族的组成部分"[1]。

潘先生认为，巴人渐渐纳入中原族类的视野，受其影响以至"统治"的过程，恰也可以说是巴人成为土家族的历史过程。

潘先生将这一过程与唐末以后中国历史大势的转型相联系，在"中国大历史"的氛围内考察土家认同的生成，这无疑堪称一种民族学的文化复合结构论。

潘先生是在一个特殊年代书写湘西北的历史的，他不可能完全摆脱心态上的矛盾。他一方面热切响应新中国民族政策的号召，诚恳接纳土家人成为一个"单一民族"的愿望，且为此将土家的历史上溯到巴人的"古代史"中；另一方面，他却又本着知识分子的良知而充分意识到了这些号召与愿望的特殊历史性。

如何在号召、愿望与学术研究的本分之间找到一个平衡？这一问题必然困扰过潘先生。潘先生无不尽力克服矛盾，将本具有结构关系论色彩的土家族形成史化作对于封建王朝不合理的民族政策的批判，对公正、合理的新民族政策加以展望。

在1951年发表的《检讨一下我们历史上的大民族主义》一文[2]中，潘先生已为此类研究做了理论的铺垫。如上所述，《检讨一下我们历史上的大民族主义》对古代民族关系的政治做了"朝贡的解释"，指出，既往民族政策的历史限度是，"一方面我们责成

---

1 潘光旦：《湘西北的"土家"与古代的巴人》，第165页。
2 潘光旦：《检讨一下我们历史上的大民族主义》，载潘光旦：《潘光旦民族研究文集》，第146—159页。

少数民族向我们'朝贡',一方面对凡来'朝贡'的人,我们除摆出所谓'上国衣冠'的吓唬人的场面而外,自还有一番回答的礼教"[1]。"辛亥革命以后,'朝贡'政策是没有了,但所以造成'朝贡'政策的大民族主义还留下很多的残余。"[2]

如果说潘先生所说的历史上的"少数民族成分"有各自的政治组织,成其各自的社会,那么,也可以说,整体中国必定是一个超政治组织的政治组织、"超社会的社会"。在这样一个宏大的政治组织和社会中处理诸政治组织与诸社会之间的关系,"旧社会"的王朝积累了一套办法。在潘先生笔下,这套办法都与"朝贡"这两个字有关,是礼教的一种延伸,其本质属性是文化的。从潘先生运用的词汇看,他早已深知,这一"文化体系"与"夷夏"这两个字渊源很深:"朝贡"是处理"夷夏"关系、确立"文野之别"的方法。尽管1951年之前,潘先生的政治态度有过多次变化,但到1951年,他似乎已全然接受了新的政治价值观,也因此,他才可能对"旧社会"处理民族之间关系的做法进行批判。从现代人类学的伦理准则看,作为一位汉族知识分子,潘先生有此"文化自觉",有此对于本文化偏见的"检讨",本是应该的,有此对其所处的"帝国体系"加以"解构"的努力,本也是可取的。然而,生活在竭力试图从"旧社会"中摆脱出来、成为"新社会"的"解放初",潘先生对于未来怀有想象,不免有浪漫因素。在他的脑海中,"旧社会"种种"大民族主义"的民族政策,

---

[1] 潘光旦:《检讨一下我们历史上的大民族主义》,第156页。

[2] 同上,第157页。

似乎都有希望得到替代，而民族研究者能服务于"万象更新"，是一件难得的幸事。协助政府承认少数民族原来具有的政治自主性，恢复民族的"本来面目"，祛除"旧社会"朝贡式大民族主义，成为潘先生发自内心拥抱的使命。

潘先生一面务实地接受"土家"这个带有大民族主义色彩的他称，一面悉心复原这一族类的"远古史"，悉心认识其在古史上的政治自主性。在他笔下，唐末以后，巴人成为土家的过程获得了双重意义。一方面，从民族识别工作的实务需要看，这一过程造就的"土家"称谓应当被接受；另一方面，接受这一称谓不应意味着接受称谓背后的历史，因为它背后的历史与应得到"检讨"的大民族主义紧密相关，是古代王朝将"少数民族成分"或"自然民族"纳入其不平等的"朝贡体系"之下的过程。

生活在那个特殊的年代，富有浪漫主义情怀的潘先生无暇顾及思考他兴许已感觉到的问题："新社会"即使能从"旧社会"的那一不合理、不公正的大民族主义中脱胎换骨，也不能改变其形态，也就是说，它依旧是一个"超政治组织的政治组织""超社会的社会"。舍弃"旧社会"处理"夷夏关系"的文化方法，意味着"新社会"不得已要采取一套"非文化"的方法来维系这一关系。舍弃"夷夏关系"的文化内涵，必然致使这一关系空前地获得越来越多的实质的政治经济属性。

（摘自王铭铭：《潘光旦先生〈土家族源研究〉导读》，载《中国社会科学》2010年夏季卷［总第31期］）

《跨越界限的实践——藏学人类学的追寻》序

　　这本文集收录了十篇有关藏文明的人类学研究之作。我将文章分为三编。第一编题为"学脉的求索",含三篇文章。其中,第一篇考察20世纪50年代社会历史调查式民族志在西藏地区的实践;第二篇立足于这一"新传统",回望20世纪前期藏学人类学的多文明学脉;第三篇反思20世纪80年代以来蔚然成风的藏族民间宗教研究。第二编题为"社会、人生与宇宙",所含的四篇文章可谓都是民族志类的,它们分别以社区个案研究勾勒出传统藏区社会网络的形态,从人生史角度考察藏文明之"士"(仁波切)的类型生成,借宗教人类学认识方法复原藏区的祭祀活动与竞争—结盟辩证法,由宇宙观入手切近寺院神圣空间的纵向(即上下关系)和横向(及内外关系)层次。第三编题为"文明的关联",含三篇文章,从不同角度(皇帝诏书的"本土化"灵力、朝圣、王朝神话—亲属体制)审视文明的价值转化、关系并接及区域关系。

从内容上大的方面看，第一编是学术史类的，第二编是个案研究类的，第三编旨趣在于区域关系研究。各编文章分别处理以下三组问题：

其一，新中国成立70年来，汉文藏区民族志调查研究的成就主要有哪些？这些成就有何价值？是否存在值得反思的问题？要解决问题，我们是不是应在20世纪前期的相关探索中挖掘有启发的观点？长期潜藏在藏学研究中并在过去40年来得到发挥的"民间宗教"观点，与藏文明的新旧叙述曾经如何交织？当下的研究存在哪些问题？这些问题源自何处？如何解决？

其二，藏人与其他"人"一样，要获得其生活，便需要与其他人、物和神圣性处理关系。但他们具体如何处理这些关系？其基本人际关系类别有哪些？成为超凡脱俗的"人物"有哪些条件？这样的"人物"的生境为何？其与显示神圣性的各种物如何互动？他们如何与"神圣的存在"交往？藏人节庆祭祀活动是否与其他文明有别，还是有着相通性？像寺院那样的神圣空间，呈现出何种世界图式？这种世界图式的特征为何？它如何处理层级阶序与内外关系？在这一世界图式中，处在"高处"的神圣性，是不是与人间截然二分？它是不是"绝对精神"？如果不是，它又如何成其"神圣"？

其三，藏区物与人的流动受何种特殊因素驱动？是物承载的支配性还是它们的"灵力"在起关键作用？经过时间的累积，物与人的流动，会"播化"出某些区域。这些区域的"社会逻辑"

为何？这一"社会逻辑"是否以藏人的亲属关系体制和宇宙观形态为基础？

对于"搭配"围绕上述三组问题意识展开的研究，我与几位作者有共识。

我们认为，任何所谓"原创性研究"要真正展开，便需要一定的学术史基础支撑。对我们这里称之为"藏学人类学"的研究而言，对相关学术脉络的领悟同样至关重要。由于我们的出发地是"汉地"，因而，梳理此地前人的"功业"有着特殊的重要性。

我们也认为，所谓藏学人类学重点在人类学，需与这门学科（特别是我们从事的社会人类学）中的方法传统相续。这门学科既有个案研究传统，又有区域关系研究传统。人类学研究的基本层次是民族志。这并不是指罗列一个民族各方面的文化事项，而是指基于参与观察，选择一个主题，运用整体观点，参照被研究者的世界图式，进行全面的联想和解释。五位作者都受过严格的人类学训练，也信守这一民族志方法准则。与此同时，他们也特别重视社会人类学研究的另一个方法论支点。如他们在具体案例分析中表明的，要整体地理解一个民族志的"分立群域"（isolate，可以是社区、人物、仪式"联盟"、神圣空间等），研究者尚需关注其所在的更大区域和文明关联纽带，及这些关联纽带的"在地化"（如，张帆笔下的灵力，翟淑平笔下的朝圣出发地，陈波笔下的亲属制度与王系）。这样的态度，不仅是方法论意义上的，而且也是现实意义上的——我们不相信人群（包括"民族"）可以孤立于其他人群、其他"存在体"而存在，我们怀疑那种将人群或"存在体"界定为自生实体的主张源自观念形态的扭曲。

五位写就了本书的学者，民族身份都是汉族，也都曾是我的徒弟。

我1997年应中央民族大学友人之邀前往该校做讲座，当时陈波在场，后来，他来北大读博，经常出现在我的课堂和读书会上。获得博士学位后，陈波到四川大学任教。2004年，在中央民族大学学习的台湾学子陈乃华在北大旁听我的课，她2005年考取博士，我们转为师徒关系。毕业后，乃华孤身前往青海担任教职，此后在那里成家立业，现担任台湾"中研院"历史语言研究所访问学人。张帆早在2005年即以本科生身份参与我组织的读书会，同年冬天，在我的指导下进行田野工作实习。她2006年本科毕业，进入硕士阶段，择我为师，毕业后前往美国芝加哥大学人类学系，后又辗转到德国马普社会人类学研究所攻读博士学位，现毕业归国，在北大任教。2007年，在一家杂志社工作的何贝莉有意从学，我们约到五道口卡瓦小镇咖啡店（现已不在）见面，不久后，经过细心准备，她考取了博士研究生。贝莉一直从事藏区民族志研究工作，毕业后曾在中央民族大学从事博士后研究，现在中央美术学院任职。翟淑平入学前已在实务部门工作，后来着迷于人类学，于2009年参与中央民族大学人类学专业硕士研究生入学考试，毕业后，她继续做了博士和博士后研究。淑平长期在四川藏区从事田野工作，对甘孜、阿坝藏区有深入研究，现为中国社会科学院助理研究员。

我与几位作者的缘分，与个人特定阶段的某些学术旨趣变化相关。

1999年以来，在费孝通先生魁阁时期的功业及在其"第二次学术生命"中提出的"藏彝走廊"概念的相继启迪下，我频繁行走于西南。其间，曾有两三批学生成为我的同道人。

他们中，第一批以魁阁（20世纪30年代末费孝通先生在云南昆明呈贡县魁星阁建立的研究工作站）的几部民族志经典为指引，进入几个著名田野工作地点，深究其原貌与转型。这些地点中既有汉族（特别是费孝通先生笔下的禄村人），也有少数民族（特别是白族、傣族、苗族）。

第二批进入西南的学生，可谓都是我组织的有关"藏彝走廊"课题的参与者，其研究的地理空间范围得以拓展，触及了不同民族的生活世界。与此同时，也出现了集中于藏区的倾向。他们带着"关系主义民族学"理念，借助相对易于把握的"西南官话"和大量汉文文献，考察汉藏之间的"文化复合性"。

如果我没有算错，那么，本书的五位作者都属于"第三批"（之所以带引号，是因为他们中其实有的出发得更早）。他们进入西南的时间先后不一，但有一个共同点，即，他们不再局限于用西南官话和汉文文献展开田野工作，而是勤勉于藏语言文字的学习，致力于用"被研究者的语文系统"理解被研究的文明。这"第三批"，路也走得更远。他们中有四位长期在青藏高原及其邻近"周边"（包括尼泊尔）从事田野工作，有一位虽还"滞留"在"藏东"，但其实离青藏高原"核心区"已很近。如书名所示，我们可以用"跨越界限"来形容这些同道者所做的事情。

藏文明研究是一门有着辉煌成就的国际性学问，有藏族学术的"本土传统"，有国内汉文传统，及各式各样的域外传统。这几位同道者提供给本书的篇章，都是用汉文写的，无疑都属于汉文藏学传统。然而，他们没有闭门造车，而是尽其所能，穿梭在诸传统中，力求从交流对话中提出他们的见解。他们更深知，作为汉文藏学传统的一个小部分，他们既应超越汉文明的"自我"，又应洞见相邻文明差异与关联共生的必然性。

既往学界有不少同人将藏文明置于"帝国"周边的边界上考察。他们中，有不少学者已充分关注到华夏与"边疆"的文明实体在历史上的频繁互动了。然而，随着"边疆"的"边"字的现实价值的增多（这与20世纪国族勘界的实践紧密相关），分布在广阔的"边疆"的文明实体在学界的表述中出现逐渐萎缩为"界线"的趋势。在我看来，从"汉地"出发，跨越界线，首先是为真正进入那个离我们越来越近的"中间圈"，理解其间诸文明实体的内在社会逻辑。如我在藏区穿行时所感受到的，在其形成和再形成的过程中，藏文明这个系统有着社会结构和文化特征（如本书的不少篇章表明的，这些特征可以比照人类学家们长期积累的对亲属制度、交换、支配、信仰—仪式的相关研究成果加以分析与呈现），也有其"治乱""分合"轮替的历史运动规律，当中的诸"子系统"与"母体"之间的关系，杂糅着中心—边缘关系特征和大小传统上下差序特征，而这些关系和差序特征都是常变的。要理解藏文明，便要充分认知这个文明的社会文化属性及其转化。与此同时，我也感受到，藏文明的内在逻辑虽可以追溯到其"史前基础"，但却又是在"有史以来"与周边诸文明系统的互动和关联中生成的。这个文明与我们的出发地——"汉地"——之间，便长期有着密切关系，产生着相互影响，形成着重要关联。文明的"他性"与"自在性"长期共生，我们不应视之为矛盾。

在追寻藏学人类学时，我们尤其重视考察文明的"封闭与交流"的双重性。我们将所研究文明的分布范围视作一个"民族志区域"，同时重视通过文化和历史的田野工作理解这个区域的特殊性（我认为，这一特殊性往往集中表现在人—物—神圣性的关系模式上），通过对关联线索的把握，展望由这个特殊"区域"得来的解释的普遍价值。我们清醒地认识到，作为研究者，我们与"被研究对象"之间的关系远比一些流行大理论所概括的来得复杂。我们从汉地到藏地从事研究，既要与所在区域的"特殊他者"（他们不同于其他区域的"他者"）交往，力求从与他们的互动中获得启迪，又要与研究同一个区域或不同区域的同人交往，通过直接经验（交际）和间接经验（阅读），经由学习与商榷，升华我们在田野工作中得到的启迪，并为其在学术话语世界中谋得"席位"尽我们应尽的努力。更重要的是，由于我们所在的区域与我们的出发地总是有着这样或那样的历史关联，因而，我们无法简单搬用一般人类学的自我/他者二分框架，将有历史关系的"你我"化成截然对反的"我他"。我们需要用更为复杂的文明关联视野，重新定位研究中的主客关系。

从某种角度看，如果说这本论文集有什么突出特点，那么，这一特点便是我们对上述这一文明与文明人类学认识论"双重性"的强调。

在有关巴村的人际关系分类的研究（陈波）、部落寺院的"人物"人生史研究（何贝莉）、节庆与寺院的"开合"逻辑的分析（陈乃华）及寺院通过与圣山及"三界"的关联营造的仪式空间与文明的宇宙观解析（何贝莉）中，几位作者通过个案研究为我们展现了通过人—物—神圣性诸"广义人文关系"表达出来的内在社会逻辑的广延性。在有关汉藏文明中的物和灵的"翻译"（张帆）、"白马贡"构成的朝圣迁徙"文明圈"的呈现（翟淑平）及藏文明与喜马拉雅区域关系史的勾勒（陈波）中，几位作者则围绕某些生动的事物、意象和体系，为我们展现了文明区域关系的在地性与非在地性的辩证法。

本书的作者们在"你我"之间求索一条双向往复的智识之道。他们一面追求运用所在学科在近一个世纪中积累的理论深入理解藏文明的内在逻辑，一面拓展着这一无疑有其文明特殊性的内在逻辑的超区域价值，自觉实践着某种智识交换。这就使他们的书写既细致入微，深入到藏文明的"地方性知识"之中，又超然于此，表露着某种超越差异的"同理心"。从人类学传统的分科界定看，他们的研究可相应归属于区域性亲属—地缘关系体制（陈波）和宗教人类学（何贝莉、陈乃华、张帆、翟淑平）领域（我一向相信，这两个领域是人类学社会研究的核心）。然而，这些研究的具体内容，应和于被研究事项之自身特质而变得比这些传统领域更加综合。在综合中，宇宙观的线索得以贯穿始终，它被置于特殊与普遍之间，起着同时平衡"地方性知识"和"同理心"的作用。

相关于这一综合，我必须强调，其成果的内涵同样是双重性的。一方面，在几位作者笔下，其在藏区领悟到的"封闭与交流"辩证法，在他们所涉足的那个有着突出韧性的文明体中表现得最为"典型"。藏文明有别于其他的文明，并没有否定其他文明因素在藏区的流动，其他文明因素在藏区的流动也没有妨碍藏文明特性的生成和再生成。"封闭与交流"不是简单的此消彼长的关系，其一方之增殖，往往"出人意料之外"，为另一方的存续乃至势力扩大所伴随。我们认为，正是这样一个奇异版本的"辩证法"，使藏文明在世界剧变中保持着它的特殊"魅惑力"。然而，另一方面，这个"辩证法"并不是在藏文明中才可以发现的。对于这个"辩证法"，藏文明的民族志和历史研究无疑提供了最佳说明。然而，又有哪个文明不是"这么过来的"？那些将文明视作某个国族有别于所有其他国族的"民族精神"的做法，及那些无论是出于文明自卑感还是为了"帝国营造"之需要而否定文明差异的做法，充其量是对社会史的观念形态扭曲。道理并不复杂：实际生活于这个世界上的人，若是不能在"我他"之间、在个体的完整性（这长期被误认为必须以"排他"为条件）与关系的广延性（这长期被误认为有碍于个体的完整性之形成）之间找到平衡（特别是宇宙观意义上的平衡），便难以创造他们的生活。

这个理解既有以上理论含义，又有方法上的启示。无论我们研究的"方法论单元"是个村社，是个人物，是个区域，还是一座寺院，无论我们关注的是人际关系分类，是宇宙观，是仪式，还是神圣性的灵性转化，我们都能发现那个"辩证法"的作用，及人们通过口述、"身体语言"（如仪式）及文字表达对于它的价值的认识。

　　本书书名的副题为"藏学人类学的追寻"。它的意思是，我们在这一文本中呈现的所有研究加起来，也不能说已经构成了任何有关这门综合学问的"定论"。我们考察的事项、提出的见解十分有限，甚至可以说仅限于我们所能触及的表象。等待着我们进一步做的工作还有很多。其中一项显然是：将我们这里对于社会组织和信仰—仪式系统的叙述，进一步与藏人对于生活与世界之间关系的认识相联系。在我的印象里，藏人这方面的认识具有高度的智慧性，既不同于华夏的"生生论"，又不同于西方的"死亡哲学"，它在一个人生观和世界观的中间环节上，建立了一种我们尚待理解的"存在论"。我们深知，若没有领悟这一"存在论"，便难以理解藏人对生活与世界之间关系的认识，而要理解这一"存在论"，比较哲学和古典人类学的素养是必备的。然而，由于智识和学力所限，我们只好将对这一环节的"追寻"留给来日展开的求索了。

*　*　*

　　我的这批同道人能将其一小部分著述汇合于此，缘于"藏学人类学阿坝研究合作"课题。

该课题由阿坝自治州政府资助，2016年9月启动，由中央民族大学藏学研究院才让太教授和我共同主持，旨在促进藏学与人类学的跨学科互动。课题的核心任务，是"以阿坝州境内马尔康市和金川、小金、理县、黑水等地为基地，兼及周边相关区县，为实地研究的地理范畴，以藏学人类学为学术视角，针对区域性的大小传统、多元文化复合性等课题，加以历时性的、经验性的调研、综述与研讨，推动嘉绒藏区的学术研究，使之服务于地方建设及现实生活的需要"。

才让太教授和我多次带各自的学生，在不同田野地点进行共同协作研究。

此间，吉毛措、翟淑平、柯晓、苏婉、张常煊、瑞纳特等徒弟也各自前往阿坝藏区，从事长期的独立田野工作。我期待这批学生来日能直接基于其阿坝地方研究写出有藏学人类学意味的著作来。

我在课题中还担任一项任务，即，在概念上界定藏学人类学，推动相关研讨，主编一本相关文集。

我并不习惯写刻板的理论和方法教材，而是更习惯通过召集学术工作坊，为探求中的研究方向之研讨提供交流平台，通过汇合既有探索的经验，为形成某些综合研究方向提供"集体基础"。

2017年，我得到北京大学人文社会科学研究院和商务印书馆联办的"菊生学术论坛"之支持，召集了"科际合作——藏学与人类学领域间关系"首次学术工作坊。该工作坊为课题组正式组织的研讨活动，由我和才让太教授共同主持，于2017年10月14至15日在北京大学静园二号院（人文社会科学研究院所在地）召开。与会学者有班班多杰（中央民族大学）、扎洛（中国社科院）、俄日航旦（中国社科院）、更尕益西（西藏大学）、玉珠措姆（四川大学）、陈波（四川大学）、鸿科（阿坝州编译局）、刘志扬（中山大学）、张亦农（上海大学）、才项多杰（青海民族大学）、陈乃华（青海民族大学），及当时还在中央民族大学、北京师范大学、北京大学从事博士后研究的何贝莉、翟淑平、吉毛措。

该工作坊并未产出论文集，但却已可谓构成了一次对藏学与人类学之关系的有新意的讨论，为我们的相关思考奠定了基础。

会后一段时间里，我愈加频繁地与本书的几位作者闲聊，共同探索我们致力于迈向的综合研究方向的路径。

在"藏学人类学阿坝研究合作"课题启动之前，本书的作者们已各自进行过相关主题的研究。他们长期在藏区从事研究，分别在藏文明"社会生活的基本形式"（陈波）、艺术表现的"无我之境"（陈乃华）、藏寺神圣空间的宇宙观（何贝莉）、藏与清帝国之关系（张帆）、"藏边"城镇与乡村的跨文明关联（翟淑平）方面积累了相当丰富的经验。这些年轻的同人一向也与我一道，致力于理解汉文世界藏学人类学研究史的当下价值。

我认识到，这五位年轻有为的学者的研究工作，已经充分具备了藏学人类学的气质和内容，于是邀约他们基于其现有成果，从不同角度合作完成一部研究文集，使之成为某种相互配合的系统叙述。

2019年3月6至8日，几位同道带着其所完成的篇章，在北京香山宾馆进行关门式书稿讨论。会后，他们各自带着相关意见，对文稿进行了修订。

对本书的形成，五位作者共同构成了一股持久的动力。他们中，何贝莉、张帆既是作者，又协助大家修订稿件，使这本书的完稿成为可能。

我已走过藏区不少地方，指导过不少涉及藏学的人类学硕博士生。对于藏文明，我有深深的向往，但从来没有奢望自己能对藏学有任何有价值的"原创性研究"。一样地，对于藏学人类学，我充其量是一个爱好者。我能做的，还是人类学领域里的事。有关我做的这行在触及藏学研究时会碰撞出什么"火花"，在与学生交谈时，我频繁谈及自己的"直觉"。在接受西藏大学更尕益西的访谈时，我稍稍总结了这些"直觉"。我将这篇访谈收编在本书的附录中，供参考或批判之用。

（原文为王铭铭主编，何贝莉、张帆副主编：《跨越界限的实践——藏学人类学的追寻》[待版]之"序"）

附录：东南与西南
——寻找"学术区"之间的纽带

20世纪70年代开始，人类学反思者在个体化与世界体系化两个方向上替地区民族志方法寻找出路，提出了一些有启发的见解。但为了反思，他们也"矫枉过正"，抹去了一个重要事实——任何民族志研究都是在区域场景中进行的，许多人类学思想也带着区域色彩。如法尔顿（Richard Fardon）指出的，"地区性的铭刻一直是民族志史相对复杂的结果之一……区域专业性是一种实际考量，它弥漫在我们研究与书写的努力中"[1]。因此，"讨论民族志而不关注民族志研究发生的时间、地点，实在等同于拆除研究的基石"[2]。

---

[1] Richard Fardon, "General Introduction", in *Localizing Strategies: Regional Traditions of Ethnographic Writing*, Richard Fardon ed., Edinburgh: Scottish Academic Press and Smithsonian Institute Press, 1990, p. 29.

[2] Ibid.

法尔顿等人意义上的"地区"，不单是政治地理单位，更是学术研究对象的地理区分。它固然难以脱离"后殖民时代"的政治地理区划，却主要是指对人类学大思路起过大影响的狩猎采集区、非洲区、美拉尼西亚区、南亚区等。

在我看来，法尔顿主张的再区域化有着尚未被认识的重大意义：它能使我们更准确把握人类学认识方式的实质特征，基于人类学在地区范围内的知识积累，对学科的重新构思提出自己的看法。这一主张对于中国人类学的继承与反思，同样有着重大意义。在中国人类学里，以福建、广东、浙江为主的"东南区"，及以云贵高原、四川为主的"西南区"，自19世纪末以来，在本地、外地、海内学者"有约而同"或"不约而同"的努力下，渐渐成为我称为"学术区"的地带。"学术区"意指被不同背景的学者人类学研究过而形成某种学术遗产和学术风格的区域。东南的汉人社会研究和西南的民族研究，一东一西，有了各自的积累，形成了各自的风格。如法尔顿所列的世界人类学地区一样，中国的东南与西南两地，出现了对于中国人类学的一般思考有影响的研究成果。同样地，这些研究成果有待我们加以认识。如同世界范围内的狩猎采集区、非洲区、美拉尼西亚区、南亚区，基于东南与西南地区研究展开的回顾与反思，有助于我们重新思考更大范围的人类学——首先是中国人类学。

考虑到这一点，2007年以来，我召集了一系列的人类学研习营活动。2007年1月，我在东南沿海的泉州召集一次"汉人民间宗教"研习活动；同年8月，又在西南苍山洱海之间的古城内召集关于"西南人类学"的研习活动。从东南跨越西南,到底有什么理由?作为一位本以东南研究为业的人,我在什么观念背景下对西南产生兴趣?为什么研究东南的人类学家应思考西南问题?我曾区分中国人类学的汉人研究"核心圈"和民族研究"中间圈"。[1]两个圈子的研究者距离似十万八千里,为什么应进行对话?我之所以试图在东南与西南之间做力所能及的所谓"跨越",乃是因为,我一方面认为,基于境内地区性研究区分"学术区",能使我们更深入地认识人类学研究地之特征对于人类学论述的关键影响;另一方面又认为,要解决"学术区"内存在的问题,便要超越"地区本位主义",在广阔的视野中认识学科的"创新原理"。

法尔顿等人的"民族志地区"有大有小,不能轻易地将中国这个"人类学地区"纳入其"小地区"的版图(虽则中国的人类学研究在世界人类学的地图册上占有的位子,一向并不显眼)。在很大意义上,与中国这个被汉学家称作"世界秩序"[2]的国度可相比拟的,还有南亚。这也就意味着,对诸如"东南""西南"之类的"学术区划"应关注到,这个意义上的"地区"不过是这个"世界秩序"的组成部分。从法尔顿等人的定义出发,也可以将整个东亚视作一个"地区"。那么,如何看待民族志的"小地区"在其所在的"大体系"中的地位?如何在一个更为广阔的

---

1 王铭铭:《中间圈》,载王铭铭:《经验与心态——历史、世界想象与社会》,桂林:广西师范大学出版社,2007年,第203—326页。

2 John King Fairbank, "China's World Order: The Tradition of China's Foreign Relations", in *Encounter*, 1966, pp. 14–20.

空间领域里审视东南与西南这类"境内学术区"的独特性与局限性?

东南的"两条道路"

先谈中国东南研究。

我以为,东南研究中最出色也最有影响的研究,多数是海外人类学家做的。海外人类学家研究中国东南的历史相当久远,从19世纪末期荷兰学者高延(J. J. M. de Groot)算起,大约已有110年的历史。海外人类学在东南进行研究,多数被归入"汉学人类学"范围,其起点是高延对于"礼"的民间实践的考察。这位学者以厦门为中心,居住在闽南区许多年,关注了这个地区的宗教现象,熟习儒、道、佛,理论上,一方面采取进化论民族学的观点,一方面重视中国古典文献对于解释当地仪式实践的启发。[1]

清末民初,一些受新思想影响的文人,在同盟会和民俗学的双重影响下,也对东南地区的民俗展开研究。像福建的吴藻汀在这方面便是代表。这位清末废除科举后所建立学校的第一届府立中学毕业生著《泉州民间传说》,第一集由顾颉刚介绍、容肇祖审稿,采为广州国立中山大学民俗学会的民俗丛书之一,于1929年出版(20世纪50至80年代,在福建地区又两度重印)。他的研

---

[1] Maurice Freedman, *The Study of Chinese Society*, G. William Skinner ed., Stanford: Stanford University Press, 1979, pp. 231–272.

究，内容上与高延的有许多相近之处；所不同的是，他更侧重于"民间传说"。为什么研究"民间"？为什么研究"传说"？那个阶段，知识人对于"官方""精英""正史"产生了失望，而将眼光投向民间。

稍晚一些，又有学者受西学的影响，转向"社会组织"的功能研究，特别是对于作为东南"民间社会组织"主要形态的宗族产生浓厚兴趣。如林耀华在福州周边地区对于宗族展开的研究[1]，持续影响了汉学人类学，深受20世纪50年代成名的汉学人类学导师弗里德曼的重视。弗里德曼写了关于东南宗族组织的若干著述[2]，使中国东南差点儿成为世界人类学范式的来源地之一（不幸的是，他过早逝世，且后来西方的中国研究追逐时髦）。[3]

20世纪80年代以来，东南的人类学与社会史研究给我们的印象是，大多与高延的"宗教"、本土文人的"民俗"及林耀华、弗里德曼的"宗族"这三个词有关。近30年来，新一代研究者对于东南的研究，是注重"与国际接轨"的，所以，出现了不少与海外汉学人类学的历史相呼应的研究。围绕"民俗"二字展开的研究似相对"本土"一些，但到最后，以上所述的那些海外学术遗产的影响也很大，有的通过港台学界，有的通过北京学界，对

---

1 林耀华：《义序的宗族研究》，北京：生活·读书·新知三联书店，2000年。
2 Maurice Freedman, *Lineage Organisation in Southeast China*, London: Athlone, 1958; *Chinese Lineage and Society*, London: Athlone, 1966.
3 在关于汉学人类学的述评里（王铭铭：《社会人类学与中国研究》，北京：生活·读书·新知三联书店，1997年；桂林：广西师范大学出版社，2005年），笔者初步梳理了上述成就。

东南本土民俗研究施加了不少"学术压力",使之更符合汉学人类学的追求。

在这样的情况下,人类学界断然忘却了一段并不久远的历史:当弗里德曼在伦敦经济学院依据林耀华等前辈的著述对于东南进行"宗族理论"的思考时,在中国东南本土,另一脉络的人类学研究以不同于人类学的名称长期存在,对于20世纪80年代以来的学术也产生过重要影响。

这种名异实同的研究,历史并不短。20世纪30至40年代,"民族"成为"南派"人类学代表人物之一、厦门大学教授林惠祥先生的关注点之一。我们知道,大体而言,中国人类学分南、北派,"南派"与中央研究院关系密切,受德国、美国的影响深刻,特别重视民族的文化史研究,而"北派"则围绕燕京大学形成,更关注现实社会的组织形态与"改良"研究。[1] 我所谓的"中间圈",从学术史上看,大体就是指"南派"关注的"华夏边缘";而所谓的"核心圈",则大体是指为"北派"所关注的汉人社区。作为"南派"的代表人物之一,林惠祥先生对于"文化圈"是十分关注的。他曾从语言与文化的角度,考察南岛民族与华南人之间的关系,为百越民族史的研究做了铺垫。林先生对于中国民族的历史给予全面关注,其眼界不局限于东南,曾于1936年著成《中国民族史》[2],对于中国古代各族系的研究贡献颇大。

到了20世纪50年代,"人类学"这个称呼被禁用,但内容相同

---

[1] 胡鸿保主编:《中国人类学史》,北京:中国人民大学出版社,2006年,第68—77页。
[2] 林惠祥:《中国民族史》上、下册,北京:商务印书馆,1993年。

的研究被包括在民族识别与少数民族社会形态研究中。此时，林先生的徒弟们（他们也曾是我的老师）一方面参与了畲族、高山族的民族识别与社会性质研究，另一方面继承了他的民族史研究遗产，大量展开了百越民族史的研究，使民族史在东南沿海也成为大学科研的一个强项。另外，比这些研究还有名的是20世纪50年代东南学者即已开始的对于惠安"常住娘家"习俗的研究。泉州惠安县东部盛行"不落夫家"的习俗，妇女无论在装束上，还是在生活、生产方式上，都与周边汉族迥异。20世纪50年代，中国民族学界对于"母系社会"这个概念情有独钟，认定这种"社会形态"要么原始，要么属于原始向文明的过渡期，以为研究这种"形态"，会出"大理论"。也就是在这种心态的影响下，自那时起，包括林惠祥在内的东南学者便集中研究了"惠东人"。[1]而"惠东人"到底是否是"少数民族"？问题也常常引起争议。到了20世纪80年代，人类学学科恢复了，田野考察也被鼓励，惠东这个接近于"民族地区"的地区再度引起东南学者的重视，渐渐地也吸引了一批港台学者的注意力。

从高延到包括我在内的"核心圈"研究者，与从诸如林惠祥这样的"南派"人类学前辈到今日东南民族研究者，形成了东南人类学的两条脉络，前者更为"国际化"，后者也曾十分开放，但因20世纪50年代的特殊经历，而给人们留下了"保守"的印象。

---

[1] 乔健、陈国强、周立方主编：《惠东人研究》，福州：福建教育出版社，1992年。

西南的一对关系

汉学人类学家长期关注东南的宗教与宗族。他们对于20世纪30年代本土学者的民族史学术遗产几乎一无所知。以国内的眼光视之，可以认为，海外汉学人类学跟国内的"北派"之间有更多对话，而对"南派"若非无知，也会仗着"社会人类学"于20世纪20年代形成的"规范"，对之"置若罔闻"。汉学人类学在其发展中，便特别注重与海外中国史学与社会学的结合，而全然不关注国内的民族学。这种现象的出现，有一定学术背景，也有一定政治背景。在海外汉学人类学家看来，只有汉族地区才算得上是"中国"，国内民族学研究之所以重视"少数民族"，是因为政治需要。早已被西方人类学抛弃的进化论在中国的复苏，更被当作不可理喻之事。

到20世纪80年代末期，情况出现了一些重要的变化。此前，汉学人类学界以为对其存在过的理论观点加以经验的验证、批判就够了。比如，20世纪60至70年代，这门学问的几位导师如弗里德曼、施坚雅、武雅士等人，派他们的学生们去港台地区验证宗族与宗教的理论，培养了一代人才。新一代人类学家深受老师的启发，对于他们的观点却不全赞同，而是与他们形成了某种对话关系。这是汉学人类学导师们喜闻乐见的。在他们中，有一点似为共识：如1987年我去伦敦留学时老师们告诫我的，少数民族研究不能代表中国，要研究中国，就要研究主体民族汉族。

历史就是那么偶然。恰也大致在20世纪80年代后期，汉学人类学界出现了自己的"叛徒"。曾经跟随汉学人类学导师"心游"的郝瑞踏上了"西游"之路。

郝瑞这人曾在我国台湾汉人社区调查，在东南地区汉人家庭研究、械斗风俗研究等方面贡献颇大（依我看来，其长处是在社会心态的分析方面，结合社会人类学和社会心理学的方法）。郝瑞自己说，他于1986年首次访问西南，在成都西南民族学院（今西南民族大学）做客，接着去昆明云南民族学院（今云南民族大学）。1987年，他又去了成都，见到人类学家童恩正先生，尽管童先生专攻考古与民族史，学术风格与郝瑞迥异，但二人相见甚欢。当郝瑞知道童先生写过批判摩尔根模式的文章时，特别高兴。那时，郝瑞已想到"把自己的研究范围从台湾拓展到中国大陆来，特别是要到中国的少数民族地区"[1]，计划去西北或西南，但因不会骑马，所以选择了西南。1988年，他开始在彝族地区调研，感叹少数民族"太汉化了"，于是，选择以"族群认同"为主题，对西南进行研究。[2] 郝瑞后来专攻彝族研究，对于西南的族群认同说了许多话，也带出一批专门研究中国少数民族问题的博士。

20世纪80年代末至90年代初，汉学人类学转向西南研究，郝瑞是"始作俑者"。也可以认为，因为他进入西南，海外中国人类学出现了以"族群性"（ethnicity）为核心概念的一个新时代。

然而，使西南成为海外中国人类学"学术区"的因素，不只

---

[1] 彭文斌问，郝瑞答：《田野、同行与中国人类学西南研究》，载《西南民族大学学报》2007年第10期，第20页。

[2] 同上，第20页。

是郝瑞式的"西游"模式,还有"北进"模式。例如,1986年在伦敦大学东方与非洲研究学院(SOAS)获得人类学博士学位的王富文(Nicholas Tapp)先生曾专攻泰国、老挝的苗族研究;20世纪80年代后期,他北上中国西南,又曾于香港中文大学任教期间,与乔健教授合编《中国的族性与族群》一书。[1]

以研究彝族为专长的郝瑞,与以研究苗族为专长的王富文,在中国西南获得的是同样深入的历史与现实知识,但因研究对象的不同,而形成了各自的侧重点——郝瑞对汉彝关系更关注,王富文对族群流动更关注。然而,在这两位学者的著作中,"族群性"都是关键词。从汉学人类学的角度看,"族群性"这个词的进入带来了一个后果,即,此前可能不被认为是中国核心现象的民族,替代了社区、宗族、宗教这些词汇,成为海外中国人类学的关键词。

无论是从中国东南跃入,还是从东南亚"北进",进入中国西南的西方人类学家,在这个被赋予特殊学术价值的地区里,首先碰到的问题便是"文明计划"(projects of civilization)。如郝瑞指出的,这个地带自清初"改土归流"以来,先后出现过"帝国的教化"、近代基督教及现代化的"文明化"两次有重大影响的文化融合运动。而使西方人最感震撼的是,20世纪50年代以来进步主义的"文明计划",对于"少数民族"的生活传统与文化认

---

[1] 彭文斌等:《跨越边际与自我的足迹——访澳大利亚著名人类学家王富文[Dr. Nicholas Tapp]教授》,载《西南民族大学学报》2007年第12期。

同都构成了严重的挑战。[1]在西南这个地方做人类学研究,不能不从"族群性"这个侧面来提出自己的看法。与郝瑞不同,王富文对于文化接触和交融采取比较温和的态度,没有表现得过于"震惊",但也承认,这个过程是最值得人类学家研究的。

无论如何,"族群性"这个概念,都是在应对"民族"这个"本土化的西学概念"中生成的。"民族"这个概念,在西方学界20世纪80年代已有定论,据说是18世纪末的时候才出现于欧洲的。马克思曾试图用"阶级"的概念来批判"民族"概念,认为把一个国家内部的文化看成是一体的、共享的东西,是一种意识形态,掩盖了阶级矛盾。"民族"概念在马克思主义中的身份,到了列宁的手里产生了一些变化。马克思强调的是阶级,认为民族是资本主义国家发明出来、把矛盾引到国外的策略。列宁则有所不同。他把革命定义成国际性的,认为在革命的某一个阶段,"民族自觉"这东西有助于反对帝国主义的运动,认为非西方民族的"觉醒"是无产阶级取得世界性胜利的前奏。也就是说,共产主义革命要取得胜利,先要在世界范围内动员被压迫民族对帝国主义民族国家"造反"。到了斯大林那里,"民族"的意义有对列宁的继承,也有自己的创新,此时,"民族"还是被认为有助于世界革命的。但在苏联政体形成后,"民族"则成为"国家形态"的一部分,成为在一个跨国族的"邦联"中处理民族关系的

---

[1] Stevan Harrell ed., *Cultural Encounters on China's Ethnic Frontiers*, Seattle: University of Washington Press, 1995.

概念手段。[1]"民族"这个词，到了20世纪50年代，成为中国社会科学研究的关键词，一方面被用来识别境内的"他者"，其目的是要善待"少数民族"；另一方面，后来又与郝瑞说的"文明计划"相关联，与"社会形态"概念紧密结合，成为整体地改造中国的策略的重要组成部分。

对于经过几番周折而得到"中国化"的"民族"概念，进入西南的西方人类学家不能不保持警惕。而他们的警惕，也不能不受20世纪80年代初以来一大批反思"民族主义"的西方理论著作的影响。在我的印象中，对"民族主义"（国族主义）进行激烈批判的大思想家，多为西方"左派"犹太人。犹太人没有国土，由此对于与国土主权意识紧密勾连的"民族主义"十分敏感。他们最易于看出，"主权"这个概念背后隐藏的"一族一国"的国族思想与他们的生活经验的差异，并由此意识到，任何观念都是有其历史的。[2] 经过深入研究，他们发现，"民族"这个概念是近代的产物，而非自古有之。后人将这个概念用于研究古史，甚至如一些早期人类学家那样，将其用于解释部落社会向文明社会过渡的阶段，都是"以今论古"。

20世纪50年代以前，中国学者用"民族"，大体指的是以上所述的"国族"，而常用"族""人"来形容50年代以后确认的"民族"。50年代以后，中国出现将"民族"泛化的倾向，这使进

---

[1] 关于马克思主义民族理论的谱系，参见杨堃：《民族学概论》，北京：中国社会科学出版社，1984年，第103—172页。

[2] 王铭铭：《漂泊的洞察》，上海：上海三联书店，2003年。

入西南的西方人类学家感到迷惑不解，进而使他们更愿意将这个关键词的"制作史"当作重点研究对象。

汉学人类学家在东南之所为，择"两条道路"之一条，造成其自身与本地学者研究诸如南岛语族、百越民族史、惠东人研究之间的区分，造就一代以宗教、宗族为研究对象的青年一代学者；而进入西南的西方人类学家，则急迫地需要与当地的政治话语与学术遗产形成关系，而因两者在观念和学术传统上差异严重，其在与后者形成关系时，便不得不采取一种慎重的或对反的态度。

然而，进入中国西南的西方人类学家，自身不免承担着使"中国式民族学"进入西方汉学人类学的责任。在中国西南学术区积累最多的，是关于这个地带"民族问题"的研究。不仅是20世纪50年代的那些被西方学者斥责为"摩尔根模式"的东西，而且，此前还存在同样大量的中国民族学研究。19世纪末至20世纪20年代，在西南展开的接近于人类学的研究，多数是外国传教士和探险家、植物学家、地理学家所为，中国人最多就是帮他们提提行李、做做翻译、整理材料。20世纪20年代末，中山大学语言历史研究所、中央研究院历史语言研究所相继成立，我国一批人类学家用西学的办法，开始对西南进行研究，结合史料与田野考察所获资料，写出了大量具有经典地位的作品。抗战期间，大学西迁，云南、四川等地汇聚了大批学者。在教会大学、国立大学奠定的学术基础上，无论是"南派"，还是"北派"，都取得不少成就。当时，面对着严重的"边疆问题"，学者不能不对民族学研究给予充分关注。我们甚至可以将这个时代叫作"边政学时代"。那时，包括本来对民族问题不是很感兴趣的"北派"，都参与"边政学"的讨论，对于后来被西方人类学家关注的民族也做了深入的考察。因著作多数以汉文写成，大量依据汉文古文献，又有不少开拓了少数民族语文的研究。[1]

当代人类学研究者如何面对历史上积累起来的西南民族学研究成果？诸如郝瑞之类的人类学家，是在西南民族与边疆研究有了数十年积累后进入西南的，他们固然对这些文献里包含的学术观点抱持怀疑态度（特别是对20世纪20至30年代流行于中国"南派"人类学中的传播论避而远之）。但是，他们却不敢断言，这些研究不是人类学的。他们所未曾思考的问题是：他们自己的人类学应与中国国内在"民族研究"方面有持续影响的"南派"人类学构成何种关系？

"居"与"游"

我曾基于东南沿海侨乡宗族研究资料，对于"北派"人类学注重的"社区"与"南派"人类学注重的"流动"（传播）进行综合，提出了在未来一个阶段里，中国人类学有必要在新的理论基点上进行"居与游"的综合。[2] 之所以提出这个观点，是因为考虑到"反思地继承"民国社会科学思想对当代中国学术的重要性

---

[1] 胡鸿保主编：《中国人类学史》，第78—113页；王建民：《中国人类学西南田野工作与著述的早期实践》，载《西南民族大学学报》2007年第12期。

[2] 王铭铭：《居与游：侨乡研究对"乡土中国"人类学的挑战》，载王铭铭：《西学"中国化"的历史困境》，第174—213页。

（我相信，如此综合，有助于"有中国特色的人类学"的形成）。我以为，这种综合对于东西部结合研究也至为关键。

20世纪50年代以前，东南"学术区"曾存在着"居与游""两条道路"，一条着重于汉族宗教、民俗与宗族社会的研究，侧重研究社会生活的"在地模式"，另一条着重于民族史的研究，侧重研究人群的流动与地区间的族群关系。20世纪50至70年代，前一条道路在大陆地区被"悬置"，后一条道路则演变为民族识别与社会形态研究。这个转变带来一种矛盾。民族成为学术研究的主要对象，为民族史研究开拓了巨大的空间。民族学家继承了此前的人群流动模式，追溯民族的源流。然而，源流的追溯，恰是为了"居"，或者说，为了赋予被识别的民族某种方位定式（比如，将某某族与某某地紧密联系起来，且强调其"华夏"之本）。20世纪80年代以来，学术史进入了另外一个阶段，此前占据主流地位的民族史研究丧失了其支配地位，退让于海外汉学人类学模式。英美汉学人类学家等了几十年，20世纪80年代后期得到了进入东南的机会，接着，他们在这个地带获得了学术"领先"地位。汉学人类学成为新派人类学向往的研究风格，不是毫无遗憾的——它致使新时代的东南人类学家将传统想象为"居"，将现代想象为"游"，从而不断重复"从居到游"的"社会变迁故事"，而忽略了"居与游"是社会生活的双重基质这一观点。

相比于东南，西南人类学给人的印象有所不同——这个学术区以曾经被汉学人类学家忽视的"民族研究"为主要特征。不是说历史上全无研究接近东南地区的宗教、民俗、宗族，费孝通笔下云南禄村的"消暇经济"，便十分接近于东南民间宗教的"公共生活"[1]，而许烺光笔下的大理，则又如此地与东南祖先崇拜一致。不过，20世纪50年代的"民族识别"经验，使这个学术区远比东南更加"民族化"。[2]从这个意义上讲，80年代后期，诸如郝瑞、王富文这批人类学家择不同方向进入西南时，"族群性"便成为难以避免的话题。西南学术区在90年代获得大量与海外学界交流的机会之后，并未出现东南式的宗教、民俗、宗族研究热潮，所出现的，还是有关"族群性"的辩论（以四川为主）。国内民族学研究者过去通常将民族源流研究视作论证"民族大家庭"的重要方法。在受"族群性"概念影响的新一代学者那里，这一方法被认定为待反思、待批判的对象。也就是在矫枉过正中，民族史曾拥有的"游"的境界，因其与"话语"的密切关系，而遭受了抛弃。与此同时，出现了将"全球化"视作"后国家时代"的"游"的众多全球化人类学研究。

东南与西南，一方形象是汉族，另一方形象是少数民族。然而，形象不等于事实。虽则我们如今常用东西部来区分中国，但就历史的基础来看，无论是东南，还是西南，可谓同属于围绕着"中原"而存在的"边陲"。[3]在东南，汉人是从"中原"迁去的，在移民几度进入这个地带之前，当地的"原住民"属于"百越民

---

[1] 王铭铭：《从江村到禄村》，载王铭铭：《经验与心态——历史、世界想象与社会》，第194—200页。

[2] 梁永佳：《〈祖荫之下〉的"民族错失"与民国大理社会》，未刊稿。

[3] James Millward, "New Perspectives on the Qing Frontiers", in *Remapping China: Fissures in Historical Terrain*, Gail Hershatter et al. eds., Stanford: Stanford University Press, 1996, pp. 113-129.

族"，而在汉人占据主导地位之后，"百越民族"渐渐消失。居于东南的汉人与"中原"保留着"祖籍关系"，却在当地长期与异族交往。在宋元时期，这个地区的地方政府在相当长的时间里为波斯人所掌控，而对外，又与印度和阿拉伯世界形成密切的经济与文化关系。这个状况直到明以后才发生变化。西南曾是秦汉的"边陲"，此后，经历了不少地位的变化。但在元明征服之前的大约10个世纪里，西南很难说是"中原"的边陲，而更像是介于几个文明之间的地带。也是在这个被认为"偏僻"的西南，广泛的文化接触发生着。南下的汉人与北上的南亚、东南亚人，与这个地带的"土著"长期共处，形成某种"文化并接"状态。而元明的征服给西南带来大量的"非当地文化"，排斥了大量的"当地文化"，这也就使西南不仅是"少数民族地区"，而且也具有相当丰富的"帝国文化"。

东南沿海曾在诸如南宋及明初属于中国的"核心圈"，如今在东西部的区分格局下，也属于作为"核心圈"的东部。然而，从历史的宏观空间格局看，东南沿海与西南同属于"中间圈"。费孝通先生的论著是"中间圈"概念的依据，他将介于华夏与域外之间的"少数民族"山地、高原、草地当作一个应进行整体研究的范围。[1]没有纳入沿海"少数民族"（包括古代在华波斯人的后裔回族），显然是受20世纪50年代民族识别工作的局限。民族识别，大抵就是在山地、高原、草地上进行的。自19世纪40年代

---

1 费孝通：《论人类学与文化自觉》，第121—152页。

以来，东部"通商口岸"的建立致使我们不断"忘本"——淡忘了东部沿海也曾是帝制中国的"边陲"的事实。

同属"中间圈"，东南与西南有一个文化上的共通点，那就是二者都处在"中间"，成为"夷夏"文化接触最为频繁的地带。在这个地带，华夏的因素与来自域外及"中间圈"的当地文化（即20世纪50年代以来所谓的"少数民族文化"）遭遇、区分、结合。

东南介于海内外的"中间地位"，这一点易于被理解。而西南在民族学与族群人类学的相继"论证"下，渐渐给人一种"偏僻感"。不断重现的"山地""雪域""草场"意象，与不断重复的"族群性"论调，致使西南向来与"交通不便"这个感慨相联系。

《史记》与"东西通识"

如何认识西南的"中间地位"？我以为，基于东南研究提出的"居与游"概念，依旧是有用的。此处，不妨借司马迁《史记·西南夷列传》略说一二。

西南民族研究征引率最高的一段话，兴许可以说是《史记·西南夷列传》的开篇：

> 西南夷君长以什数，夜郎最大；其西靡莫之属以什数，滇最大；自滇以北君长以什数，邛都最大：此皆魋结，耕田，有邑聚。其外西自同师以东，北至楪榆，名为嶲、昆

明，皆编发，随畜迁徙，毋常处，毋君长，地方可数千里。自嶲以东北，君长以什数，徙、筰都最大；自筰以东北，君长以什数，冉駹最大。其俗或土著，或移徙，在蜀之西。自冉駹以东北，君长以什数，白马最大，皆氐类也。此皆巴蜀西南外蛮夷也。[1]

司马迁笔下的"西南"，比今之"西南"，地域上不完全重叠，似更为广阔。它所指的，大抵是巴郡、蜀郡之西、西北、南几个方向上分布的地域。

在以上这段话中，司马迁告诉我们，在他那个时代（汉代），在西南居住的夷人，"君长"多得要以十为计，其中夜郎势力最大。夜郎以西的靡莫之夷很多，要用十来计算，其中滇的势力最大。从滇往北，那里的君长也多得用十来计算，其中邛都势力最大。这些夷国人都头梳椎髻，耕种田地，形成了自己的城镇和村落。在他们的居所之外，西边从同师往东，直到北边的楪榆，称为嶲和昆明。在那些地方居住的夷人都把头发结成辫子，随着放牧的牲畜到处迁徙，没有固定的居住之地，也没有长帅，他们活动的地方有几千里。从嶲往东北去，君长多得要用十来计算，其中徙和筰都势力最大。从筰往东北去，君长多得要用十来计算，其中冉駹的势力最大。他们有的是土著之民，有的是游徙之民，都在蜀郡的西边。从冉駹往东北去，君长多得要用十来计算，其

---

[1] 司马迁：《史记》，北京：中华书局，2006年，第670页。

中白马的势力最大,都是属于氐的同类。这些都是巴郡、蜀郡西南以外的蛮夷。

历来征引这段话的民族学家,都注重它对于西南"少数民族"的分类。关于"西南夷"的成分,民族史家认为《史记》所说的"西夷"属于"氐羌","南夷"属于"百越",其居住的核心地理区位,"主要是指云贵高原和四川的大小凉山地区"[1]。这个地区的文化,是自新石器时代开始在黄河流域中游、北方和西北草原、长江流域"三大文化区"板块延伸、碰撞、交融下产生的,因是文化接触的"中间地带",而必然地带有浓厚的多民族特征。

《史记》刻画了西南"少数民族"在古代汉人中的形象;其中这段话中还有一条重要信息,那就是,司马迁在分类时,用的标准不单是包括服饰和风俗在内的民族特性,而重点谈"君长"的大小。"君长"是谁?可以说是部落首领制下的头人。而在司马迁的笔下,"西南夷"的特征之一,在于政权大小不一,除了个别例外,星罗棋布地分布在西南这个边陲上。汉代人观察到的这一特征,长期延续于西南。到20世纪70年代末期,费孝通先生在有关"藏彝走廊"的论述中还提到,"这个走廊正是汉藏、彝藏接触的边界,在不同历史时期出现过政治上拉锯的局面。而正是这个走廊在历史上是被称为羌、氐、戎等名称的民族活动的地

---

[1] 宋蜀华:《论历史人类学与西南民族文化研究——方法论的探索》,载王筑生主编:《人类学与西南民族:国家教委昆明社会文化人类学高级研讨班论文集》,昆明:云南大学出版社,1998年,第92页。

区，并且出现过大小不等、久暂不同的地方政权。现在这个走廊东部已是汉族的聚居区，西部是藏族的聚居区。但是就是在这些藏族聚居区里发现了许多'藏人'所说的方言和现代西藏藏语不完全相同的现象"[1]。

在《西南夷列传》的第二、第三段，[2]司马迁谈到西南夷与楚国、越国之间的关系。关于其与楚国之间的关系，司马迁说，楚威王曾派将军庄𫏋率领军队沿着长江而上，攻取了巴郡、蜀郡和黔中郡以西的地方。他想回楚国报告胜利的消息，不巧赶上秦国攻打并夺取了楚国巴郡、黔中郡，道路阻隔，于是，不得已又回兵滇池，自称"滇王"。关于西南夷与越国的关系，司马迁讲述的故事极为精彩；他说，汉武帝建元六年（公元前135年），王恢攻打东越，东越杀死东越王郢以回报汉朝。王恢派唐蒙把汉朝出兵的意旨委婉地告诉了南越。唐蒙在南越听说，这个地方借助其与夜郎国的关系，势力得到扩张，并建议朝廷打通前往夜郎国的道路，以削减南越的势力。汉武帝同意唐蒙的主张，任命他为中郎将，率军从巴符关进入夜郎，对夜郎侯恩威兼施，夜郎旁边小城镇的人们都贪图汉朝的丝绸布帛，心中认为汉朝到夜郎的道路险阻，终究不能占有自己，就暂且接受了唐蒙的盟约。唐蒙回到京城向皇上报告，皇上就把夜郎改设为犍为郡，此后，又调遣巴、蜀两郡的兵士修筑道路，开通西南通道，设置郡县体制。

---

[1] 费孝通：《费孝通文集》第七卷，第215页。
[2] 司马迁：《史记》，第670页。

司马迁强调了"西南"这个地带对外贸易的发达。他提到，汉朝将蜀郡原来的边界当作关塞，可巴郡和蜀郡的不少老百姓偷着出塞做买卖，换取筰国的马、僰国的僮仆与牦牛，因此巴、蜀两郡特别富有。涉及西南夷与南越国之间的关系时，他还提到，南越拿蜀郡出产的枸酱款待唐蒙。唐蒙询问从何处得来，南越说："取道西北牂柯江而来，牂柯江宽度有几里，流过番禺城下。"[1] 唐蒙回到长安，询问蜀郡商人，商人说："只有蜀郡出产枸酱，当地人多半拿着它偷偷到夜郎去卖。"

为了集中精力对付匈奴，汉朝曾忽略西南的经营，但以滇为主的西南，长远还是引起它的关注。这个地方人们的自豪感不是没有背景的，通过对外贸易与一个宏大的世界形成关系，使滇、夜郎都认为自己比汉朝大。司马迁提到，汉武帝元狩元年（公元前122年），张骞出使大夏国归来，说他待在大夏时曾经看到过蜀郡出产的布帛、邛都的竹杖，让人询问这些东西的来历，回答的人说，"从东南身毒国，可数千里，得蜀贾人市"[2]。

对于势力范围相当广大的西南夷，到底该采取什么关系策略？汉朝官员有争议，有的主张放弃开发西南，保住西北；有的主张通过打通西南道，设置郡县，稳定一方，牵制一方。后来，西南的强大引起汉武帝的重视，他利用巴蜀军队灭了南越，迫使夜郎侯到汉朝京城朝见皇上，接受"夜郎王"封号，在邛、筰、

---

[1] 司马迁：《史记》，第671页。
[2] 同上，第671页。

駹、白马设郡,以大军逼滇国向汉朝投降,接受"滇王"封号,实行郡县制度。

注重帝国治理术的司马迁在评论这段历史时,对汉朝对西南夷"分而治之"的方略给予了关注。在评论中,司马迁也提到一段值得民族学思考的重要历程:楚国的祖先是受周成王之封立国的。周朝衰微之时,楚国领土号称五千里,势力强大。秦国灭诸侯,却没有灭掉楚国,且楚国的后代子孙中还出现了滇王。也即是说,汉朝存在的南方"边疆问题",可谓是周朝"封建制"的遗留问题。而从《西南夷列传》的总体看,汉朝对于西南夷也并非采取"灭绝政策",而是封建与郡县并举。现代民族学进入西南,只重视其"夷"的分类,却未充分重视帝国与其"边陲"之间政治史关系的复杂性。

司马迁的《西南夷列传》,为"中间圈"的认识提供了重要线索。在他的笔下,西南夷有"夜郎自大"的问题,但这种心态的存在,又有其实在的基础。一方面,西南夷的"君长"(部落政权)的数量之多,表明这个地带王权的地理空间覆盖面受到巨大的局限,从而为造就数量巨大的"君长"并存的局面提供了可能。另一方面,"君长"分立的局面,不直接表明西南这个地带与其之外的世界相隔绝。西南夷与"东部"的楚、越关系密切,与南部身毒国的政治、经济、文化关系都至为密切。从汉朝的角度看,分散的"君长"恰处在一个"中间地位",在"内外之间"。

司马迁在《西南夷列传》中描述的"西南情状",与英国人

类学家利奇(又译李区)在《上缅甸诸政治体制》中提到的历史极其接近。关于上缅甸与更大区域之间的关系史,利奇说:

> 绝对可以相信的一项事实是中国人早在西元第一世纪就已知道从云南去印度的几条通道了。我们虽不能确定这些路线为何,但因穿越主要山脉的隘口总共加起来也不多,所以这些线路不可能与现今所知者差别太大。一项算是合理的看法是掸人当初拓垦河谷地正是为了维护这些交易路线。证据显示使交通不致中断的方法是派兵驻守于路线上的休息地点。由于这些驻军必须生产自己所需的粮食,因此也就必须驻守在适于种植的地方。如此形成的聚落可能使周围的这个地区具备了复杂的文化。从而逐渐发展出一个掸族类型的国家。[1]

利奇认为,上缅甸的族群多为"土著",中印之间的通道之存在,为这个地带带来了复杂文化(国家政体)。"地方条件"制约了国家的发展形态,使该地政权规模受限,[2]无力将所有聚落改造为复杂社会。在克钦人中,社会保持着极高的不稳定性,与"作为对比的掸族型"之稳定性形成了反差,且这一反差长期延续。[3]

司马迁到利奇的古今民族志论述表明,所谓"西南夷",是

---

[1] 李区:《上缅甸诸政治体制》,张恭启、黄道琳译,台北:唐山出版社,1999年,第41页。

[2] 同上,第41—42页。

[3] 同上,第44页。

一个两千年来存在于中印文明之间的大地带的组成部分。这个地带的特征，一方面是"居"，即，原住民在文明影响下保持其聚落形态"原型"的历史；另一方面是"游"，即古道的开通带来的超地方人与物的流动与当地社会复杂化的进程。如利奇敏锐地观察到的，这个"居与游"格局内在的矛盾在于，诸如克钦人这样的"居型"社会，因外有在"游"（古道开通与维持）中产生的掸邦之影响，而长期处在不稳定的状态中；相形之下，在"游"中产生的大小不一的政权，则因法权政治的兴起，而有可能保持相对的稳定。

《史记》中，不乏关于东南"越地"类似于"西南夷"的论述。而即使不参照这些有关汉朝历史的论述，而只关注距今日相当近的"东南开发史"，从《西南夷列传》呈现出来的特征中，我们也可以寻见这一"通性"。以泉州为例，这个地方古为"越地"，即使是被纳入"中原"的帝国版图，也只不过隶属于古扬州。在地方行政体制不发达的情况下，东南沿海、岛屿（包括台湾）与山地也存在着西南夷式的分权。[1] 同样地，在分权制下，越人与海外的"南岛语族"之间存在着密切的交流关系，为唐初立州之后这个地带所谓"海外交通"的发达奠定了基础。五代十国时期，闽国借北方战乱"衣冠南渡"之机，广招贤才，对邻近的"国"及海外"诸番"采取开放政策，使泉州的经济出现了空前繁荣的面貌。到了宋代，为了增加国库收入，朝廷在这个"边

---

1 林惠祥：《中国民族史》上册，第111—147页。

陲"设立市舶司，鼓励海外贸易。此后，这座城池"市井十洲人"，容纳了来自世界各地的"民族"。[1] "原住民"文化基础上的"分"，朝廷试图通过地方行政单位的细化造就的"合"，一向也是东南沿海地区政治文化动态的双重特征。这个特征，时至今日，依旧在民间仪式中得到持续的表达。而这一政治文化动态的双重特征，向来没有阻碍东南地区作为"中间圈"的一个组成部分，在跨境贸易与文化交流方面起到特殊作用。西南有"南方丝绸之路"[2]，而东南则有"海上丝绸之路"[3]，这一西一东两条"丝绸之路"，共同定义着"中间圈"的"外向性"。

总之，对历史加以概貌上的认识，足以使我们看到，东南与西南一样曾经同属"中间圈"，其"原住民"为20世纪50年代之后所谓之"少数民族"。到秦汉之后，两地都不断地受分分合合的"华夏世界"的影响，既要受大小不一的王权的地方行政制度的"管制"，又要接受自上而下渗透的"文明"的影响。而使情况复杂化的是，两地的"原初基质"又与"中原"视域下所谓的境外之"夷""番"有着历史悠久的贸易与文化关系。这一关系构成的圈子，远远超出了大小不一的王权下的"版图"。

---

1 王铭铭：《逝去的繁荣——一座老城的历史人类学考察》，杭州：浙江人民出版社，1999年。

2 童恩正：《古代的巴蜀》，重庆：重庆出版社，1998年，第237—243页；李绍明：《西南丝绸之路与民族走廊》，载李绍明：《李绍明民族学文选》，成都：成都出版社，1995年，第868—883页。

3 联合国教科文组织海上丝绸之路综合考察泉州国际学术研讨会组织委员会编：《中国与海上丝绸之路》，福州：福建人民出版社，1991年。

从东西分立到东西并接

区分人类学"学术区",若仅是为了"区域专业性"的"实际考量",那便索然无味了。东南与西南研究各自蕴含着启发对方的因素,这些因素的存在本身表明,两地同属一个超地区的"世界秩序"。在"世界秩序"中深入思考地区研究的"总体启发",方为"学术区"概念提出的本意。

20世纪90年代末以来,我见识到了西南人类学的发达,也看到了这个"学术区"在"族群化"中显露出的弊端。我的西南研究的起步,与费孝通缔造的中国人类学魁阁时期紧密相连。我带几位博士生对费孝通与张之毅的禄村、许烺光的喜洲、田汝康的芒市等地进行"再研究"。[1] 研究体会之一是,费孝通那代人因至为关注乡村的现代化,且深受英式民族志研究法的影响,而采取一种将所有被调查社区"解剖麻雀"的方法。这一方面使他们的研究深入社区的内部,另一方面使他们对于社会生活极为重要的"内外关系"采取避而远之的态度。结果是,这批研究对于连接社区内外的当地公共生活、族群认同的混合性、信仰世界的"超地方性"未进行深入的探究。重新阅读费孝通的著述,我发现,经历20世纪50年代的民族调查,他对于这些问题有了重新认识。他于70年代末期获得"第二次学术生命"之后,开始集中思

---

[1] 王铭铭:《反思与继承——重访西南联大时期人类学调查地点》,载王铭铭:《西学"中国化"的历史困境》,第103—130页。

考"多元一体格局"的有关问题。"多元一体格局"概念基于中国民族史研究的遗产，为我们展示了多族群、多地区综合研究的可能。[1]

与费孝通不同，学界同人在同一时期进入了"东西分立"阶段。接着，东部社会与文化研究与"三农问题研究"融合，西部民族研究与"族群""全球化"等问题研究融合，致使这一"分立"趋势愈演愈烈，导致了一个学术后果：对于东南与西南，人类学界采用两套完全不同的概念，在东南以"地方感"来形容群体的"地方性感受"的意识，在西南以"族群性"来形容群体的"我群认同"。

"族群性"往往使我们联想到被识别民族实在的"我群意识"，在一个"民族"之下往往存在其成员居住地的地方感，也就是说"族群性"大于"地方感"。这便给人一种印象，似乎"地方感"与"族群性"截然不同。其实，不存在分离于"族群性"之外的"地方感"，也不存在无"地方感"的"族群性"。另

---

[1] 东南与西南的人类学，并非从来未有相互刺激与启发。过去的10年间，中国人类学界出现了两种"民族志"定义，一种发生于东南研究，继承了"社区研究法"的一些因素，在视野上有了一定的新开拓。这种"民族志"按照英美人类学方法塑造，截然不同于20世纪50年代国内特殊条件下产生的"分族写志"意义上的"民族志"。在东南得到了更多实践之后，作为"社区研究法"的"民族志"也在西南产生了影响，使西南地区出现大量的"民族村寨研究"。西南研究的转变之一，部分地接近于20世纪30至40年代魁阁时期滇缅公路上出现的费孝通等人的西部乡村社区的民族志，但其实质内容却是"后民族时代"的"民族村寨研究"的兴起。相比而言，西南研究对于东南研究产生的影响要微弱得多。在东南"学术区"，不是不存在也从事西南研究的学者，但将西南研究得到的启发与东南研究联系起来思考的学者，尚待成长。

外,也不能夸大"族群性"的西南特殊性。西南的"少数民族"数量的确远远大于东南,但东南也存在着影响深远的"地方认同"。"地方认同"一方面是相对于中央而言的,另一方面则是相对于大到方言区小到村庄而言的。"地方认同"的问题,至少是可以与"民族问题"比较的。可惜的是,东南的"地方认同"与西南的"民族问题"向来没有得到综合比较研究。

中国社会科学的"东西分立"不是没有背景的。西式社会理论的观念基石"社会",向来以内在于近代国族的凝聚力或文化为"原型"。若要在这个占支配地位的"社会"概念下确立一个社会理论,涉及一个实证研究的模型,社会科学家都不能不依赖于"整合"(integration)这个"秩序模型"。将西部排除在"主体社会"之外,乃为中国社会科学理论营造的"法式"。而海外研究中国的社会科学家(包括人类学家),如要使其中国研究在社会科学理论界获得一席之地,似也特别需要这一"整合"的观点。吊诡的是,也正是为了"整合",海内外社会科学界似共同感到,有必要将不符合"一国一族模型"的"社会之外的社会"排除在外。西南的"民族"与东南的社区、宗族、"民间宗教"之分,即源于社会科学的"整合革命"。[1]

民族学或人类学可谓一方面是社会科学的一部分,另一方面却不可避免地成为社会科学中的"异类"。这一主要以研究"现

---

[1] Clifford Geertz, "The Integrative Revolution: Primordial Sentiments and Civil Politics in the New States", in *Old Societies and New States: The Quest for Modernity in Asia and Africa*, Clifford Geertz ed., New York: The Free Press, 1963, pp. 105−157.

代社会之外（或之前）的社会"的学科，在中国耗费了最多气力来把握对于"整合革命"构成潜在挑战的"他者"。宣称学科有助于将"他者整合进来"，乃学科的生存之道，但为了研究的"分工合作"，学科又必定"分族写志"。

不是说中国人类学（或其他社会科学）应抛弃"一体"的概念。为了更深入地认识被研究的"地区"，以"一体"为基础开拓关系的概念，恰是必要的。但这个意义上的"一体"，不同于"整合革命"意义上的"整合"。它的内涵，相对于后者，有更浓厚的历史色彩，而与近代社会理论的"近代主义"形成了鲜明的区别：前者对于作为关系体的"中间地带"更重视，后者则僵化地以"国族"观念为中心，重复论证"中心—边缘"二分法。

要解决中国研究中"东西分立"的问题，回归两地相关的学术遗产，对东南与西南"学术区"普遍表露出的"中心—边缘"二分法加以反思，是工作的第一步。

关于"表征"中的"边缘"，王明珂提出，这种"中心—边缘"的双重性，可理解为一种可称作"英雄徙边记"的历史记忆，且认为，这是"汉晋华夏知识精英"的"我族边缘概念"。他说：

> "英雄徙边记"的内容大约是：一个来自华夏的英雄因种种挫折而流居边疆，他为土著信服而成为开化本地的王。"庄蹻王滇"之说便是如此的"英雄徙边记"历史记忆。无论是否为历史事实，它被记载流传，便已说明华夏视"西南

夷"核心的核心——也就是滇国王室家族——为流落边陲的华夏支裔。更值得注意的是，在魏晋华夏各种以"英雄徙边记"为蓝本的历史叙事中，奔于朝鲜的是一个商之"王子"（箕子奔朝鲜），奔于江南的是一个周之"王子"（太伯奔吴），奔于西北羌人地区的是一个秦之"逃奴"（无弋爰剑）。由这些"英雄徙边记"历史记忆构成的符号（王子、将军、逃奴、商、周、秦、楚，等等），更可见"滇"或"西南夷"在当时整体华夏边缘中的位置——华夏认为奔于滇的庄蹻为楚国"将军"，显示在汉晋华夏心目中本地（西南之滇）为华夏边缘的开化之域，但其华夏化程度要略逊于东北与东南边缘（朝鲜与东吴），但胜于华夏之西北边缘（西羌）。[1]

王明珂此说，显然是针对"国族叙事"的"中心—边缘"对立论而来的，但却不幸地难以逃脱它的"羁縻"。

与这一"后现代史学"不同，我认为，所谓"中心—边缘"关系不是纯"表征性"的。尽管"庄蹻王滇"可能是华夏知识分子编造出来的"民族自传"，但却反映出一个更大范围的"结构史事实"。在"战国政治"下，诸侯兼并其"势力范围"内及周边的其他族群，是增长其势力的主要手段。[2]"战国政治"的这

---

[1] 王明珂：《论西南民族的族群特质》，载王铭铭主编：《中国人类学评论》第7辑，北京：世界图书出版公司，2008年，第2—3页。

[2] Jacques Gernet, *A History of Chinese Civilization*, Cambridge: Cambridge University Press, 1972, pp. 60–62.

一特征,在中国历史上的"分裂时代",有复归之可能。广受民族学家关注的三国时期诸葛亮的"民族政策"是一例。刘备定蜀后,诸葛亮贯彻了和抚的民族政策,先用马超与西北戎羌氏通好。接着,侧重"南抚夷越",为了"北伐"曹魏,在南中这个地域广大、物产丰富、民族众多的地方,建立蜀汉的后方。[1]而五代时期的楚王国"溪州铜柱"建立的过程又是一例。"溪州铜柱"是楚国第三代国王于公元940年建立的,记载着溪州蛮人首领彭氏因受楚的讨伐,率其他五姓蛮人头领归顺楚国,与楚王"饮血为誓"、结成君臣关系的历史。[2]

在"礼法秩序"建立之后,"边缘"与"中心"之间必定要建立实质性的关系,而表征兴许不过是这些实质性关系的一个方面。地方行政等级的形成,是这些实质性关系的另一个方面。而"流官"制度也必定为帝国之上下、左右关系的形成带来更多的实质内容。[3]元以后在西南实施的土司制度,[4]在东南的确不存在,东南大大早于西南完成其"流官制度"的普及化。然而,这个差异不能直接表明,东西两地的区域政治的分析不存在可以相互参照之处。流官制度背后是"直接统治",土司制度背后是"间接统治",二者之间有明显差异。然而,无论是流官还是土司,都

---

1 方铁、方慧:《中国西南边疆开发史》,昆明:云南人民出版社,1997年,第71—87页。
2 冈田宏二:《中国华南民族社会史》,第331页。
3 在一定意义上,东南与西南要同时面对"中原"帝国,而"中原"帝国在处理其"边陲"问题时,对于东南与西南也通常会采取"联动"的方法,使东西两个"边陲"相互牵制。
4 余贻泽:《中国土司制度》。

可谓是"上下之间的环节",其差异是相对的。对于东部流官的政治文化展开研究,与对于西部土司的政治文化展开研究,无疑是可以相互启发的。

与此相关地,东南与西南都存在宗族、"民间宗教"的地缘崇拜,[1]这表明两地的研究是有相通的可能的。以往不少西方学者将宗族、地缘崇拜这些现象当作"边陲社会"的特征。而对这些社会关系形态进行的历史考察使学者们认识到,无论是宗族还是地缘崇拜,其在"地方社会"中的广泛传播,都与宋明时期的"礼下庶人"与"里社制度"这些"自上而下"的教化计划有着密切的关系。[2]在诸如大理地区,也有宗族与地缘崇拜的广泛存在,不同之处无非是学者们给了它们不同的称谓。在东南地区被称作"宗族"的东西,在西南地区被称作"祖先崇拜";在东南地区被称作"地缘崇拜"的东西,在西南地区被称作"木主信仰"[3]。而无论是"宗族"还是"祖先崇拜",都与明以后"华夏"对于西南推行的"礼教"有关。地缘崇拜相对复杂一些,但无疑也与元明之间的帝国的乡村控制方式有着密切的关系。依我看来,林耀华的义序宗族研究[4]与许烺光的大理喜洲祖先崇拜研究[5],反映的是

---

1 "Territorial Cults", see P. Steven Sangren, *History and Magical Power in a Chinese Community*, Stanford: Stanford University Press, 1987, pp. 51—60.
2 王铭铭:《走在乡土上——历史人类学札记》,北京:中国人民大学出版社,2005年。
3 梁永佳:《地域的等级:一个大理村镇的仪式与文化》,北京:社会科学文献出版社,2005年。
4 林耀华:《义序的宗族研究》,北京:生活·读书·新知三联书店,2000年。
5 Francis L. K. Hsu, *Under the Ancestors' Shadow: Chinese Culture and Personality*, New York: Columbia University Press, 1948.

同一教化过程的不同地方性结果。在东南，宗教在推进庶民的士绅化或士绅的庶民化中起到了关键作用；在西南，同一组织形态起到了同化"少数民族"的作用。对于东西两地的"教化"及其"地方反应"进行比较研究，将深化我们对于宋以后帝国文明进程及其"社会后果"的认识。

不能将以上论述视作"后现代表征论"的"实质化"。之所以说"后现代史学"未脱离"国族叙事"的"羁縻"，是因为这类研究多数是借"国族"语境中的政治地理概念来定义"中心—边缘"关系的。而在我看来，境内所谓"中心—边缘"关系，不过是更大范围的关系体的组成部分。回归"现代性的史前史"，不难发现，"中间圈"恰是更大的关系体的核心地带。

尽管东南与西南在历史的不同阶段各自存在着"君长"分立的局面，但也在不同的时期一道或分别与一个或数个更大的文明体相联系。司马迁《西南夷列传》对我们的启发是，西南夷的"君长"与"王国"除了要处理与楚地、越地之间的关系，还要处理与来自"中原"的大帝国文明的关系，更要保护自身作为"中原"与东南亚、南亚及海洋世界之间的"中间地带"的特殊利益。在东南，所谓"地方社会"，同样也需要处理这三种"内外关系"。"地方社会"的"我群中心主义"是"地方文化认同"的重要内涵，但即使是在诸如五代十国这样的分裂时期，"地方社会"依旧在一个天下的理想下，与周边或远方的同级政权形成王朝间的竞争，且不能与之彻底隔绝，而往往通过战争、贸易、宗教交流，与之形成密切的关系。而东南作为一个"中间地带"，一向也引起"地方社会"的高度重视。

如何理解东南与西南的"中间地位"并以此为基础理解两地的关系格局？东南的汉族宗教、民俗与宗族社会的研究及民族史研究，西南的民族史研究与"族群性"研究，固然都为我们理解两地的社会与文化做了良好的铺垫。然而，因两地在20世纪国族时代的特殊经历而各自形成的"汉族形象"与"少数民族形象"，也在各自的"形象放大史"中消减了两地历史内涵的丰富性。东南的"少数民族史"，西南的"非少数民族史"，各自在"大形象"的"放大史"中淡去。结果，海内外的东南人类学不断简单地复制着汉人文化研究模式，海内外的西南人类学不断简单地重申少数民族的"族群性"的"自主性"。二者同属的"中间圈"之必要因素——在这个中间地带上"夷夏"的混合性及对外的开放性——遭到了学界的冷落。这也就意味着，为了重新把握"夷夏关系"，有必要在东南的海外交通史研究与西南的民族关系史研究的基础上，对东南与西南的"当地世界"进行"关系的结构"方面的再理解。海外交通史与民族关系史研究，在东南研究与西南研究中都获得了不少成就；遗憾的是，东部重海外交通史、轻民族关系史，西部重民族关系史、轻海外交通史，倘若二者之间能有更多交流，那将可能深化我们对于"中间圈"的总体认识。

任何跳过历史基础而展开的所谓"现代民族志研究"，都会面对历史的巨大挑战。民族志书写者若无法基于历史中存在的多重关系展开更广泛的思考，那么，其从时间之河切割下来的"现代",都将失去任何意义。我以为,这一点无论对于东南研究还是对于西南研究都适用。东南研究与西南研究是一个问题的两个"方位上的表现"。要"反思地继承"东西两大人类学"学术区"的遗产,就要对这一问题产生的根源进行深入分析,也要对于解决问题的可能方法进行更为广泛的想象。不同于世界人类学的其他"学术区",中国人类学这个"学术区"值得期待的成就,将主要来源于由历史文明、政治文化、帝国宇宙观诸方面构成的研究领域。东南与西南的结合研究,在这一领域的生成中所可能起的作用,将十分巨大。但两地人类学能否起到这一作用,关键却在于它们能否基于各自的传承,从对方那里汲取养分,一道展开更为广泛的"关系结构"的具体历史思考。

(原载《社会学研究》2008年第4期)

光启随笔书目

（按出版时间排序）

《学术的重和轻》　　　　　　　　李剑鸣 著

《社会的恶与善》　　　　　　　　彭小瑜 著

《一只革命的手》　　　　　　　　孙周兴 著

《徜徉在史学与文学之间》　　　　张广智 著

《藤影荷声好读书》　　　　　　　彭　刚 著

《生命是一种充满强度的运动》　　汪民安 著

《凌波微语》　　　　　　　　　　陈建华 著

《希腊与罗马——过去与现在》　　晏绍祥 著

《面目可憎——赵世瑜学术评论选》赵世瑜 著

《中国的近代：大国的历史转身》　罗志田 著

《随缘求索录》　　　　　　　　　张绪山 著

《诗性之笔与理性之文》　　　　　詹　丹 著

《文学的异与同》　　　　　　　　张　治 著

《难问西东集》　　　　　　　　　徐国琦 著

《西神的黄昏》　　　　　　　　　江晓原 著

《思随心动》　　　　　　　　　　严耀中 著

《浮生·建筑》　　　　　　　　　阮　昕 著

《观念的视界》　　　　　　　　　李宏图 著

光启随笔书目

《有思想的历史》	王立新 著
《沙发考古随笔》	陈　淳 著
《抵达晚清》	夏晓虹 著
《文思与品鉴：外国文学笔札》	虞建华 著
《立雪散记》	虞云国 著
《留下集》	韩水法 著
《踏墟寻城》	许　宏 著
《从东南到西南——人文区位学随笔》	王铭铭 著
《考古寻路》	霍　巍 著
《玄思窗外风景》	丁　帆 著
《法海拾贝》	季卫东 著
《中国百年变革的思想视角》	萧功秦 著
《游走在边际》	孙　歌 著
《古代世界的迷踪》	黄　洋 著
《稽古与随时》	瞿林东 著
《历史的延续与变迁》	向　荣 著
《将军不敢骑白马》	卜　键 著
《五行志随笔》	俞晓群 著
《依稀前尘事》	陈思和 著